डार्क नाइट

संदीप नैयर

redgrab
—books

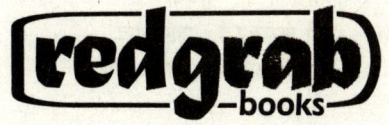

rg
books

डार्क नाइट (उपन्यास)

© संदीप नैयर

मूल्य भारत में : ₹ 175
मूल्य विदेश में : $ 10

प्रकाशक : रेडग्रैब बुक्स
942, मुठ्ठीगंज, इलाहाबाद-3 उत्तर प्रदेश, भारत
वेबसाइट - www.redgrabbooks.com
ईमेल - contact@redgrabbooks.com

संस्करण : प्रथम, जनवरी 2018

ISBN : 978-93-87390-03-4
आवरण : अंजेला के, सर्बिया
टाइप सेटिंग : श्री कम्प्यूटर्स, इलाहाबाद
मुद्रक : भार्गव ऑफसेट, इलाहाबाद

अवसाद से जूझकर जीवन के सौन्दर्य को ललकती

हर आत्मा को समर्पित

भूमिका

'ये सोहनी सूरत वाले मेरी तस्बीह के मनके हैं,
नज़रों से गुज़रते जाते हैं, इबादत होती जाती है।'

प्रसिद्ध कवि जॉन कीट्स ने लिखा है, *'ब्यूटी इज़ ट्रुथ, ट्रुथ इज़ ब्यूटी – दैट इज़ ऑल यू नो ऑन अर्थ, एंड ऑल यू नीड टू नो'* (सौन्दर्य ही सत्य है, और सत्य ही सौन्दर्य – यही आप इस पृथ्वी पर जानते हैं, और बस यही जानने की आपको ज़रूरत है।) हमारा भारतीय दर्शन भी यही कहता है: *'सत्यम्, शिवम्, सुन्दरम्'*।

यदि कुछ कुरूप है तो वह सच नहीं है; वह चाहने लायक नहीं है, सराहने लायक नहीं है, पूजने लायक नहीं है। हमारे मन को जो खींचता है, वह सौन्दर्य ही है, या यूँ कहें कि सौन्दर्य ही है जिसे हम पाना चाहते हैं। मगर बड़ा प्रश्न यह है कि यदि हमारी चाहत इतनी सरल है, तो हमारे मन का भटकाव इतना जटिल क्यों है? इसका उत्तर शायद इस प्रश्न में है। हमें सौन्दर्य की कितनी समझ है? इस उपन्यास के सूत्रधार 'काम' के शब्दों में – *'आखिर सौन्दर्य है क्या? क्या सौन्दर्य सिर्फ़ मूर्त में है? सिर्फ़ रंगों और आकृतियों में बसा है? क्या वह सिर्फ़ रूप और श्रृंगार में समाया है? क्या वह दृश्य में है? या दृश्य से परे दर्शक की दृष्टि में है? या दृश्य और दृष्टि के पारस्परिक नृत्य से पैदा हुए दर्शन में है? मगर जो भी है, सौन्दर्य में एक पवित्र स्पंदन है। सौन्दर्य हमारी आध्यात्मिक प्रेरणा होता है। हमारे मिथकों में, पुराणों में, साहित्य में; सौन्दर्य किसी गाइड की तरह प्रकट होता है, जो अँधेरी राहों को जगमगाता है, पेचीदा पहेलियों को सुलझाता है, भ्राँतियों की धुंध चीरता है, और पथिक को कठिनाइयों के कई पड़ाव पार कराता हुआ सत्य की ओर ले जाता है।'*

मगर मिथक और साहित्य भी अपनी बात स्थूल या मूर्त बिम्बों के सहारे ही कहते हैं, और शायद यही कारण है कि हम सौन्दर्य को सिर्फ मूर्त में ही देखने और अनुभव करने के आदी हो चुके हैं। सौन्दर्य, प्रकृति का हो

या मनुष्य का ख़ुद का गढ़ा हुआ; उसे गढ़ने वाले भाव सुंदर और पवित्र ही होते हैं। मगर मूर्त सौन्दर्य को निहारते हुए हम अक्सर उसे गढ़ने वाले अमूर्त भावों को समझने में असफल ही रहते हैं। हम मूर्त की सराहना और उपासना तो करते हैं, मगर उस मधुर संगीत, उस पवित्र स्पंदन को सुनने में असफल रहते हैं, जो मूर्त के परे गूँजता है।

हर तरह के मूर्त सौन्दर्य की तरह ही यह बात नारी सौन्दर्य के सन्दर्भ में भी सच है। काम के ही शब्दों में, *'हम नारी की देह, उसके रूप, और उसके श्रृंगार में ही उसका सौन्दर्य देखते हैं; पुरुष ही नहीं, नारी भी यही करती है। मगर नारी का सौन्दर्य, उसकी देह, रूप और श्रृंगार के परे भी बसा होता है। उसके सौम्य स्वभाव में, उसकी ममता में, उसकी करुणा में, उसके नारीत्व की दिव्य प्रकृति में। मगर दुर्भाग्य है कि आज नारी स्वयं अपने सौन्दर्य को नहीं समझती। आज की अधिकांश नारियाँ न तो अपने सौन्दर्य के उस संगीत को सुन पाती हैं, जो उनकी देह के परे भी गूँजता है, और न ही उसमें यकीन करती हैं... और पुरुषों का भी यही हाल है। बहुत कम पुरुष होते हैं, जो नारी के इस अतीन्द्रिय सौन्दर्य को देख पाते हैं; नतीजा ये है कि हमारे समाज से नारीत्व खो रहा है। हमारे समाज का सबसे बड़ा नुकसान उसके नारीत्व के खोने में ही है, और हमारे समाज की मुक्ति उस नारीत्व को फिर से जीवित करने में है।'*

यदि नारी देह में उसकी आत्मा का संगीत धीमा पड़ रहा है; यदि नारी अपना सौन्दर्य, पुरुषों से होड़ लेने और पुरुषों जैसा बनने की चाह में खो रही है, तो पुरुष भी अपना सौन्दर्य उस नारी को रिझाने और पाने में खो रहा है, जो स्वयं अपने सौन्दर्य का राग भूल रही है। पुरुष, जिसका सौन्दर्य उसके शौर्य और साहस में है; उसकी यायावरी और कौतुक में है, उसके उत्साह और आवेग में है, उसके श्रम और स्वेद में है, उसके हास्य और विनोद में है, वह अपनी चमक-दमक, धन-संपत्ति, पद-प्रतिष्ठा, स्टेटस-ग्लैमर आदि की नुमाइश में लगा है। पुरुष; जिसे नारी के सम्मान का रक्षक होना चाहिए, वह उसे छेड़छाड़ से रिझाने में जुटा है। पुरुष; जिसे नारी की मर्यादा का कवच होना चाहिए, वही उसकी मर्यादा को तार-तार कर रहा है।

पुरुष; जिसे शौर्य और साहस की प्रतिमा होना चाहिए, वह मनचला याचक बना हुआ है। पुरुष; जिसे नारी श्रृंगार का शिल्पी होना चाहिए, वह उसकी देह का ग्राहक बना हुआ है। यदि नारी अपना सौन्दर्य खो रही है, तो उसके मूल में पुरुष के सौन्दर्य का लोप ही है। आज की आधुनिक नारी का उद्यम पुरुष का सौन्दर्य पाने से कहीं अधिक, उसकी कुरूपता से बचने का उद्यम है। यदि पुरुष अपना सौन्दर्य कायम रखे, तो उसकी आँच में नारी का सौन्दर्य भी निखरता है। यदि पुरुष, शौर्य और साहस की प्रतिमा हो, तो नारी भी प्रेम और करुणा की मूर्ति बनकर उसका साथ देती है। यदि पुरुष नारी का संबल बने, तो नारी भी उसकी प्रेरणा बनती है। पुरुष और नारी के प्रेम की पूर्णता एक दूसरे का संबल और प्रेरणा बनने में है; शौर्य और करुणा का, एक दूसरे का पूरक बनने में है। मनुष्य का सौन्दर्य उसकी देह में आत्मा के संगीत के गूँजने में है; मूर्त और अमूर्त के संगम में है।

डार्क नाइट में और भी बहुत कुछ है... मगर कहानी के मूल में यही बात है।

- संदीप नैयर

आभार

यह उपन्यास मैंने इसलिए लिखा, क्योंकि 'डार्क नाइट' के मानसिक और आध्यात्मिक संकट से मैं ख़ुद गुज़र चुका हूँ। यदि मैंने इस संकट और इससे जुड़े अवसाद को अनुभव नहीं किया होता, तो शायद मैं यह उपन्यास न लिख पाता, इसलिए सबसे पहले आभार, जीवन की उन समस्त चुनौतियों और कठिनाइयों का, जिन्होंने मेरा इस संकट से सामना कराया। इस संकट की अवधि कुछ दिनों, हफ़्तों या महीनों की नहीं, बल्कि वर्षों की थी। मानसिक संकट के इस लम्बे दौर में जिसने मेरा सबसे अधिक साथ दिया, वे थीं मेरी पत्नी यामिनी। यामिनी के प्रेम और प्रोत्साहन ने ही मुझे इस संकट से उबरने की ऊर्जा दी। आभार उस प्रेम, प्रोत्साहन, साहस और जिजीविषा का, जिसने उस अवसाद की गहन मलिनता में आशाओं की नई किरणें बिखेरी। आभार उन किरणों का, जिन्होंने उस मलिन अवसाद में जीवन के नए प्रयोजनों के मानचित्र खींचे।

इस संकट से जूझने के दौरान ही मैंने पत्नी-पति या प्रेयसी-प्रेमी सम्बन्ध के उस पहलू को भी पूरी तरह महसूस किया, जो इस उपन्यास की कहानी का आधार बना। प्रेम के मृदुल प्रवाह की प्रबलता का पूरा अहसास भी इसी अवधि में हुआ। आभार... प्रेम की उस प्रबल ऊर्जा का, जो प्रेयसी के सौम्य हृदय से छलक कर प्रेमी के पुरुषार्थ को बल देती है।

आभार उन पाठकों का, जिन्होंने मेरे पहले उपन्यास 'समरसिद्धा' को सराहा और मुझे निरंतर लिखने के लिए प्रोत्साहित किया, और आभार उनका भी, जिन्होंने मेरे लेखन की समालोचना कर उसे निखारने में अपना योगदान दिया।

अंत में आभार इस पुस्तक के प्रकाशक 'रेडग्रैब बुक्स' का, जिन्होंने इसे प्रकाशन योग्य समझकर आप पाठकों तक पहुँचाया।

- संदीप नैयर

1

"आपका नाम?" उसकी स्लेटी आँखों में मुझे एक कौतुक सा खिंचता दिखाई दिया। मुझसे मिलने वाली हर लड़की की तरह उसमें भी मुझे जानने की एक हैरत भरी दिलचस्पी थी।

'काम।'

आई जी इंटरनेशनल एअरपोर्ट के प्रीमियम लाउन्ज की गद्देदार सीट में धँसते हुए मैंने आराम से पीछे की ओर पीठ टिकाई। हम दोनों की ही अगली फ्लाइट सुबह थी। सारी रात थी हम दोनों के पास एक दूसरे से बातें करने के लिए।

"सॉरी, काम नहीं, नाम।"

"जी हाँ, मैंने नाम ही बताया है; मेरा नाम काम है।"

"थोड़ा अजीब सा नाम है; पहले कभी यह नाम सुना नहीं।" उसकी आँखों का कौतुक थोड़ा बेचैन हो उठा।

"नाम तो आपने सुना ही होगा; शायद भूल गई हों।"

“याद नहीं कि कभी यह नाम सुना हो।”

“आपके एक देवता हैं कामदेव...” थोड़ा आगे झुकते हुए मैंने उसके खूबसूरत चेहरे पर एक शोख नज़र डाली, “काम और वासना के देवता; रूप और शृंगार की देवी रति के पति।”

उसका चेहरा, ग्रीक गोल्डन अनुपात की कसौटी पर लगभग नब्बे प्रतिशत खरा उतरता था। ओवल चेहरे पर ऊँचा और चौड़ा माथा, तराशी हुई नाक, भरे हुए होंठ और मजबूत ठुड्डी; और जॉलाइन, सब कुछ सही अनुपात में लग रहे थे। उसकी आँखों की शेप लगभग स्कार्लेट जॉनसन की आँखों सी थी, और उनके बीच की दूरी एंजेलिना जोली की आँखों के बीच के गैप से शायद आधा मिलीमीटर ही कम हो। वह लगभग सत्ताइस-अट्ठाइस साल की काफ़ी मॉडर्न लुकिंग लड़की थी। स्किनी रिप्ड ब्लू जींस के ऊपर उसने ऑरेंज कलर का लो कट स्लीवलेस टॉप पहना हुआ था। डार्क ब्राउन बालों में कैरामल हाइलाइट्स की ब्लेंडेड लेयर्स कन्धों पर झूल रही थीं। गोरे बदन से शेरिल स्टॉर्मफ्लावर परफ्यूम की मादक ख़ुशबू उड़ रही थी।

फिर भी, या तो कामदेव के ज़िक्र पर, या मेरी शोख़ नज़र के असर में शर्म की कुछ गुलाबी आभा उसकी आँखों से टपककर गालों पर फैल गई। इससे पहले कि उसके गालों की गुलाबी शर्म, गहराकर लाल होती, मैंने पास पड़ा अंग्रेज़ी का अखबार उठाया, और फ्रंट पेज पर अपनी नज़रें फिराईं। खबरें थीं, ‘कॉलेज गर्ल किडनैप्ड एंड रेप्ड इन मूविंग कार’, ‘केसेस ऑफ़ रेप, मोलेस्टेशन राइज़ इन कैपिटल।’ मेरी नज़रें अखबार के पन्ने पर सरकती हुई कुछ नीचे पहुँचीं। नीचे कुछ दवाखानों के इश्तिहार थेः ‘रिगेन सेक्सुअल विगर एंड वाइटैलिटी’, ‘इनक्रीज़ सेक्सुअल ड्राइव एंड स्टैमिना।’

“मगर यह नाम कोई रखता तो नहीं है; मैंने तो नहीं सुना।” उसके गालों पर अचानक फैल आई गुलाबी शर्म उतर चुकी थी।

“क्योंकि अब कामदेव की जगह हकीमों और दवाओं ने ले ली है।”

मैंने अख़बार में छपे मर्दाना कमज़ोरी दूर करने वाले इश्तिहारों की ओर इशारा किया। शर्म की गुलाबी परत एक बार फिर उसके गालों पर चढ़ आई।

सच तो यही है कि यह देश अब कामदेव को भूल चुका है। अब यहाँ न तो कामदेव के मंदिर बनते हैं, और न ही उनकी पूजा होती है। कामदेव अब सिर्फ़ ग्रंथों में रह गए हैं; उन ग्रंथों में, जिन्हें समाज के महंतों और मठाधीशों को सौंप दिया गया है। ये महंत बताते हैं कि काम दुष्ट है, उद्दंड है। इन्होंने काम को रति के आलिंगन से निकालकर क्रोध का साथी बना दिया है- काम-क्रोध। रति बेचारी को काम से अलग कर दिया गया है। काम; जिसकी नज़रों की धूप से उसका रूप खिलता था, उसका शृंगार निखरता था, उससे रति की जोड़ी टूट गई है। यदि काम, रति के आलिंगन में ही सँभला रहे, तो शायद क्रोध से उसका साथ ही न रहे; मगर काम और क्रोध का साथ न रहे, तो इन महंतों का काम ही क्या रह जाएगा। इन महंतों के अस्तित्व के लिए बहुत ज़रूरी है कि काम, रति से बिछड़कर क्रोध का साथी बना रहे।

"मैं मज़ाक़ नहीं कर रहा; आपके देश में काम को बुरा समझा जाता है... दुष्ट और उद्दंड; आपको काम को वश में रखने की शिक्षा दी जाती है, इसलिए आप अपने बेटों का नाम काम नहीं रखते... आप भला क्यों दुष्ट और उद्दंड बेटा चाहेंगे।"

"वैसे कामदेव की कहानी तो आप जानती ही होंगी?" मैंने अंदाज़ लगाया, जो ग़लत था।

"नहीं, कुछ ख़ास नहीं पता।"

"कामदेव ने समाधि में लीन भगवान शिव का ध्यान भंग किया था, और क्रोध में आकर भगवान शिव ने उन्हें भस्म कर दिया था; इसीलिए आप भगवान शिव को कामेश्वर कहते हैं... पालन करने वाले ईश्वर को आपने भस्म करने वाला बना दिया।"

"ओह! तो फिर रति का क्या हुआ?'' स्त्री होने के नाते उसमें रति के लिए सहानुभूतिपूर्ण उत्सुकता होना स्वाभाविक था।

"रति, काम को जीवित कर सकती थी; काम को और कौन जीवित कर सकता है रति के अलावा? काम तो रति का दास है। विश्वामित्र के काम को मेनका की रति ने ही जगाया था; ब्रह्मर्षि का तप भी नहीं चला था रति की शक्ति के आगे।'' मैंने एक बार फिर उसके रतिपूर्ण श्रृंगार को निहारा।

"तो क्या रति ने कामदेव को जीवित कर दिया?''

"आपके समाज के महंत, रति से उसकी यही शक्ति तो छुपाना चाहते हैं। वे जानते हैं कि जिस दिन रति को अपनी इस शक्ति का बोध हो गया, उस दिन पुरुष स्त्री का दास होगा।''

शर्म की वही गुलाबी आभा एक बार फिर उसके गालों पर फैल गई। शायद उस समाज की कल्पना उसके मन में उभर आई, जिसमें पुरुष स्त्री का दास हो। सिर्फ़ एक औरत के मन में ही पुरुष पर शासन करने का विचार भी एक लजीली संवेदना ओढ़कर आ सकता है।

"तो फिर रति ने क्या किया?''

"रति ने कामदेव को जीवित करने के लिए भगवान शिव से विनती की; और जानती हैं भगवान शिव ने क्या किया?''

'क्या?'

"उन्होंने कामदेव को जीवित तो किया, मगर बिना शरीर के; ताकि रति की देह को कामदेव के अंगों की आँच न मिल सके। अब कामदेव अनंग हैं, और रति अतृप्त है।''

'ओह!' उसके चेहरे पर एक गहरा असंतोष दिखाई दिया; "वैसे आपके नाम की तरह आप भी दिलचस्प आदमी हैं; कितना कुछ जानते हैं इंडिया के बारे में... मुझे यकीन नहीं हो रहा कि आप पहली बार इंडिया आए हैं।''

“मेरी पैदाइश लंदन की है, मगर मेरी जड़ें इंडिया में ही हैं। मेरे ग्रैंडपेरेंट्स इंडिया से ईस्ट अफ्रीका गए थे, फिर मेरे पेरेंट्स, ईस्ट अफ्रीका से निकलकर ब्रिटेन जा बसे।”

“कैसा लगा इंडिया आपको?”

“खूबसूरत और दिलचस्प; आपकी तरह।” मैंने फिर उसी शोख़ नज़र से उसे देखा। उसके गाल फिर गुलाबी हो उठे, “आपने अपना नाम नहीं बताया।”

‘मीरा।’ वैसे मुझे लगा कि उसका नाम रति होता तो बेहतर था।

“काम क्या करते हैं आप?” मीरा का अगला प्रश्न था।

मैं इसी प्रश्न की अपेक्षा कर रहा था। हम एक ऐसी दुनिया में रहते हैं, जहाँ आपका काम, आपका व्यवसाय ही आपकी पहचान होता है। आप कैसे इंसान हैं, उसकी पहचान व्यवसाय की पहचान के पीछे ढकी ही रहती है। मेरी पहचान ‘योगा इंस्ट्रक्टर।’ की है... हिंदी में कहें तो “योग प्रशिक्षक।” इंस्ट्रक्शन्स या निर्देशों की योग में अपनी जगह है। ज़मीन पर सिर रखकर, गर्दन मोड़कर, टाँगें उठाकर, पैर आसमान की ओर तानकर यदि सर्वांगासन करना हो, तो उसके लिए सही निर्देशों की ज़रूरत तो होती ही है, वरना गर्दन लचक जाने का डर होता है; और यदि कूल्हों को हाथों से सही तरह से न सँभाला हो तो, जिस कमर की गोलाई कम करने के कमरकस इरादे से योगा सेंटर ज्वाइन किया हो, वो कमर भी लचक सकती है। मगर योग वह होता है, जो पूरे मनोयोग से किया जाए, और मन को साधने के लिए निर्देश नहीं, बल्कि ज्ञान की ज़रूरत होती है, और ज्ञान सिर्फ़ गुरु से ही मिल सकता है, इसलिए मैं स्वयं को योग गुरु कहता हूँ।

“मैं योग गुरु हूँ।”

“योग गुरू! वो कपालभाती सिखाने वाले स्वामी जी जैसे? आप वैसे लगते तो नहीं।” मीरा की आँखों के कौतुक में फिर पहली सी बेचैनी दिखाई दी।

मुझे पता था, उसे आसानी से यकीन नहीं होगा। दरअसल किसी को भी मेरा ख़ुद को योग-गुरु कहना रास नहीं आता। जींस-टी शर्ट पहनने वाला, स्पोर्ट्स बाइक चलाने वाला, स्लीप-अराउंड करने वाला, योग गुरु? उनके मन में योग-गुरु की एक पक्की तस्वीर बनी होती है; लम्बे बालों और लम्बी दाढ़ी वाला, भगवाधारी साधू। मगर योग एक क्रांति है; साइलेंट रेवोलुशन। योगी क्रांतिकारी होता है; और क्रांतिकारी इंसान किसी ढाँचे में बँधकर नहीं रहता। निर्वाण की राह पर चलने वाला अगर किसी स्टीरियोटाइप से भी मुक्ति न पा सके, तो संसार से मुक्ति क्या ख़ाक पाएगा?

"हा हा... वैसा ही कुछ अलग किस्म का... वैसे आप योग करती हैं?"

"हाँ कभी-कभी; वही बाबाजी वाला कपालभाती... इट्स ए वेरी गुड एक्सरसाइज़ टू कीप फिट।"

"महर्षि पतंजलि कह गए हैं, डूइंग बोट आसना टू गेट ए फ्लैट टम्मी इज़ मिसिंग द होल बोट ऑफ़ योगा।" मैंने एक छोटा सा ठहाका लगाया।

"इंटरेस्टिंग... किस तरह?" अब तक मीरा मेरे विचित्र जवाबों की आदी हो चुकी थी।

"कबीर के बारे में जानना चाहेंगी?"

"कबीर? कौन कबीर?"

"कबीर मेरा स्टूडेंट है; मुझसे योग सीखता है।"

"हम्म..क्या वह आपकी तरह ही दिलचस्प इंसान है?"

"मुझसे भी ज़्यादा।"

"तो फिर बताइए; आई विल लव टू नो अबाउट हिम।"

"कबीर की कहानी दिलचस्प भी है, डिस्ट्रेसिंग भी है; ट्रैजिक भी है

और इरोटिक भी है; आप अनकम्फ़र्टेबल तो नहीं होंगी?''

"कामदेव की कहानी के बाद तो अब हम कम्फ़र्टेबल हो ही गए हैं...
"आप शुरू करिए।'' एक बहुत कम्फ़र्टेबल सी हँसी उसके होठों पर खिल
गई।

२

वह जुलाई की एक रात का आख़िरी पहर था। कबीर की रात, प्रिया के ईस्ट लंदन के फ्लैट पर उसके बिस्तर पर गुज़र रही थी। प्रिया, कबीर की नई गर्लफ्रेंड थी। प्रिया के रेशमी बालों की बिखरी लटों सा सुर्ख उजाला, रात के सुरमई किवाड़ों पर दस्तक दे रहा था। प्रिया ने अपने बालों की उन बिखरी लटों को समेटा, और कन्धों पर कुछ ऊपर चढ़ आई रजाई को नीचे कमर पर सरकाया। मख़मली रजाई उसके रेशमी बदन पर पलक झपकते ही फिसल गईः जैसे वार्डरोब मालफंक्शन का शिकार हुई किसी मॉडल के जिस्म से उसकी ड्रेस फिसल गई हो। रातभर, कबीर के बदन से लगकर बिस्तर पर सिलवटें खींचता उसका नर्म छरहरा बदन, लहराकर कुछ ऊपर सरक गया। उसकी गर्दन से फिसलकर क्लीवेज से गुज़रते हुए कबीर के होठों पर एक नई हसरत लिपट गई। उसकी छरहरी कमर को घेरे हुए कबीर की बाँहें कूल्हों के उभार नापते हुए उसकी जाँघों पर आ लिपटीं। एक छोटे से लमहे में कबीर ने प्रिया के बदन के सारे तराश नाप लिए; तराश भी ऐसे, कि एक ही रात में न जाने कितने अलग-अलग साँचों में ढले हुए लगने लगे थे।

कबीर ने करवट बदलकर एक नज़र प्रिया के खूबसूरत चेहरे पर डाली। रेशमी बालों की लटों से घिरे गोल चेहरे पर चमकती बड़ी-बड़ी आँखों से एक मोहक मुस्कान छलक रही थी। उसका बेलिबास मख़मली बदन अब भी कबीर के होंठों पर लिपटी ख्वाहिश को लुभा रहा था, मगर कबीर की नज़रें जैसे उसकी आँखों के तिलिस्म में खो रही थीं, जैसे नज़रों पर चले जादू ने होठों की हसरत को थाम लिया हो। अचानक ही कबीर को अपने दाहिने गाल पर प्रिया की नर्म हथेली का स्पर्श महसूस हुआ। उसकी नाज़ुक उँगलियाँ कबीर के चेहरे पर बिखरी हल्की खुरदुरी दाढ़ी को सहला रही थीं।

'लापरवाह!' प्रिया की उन्हीं तिलिस्मी आँखों से एक मीठी झिड़की टपकी।

दाहिने गाल पर एक हल्की-सी चुटकी काटते हुए उसने कबीर के हाथ को अपनी जाँघ पर थोड़ा नीचे सरकाया। गाल पर ली गई चुटकी, कबीर को प्रिया की मुलायम जाँघ के स्पर्श से कहीं अधिक गुदगुदा गई।

प्रिया ने अपनी बाईं ओर झुकते हुए, नीचे कारपेट पर पड़ी ब्रा उठाई, और बिस्तर पर कुछ ऊपर सरक कर बैठते हुए कत्थई ब्रा में अपने गुलाबी स्तन समेटे। कबीर की हथेली अब उसकी जाँघ से नीचे सरककर उसकी नर्म पिंडली को सहलाने लगी थी। कबीर के भीगे होठों की ख्वाहिश अब उसकी मुलायम जाँघ पर मचलने लगी थी। रजाई कुछ और नीचे सरककर उसके घुटनों तक पहुँच चुकी थी। प्रिया ने घुटनों से खींचकर रजाई फिर से कमर से कुछ ऊपर सरकाई। खुरदुरी दाढ़ी पर रगड़ खाते हुए रजाई ने कबीर की आँखों में उतर आई शरारत को ढँक लिया। उसी शरारत से उसने प्रिया की पिंडली पर अपनी हथेली की पकड़ मजबूत की, और उसकी दाहिनी जाँघ पर अपने दाँत हल्के से गड़ा दिए।

'आउच!' प्रिया, शरारत से चीखते हुए उछल पड़ी। उसकी पिंडली पर कबीर की पकड़ ढीली हो गई। एक चंचल मुस्कान प्रिया के होठों से भी खिंचकर उसके गालों के डिंपल में उतरी, और उसने अपना दायाँ पैर कबीर

की जाँघों के बीच डालकर उसे हल्के से ऊपर की ओर खींचा। कबीर के बदन में उठती तरंगों को जैसे एम्पलीफायर मिल गया।

'आउच!' एक शरारती चीख के साथ कबीर ने प्रिया की जाँघ पर अपने दाँतों की पकड़ ढीली की, और उसकी छरहरी कमर पर होंठ टिकाते हुए उसे अपनी बाँहों में कस लिया।

प्रिया, पिछले एक महीने में तीसरी लड़की थी, जिसके बिस्तर पर कबीर की रात बीती थी। नहीं; बल्कि प्रिया तीसरी लड़की थी, जिसके बिस्तर पर उसकी रात बीती थी... कबीर की चौबीस साल की ज़िन्दगी में सिर्फ़ तीसरी लड़की। इसके पहले की उसकी ज़िन्दगी कुछ अलग ही थी। ऐसा नहीं था कि उसके जीवन में लड़कियाँ नहीं थीं; सच कहा जाए तो कबीर की ज़िन्दगी में लड़कियों की कभी कमी नहीं रही। जैसे सर्दियाँ पड़ते ही हिमालय की कोई चोटी बर्फ़ की सफ़ेद चादर ओढ़ लेती है; जैसे वसंत के आते ही हॉलैंड के किसी बाग़ को ट्यूलिप की कलियाँ घेर लेती हैं, ठीक वैसे ही टीन एज में पहुँचते ही ख़ूबसूरत लड़कियों और उनके ख़यालों ने उसे घेर लिया था। ख़ूबसूरत लड़कियों की धुन उस पर सवार रहती। उनके कभी कर्ली तो कभी स्ट्रेट किए हुए बालों की खुलती-सँभलती लटें, उनकी मस्कारा और आइलाइनर लगी आँखों के एनीमेशन, उनके लिपस्टिक के बदलते शेड्ज़ से सजे होठों की शरारती मुस्कानें, उनकी कमर के बल, उनकी नाभि की गहराई, और उनकी वैक्स की हुई टाँगों की तराश... सब कुछ उसके मन की मुँडेरों पर मँडराते रहते। हाल यह था कि सुबह की पहली अँगड़ाई किसी खूबसूरत लड़की का हाथ थामने का ख़याल लेकर आती, तो रात की पहली कसमसाहट उसे अपने भीतर समेट लेने का ख़्वाब लेकर। मगर कबीर के ख़्वाबों-ख़यालों की दुनिया में लड़कियाँ किसी सूफ़ियाना नज़्म की तरह ही थीं, जिन्हें वह अपनी फैंटसी में बुनता था, एक ऐसी पहेली की तरह, जो आधी सुलझती और आधी उलझी ही रह जाती। उसे इस पहेली में उलझे रहने में मज़ा आता, मगर साथ ही इस पहेली के खुल जाने का डर भी सताता रहता, कि कहीं एक झटके में फैंटसी का सारा

हवामहल ही न ढह जाए। और यही डर, कबीर और लड़कियों के बीच एक महीन सा परदा खींचे रहता, जिस पर वह अपनी फैंटसी का गुलाबी संसार रचता रहता।

इस बीच कुछ लड़कियों ने इस पर्दे को सरकाने की कोशिश भी की, मगर वह ख़ुद ही हर बार उसे फिर से तान लेता; शायद इसलिए कि मौका वैसा एक्साइटिंग न होता, जैसा कि उसकी फैंटसी की दुनिया में होता; या फिर उसके करीब आने वाली लड़की उसके ख्वाबों की सब्ज़परी सी न होती... या फिर वैसा कुछ स्पेशल न होता, जिसकी उसे चाह थी; या फिर यह डर कि वैसा कुछ स्पेशल न हो पाएगा।

मगर फिर कुछ स्पेशल हुआ। कबीर की फैंटसी एक क्वांटम कलैप्स के साथ हक़ीक़त की ज़मीन पर आ उतरी, एक बेहद खूबसूरत हक़ीक़त बनकर। कौन कहता है कि फैंटसी कभी सच नहीं होती! क्या हर किसी की रियलिटी किसी और की फैंटसी नहीं है? हम सब किसी न किसी की कल्पना, किसी न किसी के सपने का साकार रूप ही तो हैं। प्रिया भी शायद वही रियलिटी थी, जो कबीर की फैंटसी में सालों पलती रही थी।

३

प्रिया से मिलने से पहले कबीर की फैंटसियों ने एक लम्बा सफ़र तय किया था। भारत के छोटे से शहर वड़ोदरा की कस्बाई कल्पनाओं से लेकर लंदन के महानगरीय ख़्वाबों तक। कबीर पंद्रह साल का था, जब उसके माता-पिता लंदन आए थे। पंद्रह साल की उम्र वह उम्र होती है, जब किसी बच्चे के हार्मोन्स उसकी अक्ल हाइजैक करने लगते हैं। ऐसी उम्र में उसके पूरे अस्तित्व को हाइजैक कर वड़ोदरा से उठाकर लंदन ले आया गया था। दुनिया के नक़्शे में लंदन के मुकाबले शायद वड़ोदरा के लिए कोई जगह न हो, मगर कबीर के मन के नक़्शे में सिर्फ़ और सिर्फ़ वड़ोदरा ही खिंचा हुआ था। वड़ोदरा के मोहल्ले, सड़कें, गली, बाग़, मैदान, सब कुछ उस नक़्शे में गहरी छाप बनाए हुए थे, और साथ ही छाप बनाये हुई थी वड़ोदरा की ज़िन्दगी; जो लंदन की ज़िन्दगी से उतनी ही दूर थी, जितनी कि वड़ोदरा शहर की लंदन से दूरी। उस समय दुनिया वैसी ग्लोबल विलेज नहीं बनी थी, जैसी कि आज बन चुकी है। वह वक्त था, जो कि शुरूआत थी दुनिया के ग्लोबल विलेज और कबीर के ग्लोबल सिटीज़न बनने की; और जिस तरह किसी भी दूसरे मुल्क की सिटिज़नशिप लेना एक बड़े जद्दोजहद का काम होता है; कबीर के लिए ग्लोबल सिटिज़न बनना उतना ही मुश्किल

भरा काम था। इस काम में उसकी मदद कर, उसकी मुश्किलें जिसने सबसे अधिक बढ़ाई थीं, वह था समीर। समीर, कबीर का ममेरा भाई है; उम्र में उससे दो साल बड़ा है, कद में एक इंच लम्बा है, और हर बड़े भाई की तरह अनुभव में ख़ुद को उसका बाप समझता है।

"हे डूड, दिस इज़ लंदन। इफ यू वांट टू सर्वाइव इन एनी टीन ग्रुप हियर, देन नेवर एक्ट लाइक ए फ्रेशी, अंडरस्टैंड?" कबीर के लंदन पहुँचते ही समीर ने उसे सलाह दे डाली। समीर की पैदाइश लंदन की है। समीर भले ही लंदन के नक़्शे को बहुत अच्छी तरह न जानता रहा हो, मगर वह लंदन की ज़िन्दगी को बहुत अच्छे से जानता था।

"ये फ्रेशी क्या होता है?" उस वक्त तो अंग्रेज़ी भाषा पर कबीर की पकड़ भी कमज़ोर थी, उस पर वहाँ के स्लैंग; वे तो उसकी सबसे बड़ी कमज़ोरी बनने वाले थे।

"फ्रेशी इज़ समवन लाइक भारत सरकार।" समीर ने तिरिस्कार पूर्ण भावभंगिमा बनाई।

"गवर्नमेंट ऑफ़ इंडिया?"

"नो; दैट कॉर्नर शॉप ओनर डिकहेड; सेवेंटी वन में आया था ढाका से, और अभी तक बाँग्लाफ्रेशी है। सी, हाउ ही ऑलवेज़ स्मेल्स ऑफ़ फिश।" हालाँकि 'फिश एंड चिप्स' ब्रिटेन की नेशनल डिश रहा है, जिसकी जगह अब इंडियन करी ने ले ली है मगर, 'स्मेल ऑफ़ फिश' और 'करी मंचर' जैसे फ्रेज़ वहाँ देसी और फ्रेशी लोगों का मज़ाक उड़ाने के लिए ही इस्तेमाल किए जाते हैं।

खैर, इस तरह कबीर का परिचय भारत सरकार से हुआ था। कबीर के घर से चार मकान दूर डेलीनीड्स की दुकान चलाने वाले बाबू मोशाय भारत सरकार।

"कोबीर य्होर नेम इज एक्षीलेंट। हामारा इंडिया का बोहूत बॉरा शेंट हुआ था कोबीर।" कबीर के लिए 'भारत सरकार' का एक्सेंट समझना,

लंदन के लोकल एक्सेंट को समझने से आसान नहीं था।

"थैंक्स अंकल!" कबीर ने किसी तरह उसकी बात का अंदाज़ लगाते हुए कहा।

"डोंट कॉल मी आंकेल, कॉल मी शॉरकार।"

"ओके, सरकार अंकल।"

'शॉरकार।'

"कहाँ की सरकार है? एक्स्पायर्ड सामान बेचता है और वह भी महँगा।" समीर वाकई कोकोनट है। कोकोनट, यानी बाहर से ब्राउन और भीतर से वाइट। चाहे वह ख़ुद इंग्लिश की जगह हिंगलिश बोले, चाहे वह किंगफिशर बियर के साथ विंडलू चिकन गटक कर रातभर बैड विंड से परेशान रहे, या चाहे वह आलू-चाट खाते हुए देसी लड़कियों से इलू-इलू चैट करे; मगर यदि आप लोकल स्लैंग नहीं समझते हैं, लोकल एक्सेंट में बात नहीं करते हैं, तो समीर के लिए आप फ्रेशी हैं। चाहे वह ख़ुद अपने हाथों से तंदूरी चिकन की टाँग मरोड़े, मगर यदि आप खाना खाने में छुरी-काँटे का इस्तेमाल नहीं जानते हैं, तो आप फ्रेशी हैं। समीर की परिभाषा में कबीर 'पूरी तरह फ्रेशी' था।

वह स्कूल में कबीर का पहला दिन था। ब्रिटेन के स्कूलों में ख़ास बात यह है कि वहाँ पीठ पर भारी बस्ता लादना नहीं पड़ता; हाँ, कभी-कभी स्पोर्ट्स किट या पीई किट ले जानी होती है, मगर वह भी भारतीय बस्ते जितनी भारी नहीं होती। उस दिन कबीर की पीठ पर कोई बोझ नहीं था, मगर उसके दिमाग पर ढेर सारा बोझ था। ब्लैक शूज़, ग्रे पतलून, वाइट शर्ट, ब्लू ब्लेज़र और रेड टाई में वैसे तो वह ख़ुद को काफ़ी अच्छा महसूस कर रहा था, मगर मन में एक घबराहट भी थी कि टीचर्स कैसे होंगे? साथी कैसे होंगे? स्कूल कैसा होगा? ब्रिटेन में स्कूलों में सुबह प्रार्थना नहीं होती, राष्ट्रगान नहीं गाया जाता; बस सीधे क्लासरूम में। शायद वहाँ लोग

प्रार्थनाओं में यकीन नहीं रखते। ब्रिटेन में ही सबसे पहले सेकुलरिज्म शब्द ईजाद हुआ था, जिसने धर्म को सामाजिक जीवन से अलग कर व्यक्तिगत जीवन में समेटने की क़वायद शुरू की थी। वहीं पेरिस में बैठकर कार्ल मार्क्स ने धर्म को अफ़ीम कहा था। अब तो ब्रिटेन में चर्च जाने वाले ईसाई गिनती के ही हैं, और उनके घरों में प्रार्थना तो शायद ही होती हो। राष्ट्रीय प्रतीकों का भी तकरीबन यही हाल है। ब्रिटेन के राष्ट्रीय-ध्वज यानी यूनियन जैक के डोरमैट और कच्छे बनते हैं।

पहला पीरियड एथिक्स का था; टीचर थीं मिसेज़ बर्डी। कबीर ने क्रो, कॉक और पीकॉक जैसे सरनेम ज़रूर सुन रखे थे, मगर बर्डी सरनेम पहली बार ही सुना था। मिसेज़ बर्डी ऊँचे कद, स्लिम फिगर और गोरे रंग की लगभग तीस साल की महिला थीं। उनकी हाइट कबीर से आधा फुट अधिक थी, और उनकी स्कर्ट की लम्बाई उसकी पतलून की लम्बाई की आधी थी। उनकी टाँगों जितनी लम्बी, खुली और गोरी टाँगें कबीर ने उसके पहले सिर्फ़ फिल्मों या टीवी में ही देखी थीं। पूरे पीरियड, कबीर का ध्यान उनकी लम्बी टाँगों पर ही लगा रहा। मिसेज़ बर्डी का अंग्रेज़ी एक्सेंट उसे ज़रा भी समझ नहीं आया, मगर उस पीरियड के बाद के ब्रेक में बर्डी नाम का रहस्य ज़रूर समझ आ गया।

"आई एम कूल।" सिर पर लाल रंग की दस्तार बाँधे एक सिख लड़के ने कबीर की ओर हाथ बढ़ाया।

"मी टू।" कबीर ने झिझकते हुए हाथ बढ़ाया।

"ओह नो! माइ नेम इज़ कूल... कुलविंदर; पीपल कॉल मी कूल।" कूल ने कबीर का हाथ मजबूती से थामकर हिलाया। पहली मुलाकात में ही उसने कबीर को अपने पंजाबी जोश का अहसास करा दिया।

"ओह! आई एम कबीर।" कबीर ने कूल के हाथों से अपना हाथ छुड़ाते हुए कहा। संकोची सा कबीर, ऐसी गर्मजोशी का आदी नहीं था।

"न्यू हियर?" कूल ने पूछा।

"यस, फ्रॉम इंडिया।"

"बी केयरफुल मेट, नए स्टूडेंट्स को यहाँ बहुत बुली करते हैं।"

"आई नो।" कबीर ने ब्रिटेन के स्कूलों में नए छात्रों को बुली किए जाने के बारे में समीर से काफ़ी कुछ सुन रखा था।

"यू नो नथिंग।" कूल की आँखों में शरारत थी या धमकी, कबीर कुछ ठीक से समझ नहीं पाया।

"यू लाइक मिसेज़ बिरदी? नाइस लेग्स, हुह।" कूल ने एक बार फिर शरारत से अपनी आँखें मटकाईं।

"यू मीन मिसेज़ बर्डी?" एथिक्स की टीचर के लिए ही इस तरह का शरारती सवाल कबीर को कुछ पसंद नहीं आया, मगर फिर उसे ध्यान आया कि पूरे पीरियड में उसका ख़ुद का ध्यान मिसेज़ बर्डी की लंबी खूबसूरत टाँगों पर ही टिका हुआ था। इस बात से उसे थोड़ी ग्लानि भी हुई, और यह शंका भी, कि कूल को भी इस बात का अहसास होगा।

"नो-नो, बिरदी; वो जर्मन हैं, उनकी शादी एक इंडियन से हुई है, मिस्टर बिदरी से।"

"ओह, फिर सब उनको मिसेज़ बर्डी क्यों कहते हैं?"

"हाउ इज़ बिरदी स्पेल्ड? बी आई आर डी आई, बर्डी; गॉट इट?"

"ओह! ओके।" कबीर ने मुस्कुराकर सिर हिलाया।

दो पीरियड बाद लंच का समय हुआ। कबीर, कूल के साथ अपना लंच बॉक्स लिए लंच रूम पहुँचा।

"आर यू सैंडविच?" डिनरलेडी ने कबीर के हाथ में लंच बॉक्स देखकर पूछा।

'सैंडविच? आई ऍम ए बॉय, नॉट सैंडविच।' कबीर ने ख़ुद से कहा।

"कबीर, कम दिस साइड।" कूल ने उसे बुलाया, "जो स्टूडेंट्स घर

से लंच बॉक्स लेकर आते हैं, उन्हें यहाँ सैंडविच कहते हैं; और जो स्कूल में बना खाना खाते हैं, उन्हें डिनर।''

अजीब लोग हैं ये अंग्रेज़ भी; ज़रूर बोलने में इन लोगों की ज़ुबान दुखती होगी, तभी तो कम से कम शब्दों में काम चलाते हैं।

कूल ने अपना लंच बॉक्स खोला। उसमें ब्राउन ब्रेड का बना चीज़ एंड टोमेटो सैंडविच था, साथ में एक केला और सेब। हाउ बोरिंग! कबीर ने सोचा। क्या कूल हर रोज़ यही खाता है? इस देश में लोगों को खाने का शऊर नहीं है। मगर कूल तो इंडियन है, वह क्यों यह बोरिंग खाना खाता है। कबीर ने अपना लंच बॉक्स खोला। अहा! बटाटा वड़ा, थेपला और आम का अचार... इसे कहते हैं खाना। कबीर को अपनी माँ पर फ़ख़्र महसूस हुआ। कितना टेस्टी खाना बनाती है माँ; और एक कूल की माँ... क्या उसे पराठा या पूड़ी बनाना भी नहीं आता।

''स्मेल्स सो नाइस, व्हाट इज़ इट?'' पास बैठे एक गोरे अंग्रेज़ लड़के हैरी ने पूछा।

''बटाटा वड़ा।'' कबीर ने गर्व से कहा।

''वाओ! बटाटा वरा। कबीर इज़ नॉट सैंडविच, ही इज़ बटाटा वरा।'' हैरी ने हँसते हुए कहा। अंग्रेज़ होने के नाते वह 'ड़' का उच्चारण 'र' करता था।

''नो नॉट बटाटा वरा, बटाटा वड़ा।'' कूल ने वड़ा पर ज़ोर देकर कहा। उसके बटाटा वड़ा कहने के अंदाज़ पर पास बैठे सारे छात्र भी हँसने लगे। कबीर को बड़ी शर्म आई। बड़ी मुश्किल से उससे एक थेपला खाया गया।

उस दिन के बाद से कबीर के लंच बॉक्स में कभी बटाटा वड़ा नहीं आया, मगर उसका नाम हमेशा के लिए बटाटा वड़ा पड़ गया।

''डू यू नो दैट गर्ल?'' अगले दिन प्लेटाइम में एक लम्बी, स्लिम

और गोरी लड़की की ओर इशारा करते हुए कूल ने कबीर से पूछा। लड़की ने सिर पर रंग-बिरंगा डिज़ाइनर स्कार्फ़ बाँधा हुआ था, जिससे कबीर ने अंदाज़ लगाया कि वह कोई मुस्लिम लड़की होगी।

"नो, हू इज़ शी?"

"शी इज़ बट्ट।"

"बट्ट? यू मीन बैकसाइड?" कबीर को लगा कि वह कूल की कोई शरारत थी।

"हर फॅमिली नेम इज़ बट्ट, हर फॅमिली इज़ फ्रॉम कश्मीर।"

"ओह! आई सी।"

कश्मीर के ज़िक्र पर कबीर को भारत सरकार की दुकान पर काम करने वाले लड़के बिस्मिल का ध्यान आया। कितने फ़ख़्र से उसने कहा था कि वह आज़ाद कश्मीर से है। हुँह, आज़ाद कश्मीर... इट्स पाक ऑक्यूपाइड कश्मीर।

"दोस्ती करोगे उससे?" कूल ने आँखें मटकाकर पूछा।

वह आम कश्मीरी लड़कियों से भी ज़्यादा सुन्दर थी। ख़ासतौर पर उसके कश्मीरी सेब जैसे गुलाबी लाल गाल तो बहुत ही खूबसूरत थे।

"व्हाट्स हर फर्स्ट नेम?" कबीर ने उत्सुकता से पूछा।

'लिकमा।'

"लिकमा? ये कैसा नाम हुआ?" कबीर को वह नाम बड़ा अजीब सा लगा।

"इट्स एन अरेबिक वर्ड, इट मीन्स विज़्डम।"

"हम्म! ब्यूटीफुल नेम।"

"गो... टेल हर, दैट यू लाइक हर नेम।" कूल ने लड़की की ओर इशारा किया।

'अभी?'

''हाँ, लड़कियों को अपनी तारीफ़ सुनना पसंद होता है। यू टेल हर, यू लाइक हर नेम, शी विल लाइक इट।''

कबीर को काफ़ी घबराहट हुई। जिस लड़की को दूर से देखकर ही उसका दिल धड़क रहा था, उसके पास जाकर क्या हाल होगा। मगर उसके गुलाबी लाल गाल कबीर को लुभा रहे थे। उस वक्त उसे लगा कि उन गालों के लिए वह उससे दोस्ती तो क्या, पाकिस्तान से दुश्मनी भी कर सकता है। हिम्मत करके किसी हिन्दुस्तानी सिपाही की तरह कबीर उसकी ओर बढ़ा। सिर उठा के, कंधे थोड़े चौड़े करके, अपनी घबराहट को काबू करने की कोशिश करते हुए।

'हाय!' कबीर ने लड़की के सामने पहुँचकर बड़ी मुश्किल से कहा। एक छोटा सा हाय भी उसे एक पूरे पैराग्राफ जितना लम्बा लग रहा था।

'हाय!' लड़की ने बड़ी सहजता से मुस्कुराकर कहा। कबीर को उसकी स्माइल बहुत प्यारी लगी। वह एक लड़की थी। एक अजनबी लड़के से बात करते हुए घबराहट उसे होनी चाहिए थी, मगर वह बिल्कुल नॉर्मल थी, और कबीर एक लड़का होते हुए भी घबरा रहा था। कबीर का दिल ज़ोरों से धड़क रहा था। किसी तरह अपनी धड़कनों को सँभालते हुए उसने कहा, ''आई लाइक योर नेम, लिकमा!''

'व्हाट?' लड़की ने चौंकते हुए पूछा।

''लिकमा बट्ट।''

तड़ाक। कबीर के बाएँ गाल पर एक ज़ोर का थप्पड़ पड़ा। उसे पता नहीं था कि कोई नाज़ुक सी लड़की इतनी ज़ोर का थप्पड़ मार सकती है। कबीर का गाल उस लड़की के गाल से भी अधिक लाल हो गया; कुछ तो थप्पड़ की वजह से, और कुछ किसी लड़की से थप्पड़ खाने के अपमान की वजह से। कबीर को कुछ समझ नहीं आया कि आख़िर उस लड़की ने उसे थप्पड़ क्यों मारा। उसने ऐसा क्या कह दिया; उसके नाम की तारीफ़ ही तो

की थी... और कूल का कहना था कि लड़कियों को तारीफ़ पसंद होती है।

५

“हा हा...लिकमा बट्ट, लिक माइ बट्ट, लिक माइ बैकसाइड... बटाटा वरा, यू आर लकी टू हैव बीन स्पेयर्ड विद ओनली वन स्लैप।” हैरी की हँसी रुक नहीं रही थी।

“इज़ दैट नॉट हर नेम?” कबीर अभी भी अपना गाल सहला रहा था।

“हर नेम इज़ हिकमा, नॉट लिकमा।” हैरी की हँसी अब भी नहीं रुकी थी।

“वाय डिड यू डू दिस टू मी?” कबीर को कूल पर बहुत गुस्सा आ रहा था।

“कूल-डाउन बडी।” कूल के होंठों पर तैर रही बेशर्म मुस्कान कबीर को बहुत ही भद्दी लगी।

“कूल-डाउन? क्यों?” उस वक्त कबीर को इतना अपमान महसूस हो रहा था कि जैसे उसने सिर्फ़ एक लड़की से नहीं, बल्कि पूरे आज़ाद कश्मीर से थप्पड़ खाया हो; हिंदुस्तान ने पाकिस्तान से थप्पड़ खाया हो।

"सी बडी, इसी तरह प्यार की शुरूआत होती है; जब उसे पता चलेगा कि उसने तुझे तेरी ग़लती के बिना चाँटा मारा है, तो उसे तुझसे सिम्पथी होगी, फिर वह तुझसे माफ़ी माँगेगी, फिर तू उसे ऐटिटूड दिखाना, फिर वह तुझे मनाएगी...।"

प्यार? हिकमा जैसी खूबसूरत लड़की को कबीर से? कश्मीरी सेब को गुजराती फाफड़े से? कबीर अपनी फैंटसी की दुनिया में खो गया। कूल को तो उसने कब का माफ़ कर दिया, वह बस इस सोच में खो गया, कि जब हिकमा उससे माफ़ी माँगेगी तो उसका जवाब क्या होगा। क्या वह उसे कोई ऐटिटूड दिखा पाएगा? कहीं हिकमा उसके ऐटिटूड से नाराज़ न हो जाए। एक मौका मिलेगा पास आने का, वह भी न चला जाए। कबीर ने सोच लिया कि वह उसे झट से माफ़ कर देगा। शी वाज़ सच ए स्वीट गर्ल। कबीर अपने गाल पर पड़ा थप्पड़ भूल गया था; उसका दर्द भी और उसका अपमान भी। कबीर यह सोचना भी भूल गया था कि हिकमा को यह कौन बताएगा कि ग़लती उसकी नहीं थी।

अगले कुछ दिन कबीर, प्ले टाइम में हिकमा से नज़रें मिलाने से बचता रहा, मगर छुप-छुपकर कभी इस तो कभी उस आँख के कोने से उसे देख भी लेता। इस बात की बेसब्री से उम्मीद थी कि हिकमा को यह अहसास हो कि ग़लती उसकी नहीं थी, मगर वह अहसास किस तरह हो यह पता नहीं था। एक बार सोचा कि कूल की शिकायत की जाए, मगर उससे बात के निकलकर दूर तलक चले जाने का डर था। अच्छी बात यह थी कि हिकमा ने उसकी शिकायत किसी से नहीं की थी। इस बात पर कबीर को वह और भी अच्छी लगने लगी थी। अब बस किसी तरह उसकी ग़लतफ़हमी दूर कर नज़दीकियाँ बढ़ानी थीं।

"कबीर, वॉन्ट टू वाच सम किंकी स्टफ़?" समीर ने कबीर से धीमी आवाज़ में, मगर थोड़ी बेसब्री से पूछा।

"ये किंकी स्टफ़ क्या होता है?" कबीर को कुछ समझ नहीं आया।

“चल तुझे दिखाता हूँ; वो सेक्सी बिच लूसी है न।” लूसी का नाम लेते हुए समीर की आँखें शरारत से मटकने लगीं।

“वह, जिसका मकान पीछे वाली सड़क पर है?”

“हाँ उसका बॉयफ्रेंड है, चार्ली चरणदास।”

“चार्ली चरणदास?” ब्रिटेन आकर कबीर को एक से बढ़कर एक अजीबोग़रीब नाम सुनने मिल रहे थे; उसी देश में, जहाँ विलियम शेक्सपियर ने लिखा था, व्हाट्स इन ए नेम? नाम में क्या रखा है? मगर कोई कबीर से पूछे कि नाम में क्या रखा है? वह आपका मनोरंजन करने से लेकर आपको थप्पड़ तक पड़वा सकता है।

“चार्ली द फुटस्लेव।” समीर ने हँसते हुए कहा; “उनका विडियो रिकॉर्ड किया है; शी इज़ स्पैकिंग हिम व्हाइल ही किसेस हर फुट।”

“व्हाट द हेल इज़ दिस?” पैर चूमना? थप्पड़ मारना? कबीर को कुछ समझ नहीं आया, मगर उसे विडियो देखने की उत्सुकता ज़रूर हुई।

“शो मी।” कबीर ने बेसब्री से कहा।

“यहाँ नहीं, मेरे कमरे में चल।”

कबीर बेसब्री से समीर के पीछे उसके कमरे की ओर दौड़ा। अपने कमरे में पहुँचकर समीर ने स्टडी टेबल के ड्रॉर से अपना लैपटॉप निकाला।

“लुक द फ़न स्टार्ट्स नाउ।” लैपटॉप ऑन करके एक विडियो फाइल पर क्लिक करते हुए समीर की चौड़ी मुस्कान से उसकी बत्तीसी झलकने लगी।

विडियो चलना शुरू हुआ। लूसी बला की खूबसूरत थी। ब्लॉन्ड हेयर, ओवल चेहरा, नीली नशीली आँखें, लम्बा कद, स्लिम फिगर, गोरा रंग; सब कुछ बिल्कुल हॉलीवुड की हीरोइनों वाला। लूसी की उम्र लगभग सत्ताइस-अट्ठाइस साल थी, मगर वह इक्कीस-बाइस से अधिक की नहीं लग रही थी। वह ब्राउन कलर के लेदर सोफ़े पर बैठी हुई थी, लाल रंग की

जालीदार तंग ड्रेस पहने; जिसमें उसके प्राइवेट पार्ट्स के अलावा सब कुछ नज़र आ रहा था। उसने बाएँ हाथ की उँगलियों के बीच एक सुलगती हुई सिगरेट पकड़ी हुई थी। उसके सामने, नीचे फर्श पर, घुटनों के बल पीठ के पीछे हाथ बाँधे और गर्दन झुकाए एक नौजवान बैठा हुआ था... चार्ली चरणदास। उम्र लगभग पच्चीस; गोरा रंग, तगड़ा शरीर, कसी हुई मांसपेशियाँ, खूबसूरत चेहरा।

लूसी ने दायें हाथ से चार्ली के सिर के बाल पकड़कर उसका चेहरा ऊपर उठाया।

"चार्ली, यू इडियट! लुक हियर।" लूसी की आवाज़ बहुत मीठी थी। यकीन नहीं हो रहा था कि कोई किसी का इतनी मीठी आवाज़ में भी अपमान कर सकता है।

"यस मैडम।" ऐसा लगा मानों चार्ली ने बड़ी हिम्मत से सिर उठाकर लूसी से नज़रें मिलाई हो।

लूसी ने चार्ली के बायें गाल पर एक थप्पड़ मारा। समीर की बत्तीसी से हँसी छलक पड़ी, मगर कबीर को हिकमा का मारा हुआ थप्पड़ याद आ गया; हालाँकि लूसी का थप्पड़ वैसा करारा नहीं था।

"चार्ली बॉय, यू नो दैट यू डिन्ट इवन नो हाउ टू पुट योर पेंसिल डिक इनसाइड ए पुस्सी; आई हैड टू टीच यू इवन दैट।"

"यस मैडम।" चार्ली ने शर्म से आँखें झुकाई।

"सो नाउ यू थिंक यू कैन जर्क दैट टाइनी कॉक विदाउट माइ परमिशन?" लूसी का लहज़ा कुछ सख्त हुआ।

"आई एम सॉरी मैडम; इट वाज़ ए बिग मिस्टेक।" चार्ली ने अपना सिर भी झुकाया।

"आर यू अशेम्ड ऑफ़ व्हाट यू डिड?" लूसी ने सिगरेट का एक लम्बा कश लिया।

'यस।' चार्ली का चेहरा शर्म से लाल हो रहा था; ठीक वैसे ही, जैसा कि हिकमा से थप्पड़ खाने के बाद कबीर का चेहरा हुआ था।

"यस व्हाट ?" लूसी की भौहें तनीं।

"यस मैडम।"

"सो व्हाट शैल आई डू विद यू?" लूसी ने आगे झुकते हुए सिगरेट का धुआँ चार्ली के मुँह पर छोड़ा, और फिर पीछे सोफ़े पर पीठ टिका ली।

"प्लीज़ फॉरगिव मी मैडम।"

"ह्म्म...आर यू बेगिंग?"

"यस मैडम, प्लीज़ फॉरगिव मी।" चार्ली का सिर झुका हुआ था, हाथ पीछे बँधे हुए थे।

"इज़ दिस द वे टू बेग? आई एम नॉट इम्प्रेस्ड एट ऑल।" लूसी ने सिगरेट का एक और कश लिया।

"प्लीज़, प्लीज़ मैडम, प्लीज़ फॉरगिव मी... प्लीज़ गिव मी वन मोर चान्स; आई प्रॉमिस, दिस विल नॉट हैपन अगेन।" चार्ली लूसी के पैरों पर सिर रखकर गिड़गिड़ाया।

"हूँ... दिस इज़ बेटर।" लूसी ने अपनी आँखों के सामने गिर आई बालों की एक लट पीछे की ओर झटकी, और सिगरेट की राख चार्ली के सिर पर, "ओके, गेट अप एंड मेक मी ए ग्लास ऑफ़ वाइन।"

चार्ली के होठों पर एक राहत की मुस्कान आई। वह उठकर अपनी बाईं ओर दीवार में बने शोकेस की ओर बढ़ने लगा।

"गेट ऑन योर नीज़ चार्ली; आई हैवंट आस्क्ड यू टू वॉक ऑन योर फीट यट, हैव आई?" लूसी ने आँखें तरेरीं।

"सॉरी मैडम।" अपने घुटनों पर बैठते हुए घुटनों के बल चलके चार्ली शोकेस तक पहुँचा; बाँहें तानकर उसने काँच का स्लाइडर सरकाया, और एक वाइट वाइन की बोतल और क्रिस्टल का वाइन गिलास निकाला।

वाइन गिलास को बाएँ हाथ में पकड़ते हुए, वाइन की बोतल को बायीं बाँह और सीने के बीच जकड़ के दाहिने हाथ से शोकेस को स्लाइडर सरका कर बंद किया, और घुटनों के बल चलते हुए लूसी के सामने आया। लूसी ने सिगरेट का एक लम्बा कश लेते हुए चार्ली को आँखों के इशारे से वाइन का गिलास भरने को कहा। सोफ़े के पास रखे साइड स्टूल पर वाइन गिलास रखकर, चार्ली ने वाइन की बोतल खोली, और गिलास में वाइन भरकर उसे बड़े आदर से लूसी को पेश किया।

"हूँ, आई एम इम्प्रेस्ड।'' लूसी ने सोफ़े पर अपनी पीठ टिकाते हुए वाइन का सिप लिया।

"चार्ली, कान्ट यू सी दैट माइ फीट आर डर्टी? डू, आई नीड टू टेल यू व्हाट यू हैव टू डू?'' लूसी ने अपने नंगे पैरों की ओर इशारा करते हुए चार्ली को झिड़का।

"सॉरी मैडम।'' चार्ली ने लूसी के पैरों पर झुकते हुए अपनी जीभ बाहर निकाली।

"चार्ली बॉय! हैव यू आस्क्ड फॉर परमिशन?'' लूसी की आँखों से दंभ की एक किरण उठकर उसकी भौंहों को तान गई।

"सॉरी मैडम... कैन आई?''

"ओके, गो अहेड।''

"थैंक यू मैडम।'' चार्ली की जीभ, लूसी के बाएँ पैर के तलवे पर कुछ ऐसे फिरने लगी, मानों किसी चॉकलेट बार पर फिर रही हो।

"गेट योर टंग बिटवीन द टोज़।'' लूसी ने हुक्म किया।

"यस मैडम।'' चार्ली ने जीभ उसके पैर की उँगलियों के बीच डाली, और उँगलियों को एक-एक कर चूसना शुरू किया। चार्ली के चेहरे के भावों से ऐसा लग रहा था, मानों उसे किसी रसीली कैंडी को चूसने का आनंद आ रहा हो।

चार्ली की जीभ लूसी के पैरों पर फिरती रही, और लूसी सोफ़े पर आराम से टिक कर वाइन के घूँट भरती रही।

कुछ देर बाद लूसी ने अपने दायें पैर की उँगलियाँ, चार्ली की ठुड्डी में अड़ाकर चार्ली के चेहरे को ऊपर उठाया।

"चार्ली! यू हैव बीन ए गुड बॉय; आई थिंक यू डिज़र्व ए रिवार्ड नाउ।"

"थैंक यू मैडम।" चार्ली ने हसरत भरी नज़रों से लूसी के खूबसूरत चेहरे को देखा।

लूसी ने अपने वाइन गिलास से थोड़ी वाइन अपनी दाहिनी टाँग पर उड़ेली, जो नीचे बहते हुए उसके पैर से होकर चार्ली के होठों तक पहुँची। चार्ली ने वाइन का घूँट भरा, और उसकी आँखों की हसरत चमक उठी। लूसी ने अपने गिलास की बची हुई वाइन भी अपनी टाँग पर उड़ेली। चार्ली के होंठ वाइन की धार को पकड़ने लूसी की टाँगों पर ऊपर सरके।

लूसी ने शरारत से हँसते हुए अपनी टाँग खींची, और आगे झुककर चार्ली के गले में बाँहें डालकर उसके उसी गाल को प्यार से सहलाया, जिस पर उसने थप्पड़ जड़ा था, और फिर उसी जगह एक हल्का सा थप्पड़ मारते हुए मुस्कुराकर कहा, "चार्ली बॉय, कान्ट यू सी, दैट माइ ग्लास इज़ एम्प्टी, मेक मी एनअदर ग्लास ऑफ वाइन।"

कबीर को पूरा सीन बड़ा भद्दा सा लगा। उन दिनों उसे न तो बीडीएसएम का कोई ज्ञान था, और न ही 'डामिनन्स एंड सबमिशन' के प्ले में यौन-आनंद लेने वाले प्रेमी-युगलों की कोई जानकारी थी। न तो तब ऐसे युगलों पर लिखी 'फिफ्टी शेड्स ऑफ़ ग्रे' जैसी कोई लोकप्रिय किताब थी, और न ही इस बात का कोई अंदाज़, कि ऐसा भी कोई मर्द हो सकता है, जो अपमान और पीड़ा में यौन-आनंद ले, या ऐसी कोई औरत, जो अपने प्रेमी का अपमान कर, और उसे पीड़ा देकर प्रसन्न हो। उस वक्त यदि कोई उस प्ले को बीडीएसएम कहता, तो कबीर को उसका अर्थ बस यही समझ आता, ब्लडी डिस्गस्टिंग सेक्सुअल मैनर्स। मगर अचानक ही कबीर को

अहसास हुआ कि वह सारा सीन उसे भद्दा लगकर भी एक किस्म का सेक्सुअल एक्साइट्मन्ट दे रहा था। वह लूसी की ख़ूबसूरती थी, या फिर उसकी अदाएँ; या फिर उसका अपनी ख़ूबसूरती और अदाओं पर गुरूर, या उस गुरूर को पिघलाता यह छुपा हुआ अहसास कि उस प्ले की तरह ही उसकी ख़ूबसूरती और जवानी की उम्र भी बहुत लम्बी नहीं थी। मगर कुछ तो था, जो कबीर के मन के किसी कोने में अटककर उसे लूसी की ओर खींच रहा था। और जिस तरह कबीर के लिए यह अंदाज़ लगा पाना मुश्किल था, कि उसके मन में अटकी कौन सी बात उसे लूसी की ओर खींच रही थी, उसके लिए यह जान पाना भी मुश्किल था, कि वह उसे लूसी के किस ओर खींच रही थी? क्या वह ख़ुद को चार्ली की जगह देख सकता था, लूसी के पैरों में सिर झुकाए? क्या उसे अपमान या पीड़ा में कोई यौन आनंद मिल सकता है? क्या हिकमा से थप्पड़ खाकर उसे किसी किस्म का आनंद भी मिला था? आख़िर क्यों उसका मन उसे उसका अपमान करने वाली लड़की की ओर खींच रहा था? कबीर को हिकमा पर गुस्सा आने की जगह प्यार क्यों आ रहा था?

८

अगले दिन का प्लेटाइम कबीर के लिए एक सुखद आश्चर्य लेकर आया; हालाँकि प्लेटाइम, उसके लिए कुछ ख़ास प्लेटाइम नहीं हुआ करता था। हिकमा वाली घटना के बाद वह हर उस चीज़ से बचने की कोशिश करता था, जो उसे किसी परेशानी या दिक्कत में डाल सके; यानी लगभग हर चीज़ से। उस दिन भी वह अकेले ही बैठा था, कि उसे हिकमा दिखाई दी; मुस्कुराकर उसकी ओर देखते हुए। कबीर को हिकमा की मुस्कुराहट का राज़ समझ नहीं आया। उसे तो कबीर से नाराज़ होना चाहिए था, और नाराज़गी में मुस्कान कैसी। मगर उसकी मुस्कुराहट के बावजूद, कबीर के लिए उससे नज़रें मिलाना कठिन था। उसने तुरंत पलकें झुकाईं और आँखें दूसरी ओर फेर लीं; या यूँ कहें कि पलकें अपने आप झुकीं, और आँखें फिर गईं। मगर ऐसा होने पर उसे थोड़ा बुरा भी लगा। सभ्यता का तकाज़ा था कि जब हिकमा मुस्कुराकर देख रही थी, तो एक मुस्कान कबीर को भी लौटानी चाहिए थी। मगर एक तो उसकी हिम्मत हिकमा से आँखें मिलाने की नहीं हो रही थी, दूसरा हिकमा के थप्पड़ की वजह से थोड़ी सी नाराज़गी उसे भी थी; और तीसरा, कूल का ऐटिटूड दिखाने का सुझाव।

अभी कबीर यह तय भी नहीं कर पाया था, कि हिकमा की मुस्कुराहट का जवाब किस तरह दे, कि उसे एक मीठी सी आवाज़ सुनाई दी, "हाय कबीर!"

उसने नज़रें उठाकर देखा, सामने हिकमा खड़ी थी। उसके होठों पर अपने आप एक मुस्कुराहट आ गई, और उस मुस्कुराहट से निकल भी पड़ा, 'हाय!'

कबीर ने उठकर एक नज़र हिकमा के चेहरे को देखा; फिर नज़र भर कर देखा, मगर उसे समझ नहीं आया कि क्या कहे। थोड़ा सँभलते हुए उसने कहा, "सॉरी हिकमा..।"

इतना सुनते ही हिकमा हँस पड़ी, "इस बार तुमने मेरा नाम सही लिया है।"

हिकमा के हँसते ही कबीर के मन से थोड़ा बोझ उतर गया, और साथ ही उतर गई उसकी बची-खुची नाराज़गी।

"आई एम सॉरी..।" इस बार उसने हल्के मन से कहना चाहा।

"डोंट से सॉरी; मुझे पता है कि ग़लती तुम्हारी नहीं थी।" हिकमा ने अपनी मुस्कुराहट बरकरार रखते हुए कहा।

हिकमा से यह सुनकर कबीर की ख़ुशी का ठिकाना न रहा।

"तुम्हें कैसे पता चला?" वह लगभग चहक उठा।

"कबीर; मेरे साथ इस तरह के मज़ाक होते रहते हैं; मेरा नाम ही कुछ ऐसा है... मगर जब मुझे पता चला कि तुम यहाँ नए हो, तो मुझे लगा कि ये किसी और की शरारत रही होगी।"

"थैंक यू।" ख़ुशी कबीर के चेहरे पर ठहर नहीं रही थी। हिकमा के लिए उसका प्यार और भी बढ़ गया।

"कबीर आई एम सॉरी दैट...।"

"नो नो...प्लीज़ डोंट से सॉरी, इट्स ऑल राइट।"

वही हुआ, जो कबीर ने सोचा था। वह हिकमा को ऐटिटूड दिखा नहीं सका। हिकमा ने उसे माफ़ कर दिया, उसने हिकमा को माफ़ कर दिया। अब बात आगे बढ़ानी थी। कबीर ने बेसब्री से हिकमा की ओर मुस्कुराकर देखा, कि वह कुछ और कहे।

"अच्छा बाय, क्लास का टाइम हो रहा है।" उसने बस इतना ही कहा, और पलटकर अपने क्लासरूम की ओर बढ़ गई।

हिकमा से कबीर ने जो कुछ सुना, और उससे जो कुछ कहा उस, पर उसे यकीन नहीं हो रहा था। कबीर के लिए हिकमा से इतना सुनना भी बहुत था, कि वह उससे नाराज़ नहीं थी; मगर फिर भी वह उससे और भी बहुत कुछ सुनना चाहता था; उससे और भी बहुत कुछ कहना चाहता था।

अगले कुछ दिन, प्ले-टाइम और डिनर ब्रेक में कबीर की नज़रें हिकमा से मिलती रहीं। हिकमा, कबीर को देख कर मुस्कुराती, और कबीर उसे देखकर मुस्कुराता। इससे अधिक कुछ और न हो पाता। प्ले-टाइम में हिकमा अपने साथियों के साथ होती। कबीर अक्सर अकेला ही होता। हालाँकि कबीर ने कूल को माफ़ कर दिया था; हैरी से भी उसे कोई ख़ास नाराज़गी नहीं थी; फिर भी उसे अकेले रहना ही अच्छा लगता। डिनर ब्रेक में भी वे अलग-अलग ही बैठते। हिकमा डिनर थी, कबीर सैंडविच था।

एक दिन कबीर ने हिकमा को अकेले पाया। इससे बेहतर मौका नहीं हो सकता था उससे बात करने का। कुछ हिम्मत बटोरकर कबीर उसके पास गया।

'हाय!'

'हाय!' हिकमा ने मुस्कुराकर कहा।

"हाउ आर यू?"

"आई एम फाइन, थैंक्स।"

हिकमा का थैंक्स कहना कबीर को थोड़ा औपचारिक लगा। उसके आगे उसे समझ नहीं आया कि वह क्या कहे। कुछ देर के लिए उसका दिमाग बिल्कुल ब्लैंक रहा, फिर अचानक उसके मुँह से निकला, ''डू यू लाइक बटाटा वड़ा?''

''बटाटा वड़ा?'' हिकमा ने आश्चर्य से पूछा।

''हाँ, बटाटा वड़ा।''

''ये क्या होता है?''

''आलू से बनता है; स्पाइसी, डीप फ्राइ।''

''यू मीन समोसा?''

''नहीं नहीं, समोसे में मैदे की कोटिंग होती है; ये बेसन से बनता है।''

''ओह! आई नो व्हाट यू मीन।''

'खाओगी?'

'अभी?' हिकमा के चेहरे पर हैरत में लिपटी मुस्कान थी।

''नहीं, फिर कभी।'' उस समय घड़ी में दोपहर के दो बजे थे, मगर कबीर के चेहरे पर बारह बजे हुए थे। वह सोच कुछ और रहा था, और कह कुछ और रहा था। उसकी हालत देखकर हिकमा की हँसी छूट गई। कबीर को और भी शर्म महसूस हुई।

''अच्छा बाय।'' कबीर ने घबराकर कहा, और वहाँ से लौट आया।

हिकमा के चेहरे पर हँसी बनी रही।

पंद्रह साल की उम्र, वह उम्र होती है, जिसमें कोई लड़का, कभी किसी हसीन दोशीजा की जुस्तजू में समर्पण कर देना चाहता है, और कभी किसी इंकलाब की आरज़ू में बगावत का परचम उठा लेना चाहता है; मगर इन दोनों चाहों के मूल में एक ही चाह होती है... ख़ूबसूरती की चाह। कभी

आईने में झलकते अपने ही अक्स से मुहब्बत हो जाना, तो कभी अपनी कमियों और सीमाओं से विद्रोह पर उतर आना... सब कुछ अनंत के सौन्दर्य को ख़ुद से लपेट लेने और ख़ुद में समेट लेने की क़वायद सा होता है। यह कभी नीम-नीम और कभी शहद-शहद सी क़वायद, इंसान को कहाँ ले जाती है, वह काफ़ी कुछ इस बात पर भी निर्भर करता है, कि जिस मिट्टी पर ये क़वायद हो रही है, वह कितनी सख़्त है या कितनी नर्म। कबीर के लिए उस वक़्त लंदन और उसकी अन्जानी तहज़ीब की मिट्टी काफ़ी सख़्त थी, जिस पर पाँव जमाने में उसे कुछ वक़्त लगना था।

"सरकार अंकल, साबूदाना है?" कबीर ने भारत सरकार की दुकान पर उनसे पूछा। कबीर की माँ का उपवास था, और उन्होंने कबीर को साबूदाना लाने भेजा था।

"एक मिनट वेट कोरो, बीशमील शे माँगाता है।" सरकार ने कहा।

"बीस मील से आने में तो बहुत समय लग जाएगा; एक मिनट में कैसे आएगा?" कबीर ने भोलेपन से कहा।

"हामारा नौकर है बीशमील; बीशमील! पीछे शे शॉबूदाना लेकर आना।" सरकार ने आवाज़ लगाई।

कबीर को समझ आ गया कि सरकार, बिस्मिल को बीशमील कह रहा था।

कबीर, साबूदाने के आने का इंतज़ार कर रहा था, कि उसे दुकान के भीतर हिकमा आती दिखाई दी। कबीर, हिकमा को देखकर ख़ुशी से चहक उठा, "हाय हिकमा!"

"हाय कबीर! हाउ आर यू?"

"मैं अच्छा हूँ; तुम क्या लेने आई हो?"

"बेसन। इन्टरनेट पर बटाटा वड़ा की रेसिपी पढ़ी है; आज बनाऊँगी।"

“तुम बनाओगी बटाटा वड़ा?” कबीर ने आश्चर्य में डूबी ख़ुशी से पूछा। कबीर को ख़ुशी इस बात की थी, कि हिकमा ने उसकी बात को गंभीरता से लिया था; वरना उसे तो यही लग रहा था कि उसने हिकमा के सामने अपना ख़ुद का मज़ाक उड़ाया था।

“हाँ, तुम्हें यकीन नहीं है कि मैं कुक कर सकती हूँ?”

“बनाकर खिलाओगी तो यकीन हो जाएगा।”

“ठीक है; कल स्कूल लंच में तुम मेरे हाथ का बना बटाटा वड़ा खाना।”

कबीर ने हिकमा को बटाटा वड़ा खिलाने के लिए तो कह दिया, पर उसे फिर से स्कूल में अपना मज़ाक उड़ाए जाने का डर लगने लगा। इसी मज़ाक के डर से वह लंचबॉक्स में भारतीय खाना ले जाने की जगह सैंडविच ले जाने लगा था। लेकिन वह हिकमा के साथ बैठकर उसके हाथ का बना बटाटा वड़ा खाने का लोभ संवरण नहीं कर पाया। उसने मुस्कुराकर कहा, “थैंक यू सो मच; और हाँ, चाहे तो इसे टिप समझो या फिर रिक्वेस्ट, मगर उसमें मीठी नीम ज़रूर डालना।”

“मीठी नीम?” हिकमा ने शायद मीठी नीम का नाम नहीं सुना था।

“करी लीव्स।” कबीर ने स्पष्ट किया।

अगले दिन कबीर, लंच में हिकमा के साथ बैठा था। वह अपने लंचबॉक्स में माँ के हाथ का बना आलू टिक्की सैंडविच लाया था, मगर उसकी सारी दिलचस्पी हिकमा के हाथ के बने बटाटा वड़ा में थी। हिकमा ने लंचबॉक्स खोला। लहसुन, अदरक और मीठी नीम की मिलीजुली खुशबू उसके डब्बे से उड़ी। कबीर को वह खुशबू भी ऐसी मादक लगी, मानो हिकमा के शरीर से उड़ी किसी परफ्यूम की खुशबू हो। हिकमा, ख़ुद डिनर थी; बटाटा वड़ा तो वह बस कबीर के लिए ही लाई थी।

“वाह, अमेज़िंग! दिस इज़ रियली वेरी टेस्टी।” कबीर ने बटाटा वड़ा

का एक टुकड़ा खाते हुए कहा।

"तुमने जो कुकिंग टिप दिया था न, मीठी नीम डालने का; उससे और भी टेस्टी हो गया।" हिकमा ने एक मीठी मुस्कान के साथ कहा।

"हे बटाटा वड़ा!" अचानक, दो टेबल दूर बैठे कूल की आवाज़ आई। कबीर ने उसे देखकर गन्दा सा मुँह बनाया, और फिर किसी तरह अपनी भावभंगिमा ठीक करने की कोशिश करते हुए हिकमा की ओर देखा।

"तुम कबीर को बटाटा वड़ा क्यों कहते हो?" हिकमा ने कूल से पूछा। उसकी आवाज़ में हल्का सा गुस्सा था।

"क्योंकि इसे बटाटा वड़ा पसंद है।" कूल ने हँसते हुए कहा।

"तब तो तुम्हारा नाम तंदूरी चिकन होना चाहिए।" हिकमा ने एक ठहाका लगाया। हिकमा के साथ कबीर और कूल भी हँस पड़े।

"और तुम्हें क्या कहना चाहिए?" कूल ने आँखें मटकाते हुए पूछा।

"मीठी नीम।" हिकमा ने फिर वही मीठी मुस्कान बिखेरी। कबीर बहुत देर तक उस मीठी मुस्कान को देखता रहा।

"इतनी अच्छी कुकिंग कहाँ से सीखी?" कबीर ने हिकमा की मुस्कान पर नज़रें जमाए हुए ही पूछा।

"मेरे डैड कश्मीरी हैं और मॉम इंग्लिश हैं; डैड को इंडियन खाना बहुत पसंद है, और मॉम को इंडियन कुकिंग नहीं आती थी; इसलिए मॉम कुकिंग बुक्स और मैगज़ीन्स में रेसिपी पढ़कर खाना बनाती थीं। घर पर हर वक्त ढेरों कुकिंग बुक्स और मैगज़ीन्स होती थीं, उन्हें पढ़-पढ़कर मुझे भी कुकिंग का शौक हो गया।"

"ओह नाइस।" कबीर को अब जाकर हिकमा के गोरे गुलाबी गालों का राज़ समझ आया।

"तुम भी कुकिंग करते हो?" हिकमा ने पूछा।

"मैं बस अंडे उबाल लेता हूँ।" कबीर ने हँसते हुए कहा।

''टिपिकल इंडियन बॉय।'' हिकमा भी हँस पड़ी।

कुछ दिनों बाद कबीर के मामा-मामी, यानी समीर के माता-पिता, कुछ दिनों के लिए शहर से बाहर गए, समीर को घर पर अकेला छोड़कर। समीर जब घर पर अकेला होता था, तो घर, घर नहीं रहता था, बल्कि क्लब हाउस होते हुए मैड हाउस बन जाता था। इस बार भी वैसा ही हुआ। समीर ने अपने साथियों को हाउस पार्टी पर अपने घर बुलाया; कबीर तो खैर वहाँ मौजूद था ही। आपको यह जानने की उत्सुकता होगी, कि ब्रिटेन की टीनएज पार्टियों में क्या होता है। टीनएज पार्टियाँ हर जगह एक जैसी ही होती हैं। जब सोलह सत्रह साल के लड़के-लड़कियाँ मिलते हैं, तो वे आपकी और मेरी तरह किस्से सुनते-सुनाते नहीं हैं, बल्कि अपनी सरगर्म हरकतों से किस्से रचते हैं; उस रात भी उस पार्टी में एक ख़ास किस्सा रचा गया।

टीनएज पार्टियों में दो चीज़ें अनिवार्य होती हैं; एक तो संगीत, और दूसरी शराब। संगीत वही होता है, जिस पर थिरका जा सके; मगर वैसा संगीत न भी हो तो भी जवान लड़के-लडकियाँ ख़ुद ही अपनी ताल पैदा कर लेते हैं। और जब शराब भीतर जाए, तो फिर वो किसी ताल के मोहताज़ भी नहीं रहते। कुछ ही देर में वे या तो जोड़ों में बँट जाते हैं, या जोड़े बनाने में मशगूल हो जाते हैं, और पार्टी खत्म होते तक कुछ नए जोड़ों की ताल मिल जाती है, और कुछ पुराने जोड़ों की ताल टूट जाती है।

समीर के घर संगीत का इंतज़ाम तो पहले से ही था... सोनी का होम थिएटर, बोस के स्पीकर्स के साथ। शराब का इंतज़ाम भी उसने कर लिया था। हालाँकि ब्रिटेन में अठारह साल से कम के बच्चों का शराब खरीदना और माता-पिता की मर्ज़ी के बिना शराब पीना गैर-कानूनी है, मगर समीर ने बिस्मिल, के ज़रिये भारत सरकार की दुकान से शराब मँगा ली थी। वैसे बिस्मिल मज़हबी कारणों से ख़ुद शराब नहीं पीता था; मगर ऊपर से पैसे लेकर गैरकानूनी तरह से शराब बेचने में उसे कोई दिक्कत नहीं थी।

लगभग सात बजे समीर के साथी आना शुरू हुए। सबसे पहले आई टीना। टीना समीर की गर्लफ्रेंड थी। लम्बी गोरी सिक्खनी, यानी पंजाबी सिख लड़की।

"हाय कबीर!" टीना ने कबीर को देखकर हाथ आगे बढ़ाया।

कबीर को, टीना को देखकर बहुत कुछ होता था। उसकी धड़कनें तेज़ हो जाती थीं, और आँखें चोरबाज़ारी करने लगती थीं; मगर वह टीना से हाथ मिलाने का कोई मौका हाथ से जाने न देता। इस बार भी उसने तपाक से हाथ बढ़ाया, या यूँ कहें कि हाथ ख़ुद-ब-ख़ुद बढ़ गया। मगर टीना का हाथ छूते ही उसकी धड़कनें कुछ इस तेज़ी से बढ़ीं, कि उसे लगा कि अगर तुरंत हाथ न हटाया, तो उसका दिल सीने से उछलकर टीना के पैरों में जा गिरेगा। सो हाथ जिस तेज़ी से बढ़ा था, उसी तेज़ी से पीछे भी आ गया। वैसे उसे ब्रिटेन की लड़कियों में यह बात बहुत अच्छी लगती थी, कि लड़कों से हाथ मिलाने में कोई शर्म या संकोच न करना, और थोड़ी निकटता बढ़ने पर गले मिलने में भी वही तत्परता दिखाना। उस रात की पार्टी से कबीर यही उम्मीद लगाए हुआ था, कि समीर की सखियों से उसकी निकटता गले लगने तक बढ़े।

थोड़ी ही देर में समीर के दूसरे साथी भी आना शुरू हो गए। कुछ जोड़ों में थे और कुछ अकेले थे। जो जोड़ों में थे, उनके हाथ एक दूसरे की बाँहों या कमर में लिपटे हुए थे; और जो अकेले थे, उनके हाथ बोतलों पर लिपटे हुए थे; कुछ शराब की, और कुछ कोकाकोला या स्प्राइट की... जिनके भीतर भी शराब ही थी। जो लड़कियाँ अपने बॉयफ्रेंड के साथ थीं, उन्होंने बहुत छोटे और तंग कपड़े पहने हुए थे; जो लड़कियाँ अकेली थीं, उन्होंने उनसे भी छोटे और तंग कपड़े पहने हुए थे। कबीर ने इतनी सारी, और इतनी खूबसूरत लड़कियों को इतने कम और तंग कपड़ों में अपने इतने करीब पहली बार देखा था। उसे बचपन के वे दिन याद आने लगे, जब वह किसी केक या पेस्ट्री की शॉप में पहुँचकर वहाँ सजी ढेरों रंग-बिरंगी, क्रीमी, फ्रूटी, चॉकलेटी पेस्ट्रियों को देखकर दीवाना हो जाता था और मुँह में भरा पानी कभी-कभी लार के रूप में छलक कर टपक भी पड़ता था; मगर फ़र्क

यह होता था, कि वहाँ उसे एक या दो पेस्ट्री खरीद दी जातीं, जो मुँह के पानी में घुलकर उसकी लालसा पूरी कर जातीं; यहाँ उसे अपनी लालसा पूरी करने की ऐसी कोई गुंजाइश नहीं दिख रही थी।

पार्टी शुरू हुई, और युवा ऊर्जा चारों ओर बिखरने लगी। म्यूज़िक लाउड था, और उस पर थिरकते क़दम तेज़ थे। लड़के-लड़कियों के हाथ कभी एक दूसरे की कमर जकड़ते, तो, कभी बियर की बोतल और शराब के प्याले पकड़ने को लपकते। उनके होंठ, शराब के कुछ घूँट भीतर उड़ेलने को खुलते, और फिर जाकर अपने साथी के होंठों पर चिपक जाते। धीरे-धीरे शराब उनके कदमों की ताल बिगाड़ने लगी, और कुछ देर बाद सिर चढ़कर बोलने लगी।

अचानक ही एक लड़का लहराकर फर्श पर गिरा और लोटने लगा। उसे गिरता देख कबीर घबराकर चीख उठा, "इसे क्या हुआ?"

"नथिंग; ही जस्ट वांट्स टू लुक अंडर गर्ल्स स्कर्ट्स।" समीर ने हँसते हुए कहा।

"व्हाट कलर आर हर पैंटीज़, टेल मी व्हाट कलर आर हर पैंटीज़, ब्लैक इस सेक्सी, सेक्सी, ब्लू इस क्रेज़ी, क्रेज़ी...।" नशे में धुत एक लड़के ने गाना शुरू किया।

"गाएज़ स्टॉप दिस, आई नीड टॉयलेट।" अचानक टीना की चीखती हुई आवाज़ आई।

"ओए! किसी को टॉयलेट आ रही हो तो इसे दे दो; शी नीड्स टॉयलेट।" एक सिख लड़के ने ठहाका लगाया।

"शटअप! देयर इज़ समवन इन द टॉयलेट फॉर पास्ट ट्वेंटी मिनट्स।" टीना फिर से चीखी।

"आर यू होल्डिंग योर पी फॉर ट्वेंटी मिनट्स? गाएज़, लेट्स हैव ए होल्ड योर पी चैलेन्ज।" सिख लड़के ने बाएँ हाथ से अपनी टाँगों के बीच इशारा किया।

“टीना, पिस ऑन दिस गाए।” किसी ने फ़र्श पर लोट रहे लड़के की ओर इशारा किया, “ही हैज़ फेटिश फॉर गर्ल्स पिसिंग ऑन हिम।”

फ़र्श पर लोटता हुआ लड़का, पीठ के बल सरकते हुए टीना के पैरों के पास पहुँचा और गाने लगा, “पिस ऑन माइ लिप्स एंड टेल मी इट्स रेनिंग, पिस ऑन माइ लिप्स एंड टेल मी इट्स रेनिंग...।”

“पिस आफ़्फ।” टीना ने उसके बायें कंधे को ठोकर मारी, और दौड़ती हुई किचन के रास्ते से बैकगार्डन की ओर भागी।

इसी बीच कबीर को भी ज़ोरों से पेशाब लगी। दो चार बार टॉयलेट का दरवाज़ा खटखटाने के बाद भी जब भीतर से दरवाज़ा न खुला तो वह भी बैकगार्डन की ओर भागा। गार्डन में अँधेरे में डूबी शांति थी। भीतर के शोर शराबे के विपरीत, बाहर की शांति, कबीर को काफ़ी अच्छी लगी। हल्की मस्ती से चलते हुए, बाएँ किनारे पर एक घनी झाड़ी के पास पहुँचकर उसने जींस की ज़िप खोली और अपने ब्लैडर का प्रेशर हल्का करने लगा।

“हे, हू इज़ दिस इडियट? व्हाट आर यू डूइंग?” झाड़ी के पीछे से किसी लड़की की चीखती हुई आवाज़ आई।

कबीर ने झाड़ी के बगल से झाँककर देखा, पीछे टीना बैठी हुई थी। उसकी स्कर्ट कमर पर उठी हुई थी, और पैंटी घुटनों पर सरकी हुई थी। कबीर की नज़रें जाकर उसके क्रॉच पर जम गईं, और उसकी जींस की ज़िप से बाहर लटकता उसका ‘प्राइवेट’ तन कर कड़ा हो गया।

“लुक, व्हाट हैव यू डन इडियट।” टीना ने अपने सीने की ओर इशारा किया। कबीर ने देखा कि टीना के टॉप के ऊपर के दो बटन खुले हुए थे, और उसके स्तन भीगे हुए थे।

“यू हैव वेट मी विद योर पिस, कम हियर।” टीना ने गुस्से से कहा।

कबीर घबराता हुआ टीना की ओर बढ़ा। अचानक उसका पैर झाड़ी में अटका और वह लड़खड़ाकर टीना के ऊपर जा गिरा। इससे पहले कि कबीर सँभल पाता, टीना ने उसके गले में बाँहें डालते हुए उसके चेहरे को

खींचकर अपने दोनों स्तन के बीच दबा लिया।

"नाउ सक योर पिस ऑफ़्फ़ माइ ब्रेस्ट्स।" टीना के होठों से हँसी फूट पड़ी।

कबीर के होश तो पूरी तरह उड़ गए। यह एक ऐसा अनुभव था, जिसकी तुलना किसी और अनुभव से करना मुमकिन नहीं था। एक पल को कबीर को ऐसा लगा मानो उसके चेहरे पर कोई मुलायम कबूतर फड़फड़ा रहा हो, जिसके रेशमी पंख उसके गालों को सहलाते हुए उसे अपने साथ उड़ा ले जाना चाहते हों; या फिर उसने अपना चेहरा किसी सॉफ्ट-क्रीमी पाइनएप्पल केक में धँसा दिया हो, जिसकी क्रीम से निकलकर पाइनएप्पल का मीठा जूस उसके होंठों को भिगा रहा हो। मगर कबीर उन तमाम तुलनाओं के ख़यालों को एक ओर सरकाकर, उस वक्त के हर पल की अनुभूति में डूब जाना चाहता था। वैसा सुखद, वैसा खूबसूरत, उससे पहले कुछ और नहीं हुआ था। अचानक टीना ने उसके प्राइवेट को जींस की खुली हुई ज़िप से बाहर खींचते हुए अपने हाथों में कसकर पकड़ लिया। कबीर घबरा उठा। उसे ठीक से समझ नहीं आया कि क्या हो रहा था। टीना के हाथ उसके प्राइवेट को जकड़े हुए थे। उसके होंठ टीना के सीने पर जमे हुए थे। सब कुछ बेहद सुखद था, मगर कबीर के पसीने छूट रहे थे। उस पल में आनंद तो था, मगर उससे भी कहीं अधिक, अज्ञात का भय था। अज्ञात का भय, आनंद के मार्ग की बहुत बड़ी रुकावट होता है; मगर उससे भी बड़ी रुकावट होता है मनुष्य का ख़ुद को उस आनंद के लायक न समझना। कबीर को यह विश्वास नहीं हो रहा था, कि जो हो रहा था वह कोई सपना न होकर एक हक़ीक़त था, और वह उस हक़ीक़त का आनंद लेने के लायक था। उसे चुनना था कि वह उस आनंद के अज्ञात मार्ग पर आगे बढ़े, या फिर उससे घबराकर या संकोच कर भाग खड़ा हो। कबीर के भय और संकोच ने भागना चुना। टीना की पकड़ से ख़ुद को छुड़ाता हुआ वह भाग खड़ा हुआ।

6

कबीर के अगले कुछ दिन बेहद बेचैनी में बीते। जो हुआ, वह अचरज भरा था; जो हो सकता था वह कल्पनातीत था। कबीर ने सेक्स के बारे में पढ़ा था; काफ़ी कुछ सुन भी रखा था, फिर भी जो कुछ भी हुआ वह उसे बेहद बेचैनी दे रहा था। जिस समाज से वह आया था, वहाँ सेक्स, टैबू था; जिस परिवेश में वह रह रहा था, वहाँ भी सेक्स टैबू ही था। सेक्स के बारे में वह सिर्फ़ समीर से बात कर सकता था; मगर वह समीर से बात करने से भी घबरा रहा था। उसे घबराहट थी कि कहीं समीर के सामने वह टीना के साथ हुई घटना का ज़िक्र न कर बैठे; इसलिए अगले कुछ दिन वह समीर से भी किनारा करता रहा। जब सेक्स, जीवन में न हो तो वह ख़्वाबों में पुरज़ोर होता है। कबीर के ख़याल भी सेक्सुअल फैंटेसियों से लबरेज़ हो गए। फैंटेसी में पलता प्रेम और सेक्स हक़ीक़त में हुए प्रेम और सेक्स से कहीं अधिक दिलचस्प होता है। फैंटेसियों को ख़ुराक भी हक़ीक़त की दुनिया से कहीं ज़्यादा, किस्सों और अफ़सानों की दुनिया से मिलती है। कबीर की फैंटेसियाँ भी फिल्मों, इन्टरनेट और किताबों की दुनिया से ख़ुराक पाने लगीं। पर्दों और पन्नों पर रचा सेक्स, चादरों पर हुए सेक्स से कहीं अधिक रोमांच देता है। कबीर को भी इस रोमांच की लत लगने लगी।

फिर आई नवरात्रि। नवरात्रि की जैसी धूम वड़ोदरा में होती है, उसकी लंदन में कल्पना भी नहीं की जा सकती; मगर लंदन में भी कुछ जगहों पर गरबा और डाँडिया नृत्य के प्रोग्राम होते हैं, और कबीर को उनमें जाने की गहरी उत्सुकता थी। अपनी जड़ों से हज़ारों मील दूर, पराई मिट्टी पर उसकी अपनी संस्कृति कैसे थिरकती है, इसे जानने की इच्छा किसे नहीं होगी। अगली रात कबीर, समीर के साथ गरबा/डाँडिया करने गया। अंदर, डांस हॉल में जाते ही कबीर ने समीर के कुछ उन साथियों को देखा, जो उस दिन उसकी पार्टी में भी आए थे। समीर के साथियों से हाय-हेलो करते हुए ही अचानक कबीर की नज़र मिली टीना से। टीना से नज़रें मिलते ही कबीर का दिल इतनी ज़ोरों से धड़का, कि अगर डांस हॉल में तबले और ढोल के बीट्स गूँज न रहे होते, तो उसके दिल की धड़कनें ज़रूर टीना के कानों तक पहुँच जातीं।

''हेलो कबीर!'' टीना ने सहजता से मुस्कुराकर अपना हाथ कबीर की ओर बढ़ाया।

मगर कबीर की टीना से न तो हाथ मिलाने की हिम्मत हुई, और न ही नज़रें। नज़रें नीची किए हुए उसने बड़ी मुश्किल से हेलो कहा, और तेज़ी से वहाँ से खिसककर डांस करते लड़कों की टोली में घुस गया।

लंदन का डाँडिया लगभग वैसा ही था, जैसा कि वड़ोदरा का होता था। अधिकांश लोग पारंपरिक भारतीय/गुजराती वेशभूषा में ही थे। संगीत भी परंपरागत, आंचलिक और बॉलीवुड का मिला-जुला था। कबीर को यह देखकर भी सुखद आश्चर्य हुआ, कि ब्रिटेन में पैदा हुए और पले-बढ़े युवक-युवतियाँ भी संगीत और नृत्य की बारीकियों को समझते हुए, सधे और मँझे हुए स्टेप्स कर रहे थे। उस दिन की, समीर और उसके साथियों की पार्टी के म्यूज़िक और डांस, और आज के नृत्य-संगीत की कोई तुलना ही नहीं थी। कहाँ, शराब के नशे में कानफाड़ू संगीत पर बेहूदगी से मटकते अर्द्धनग्न जिस्म, और कहाँ भक्ति-रस में डूबे संगीत पर सभ्यता से थिरकती देहें। वातावरण और परिवेश, इंसान में कितना फर्क ले आते हैं।

मगर उस रात की पार्टी की तरह ही टीना और समीर एक जोड़ी में ही डांस करते रहे। कबीर की नज़र बार-बार उन पर जाती रही, और टीना की नज़रों से चोट खाकर पलटती रही। उस वक्त कबीर को जो बात सबसे ज़्यादा खल रही थी, वह थी टीना की मुस्कान। पता नहीं वह टीना की बेपरवाही थी या बेशर्मी; मगर कबीर उससे वैसी सहज मुस्कान की अपेक्षा नहीं कर रहा था, जैसे कि कुछ हुआ ही न हो; जैसे, टीना को उस रात की गई अपनी बेशर्मी का कोई अहसास ही न हो। जो भी हो, वह उसके बड़े भाई की गर्लफ्रेंड थी; वह उसके साथ वैसी बेशर्मी कैसे कर सकती थी? शायद वैसा शराब के नशे की वजह से हुआ हो, मगर फिर भी उसे उसका कुछ पछतावा तो होना चाहिए। क्या टीना को अपने किए का कोई अहसास या पछतावा नहीं है? क्या वह ख़ुद ही बेकार अपने मन पर बोझ डाल रहा है? क्या होता यदि वह वहाँ से भाग खड़ा न होता? कम से कम आज टीना से नज़रें मिलाने लायक तो होता। कबीर को ये सारे ख़याल परेशान करते रहे; कुछ इस कदर, कि उससे वहाँ और नहीं रहा गया; समीर को बिना बताए वह घर लौट आया।

अगली सुबह कबीर बेचैन सा रहा। बड़े बेमन से स्कूल गया। क्लास में मन लगाना कठिन था। कभी पिछली रात की टीना की मुस्कान तंग करती तो कभी टीना के साथ हुई घटना की यादें। लंचटाइम में भी कबीर यूँ ही बेचैन सा अकेला बैठा था। खाने का भी कुछ ख़ास मन न था, कि अचानक उसके चेहरे पर ख़ुशी तैर आई। ख़ुशी की लहर लाने वाली थी हिकमा, जो उसके सामने खड़ी थी।

''हाय कबीर! कैन आई ज्वाइन यू?'' हिकमा ने कबीर से कहा।

''ओह या..श्योर।''

''लुकिंग अपसेट!'' टेबल पर अपने खाने की प्लेट रखकर, कबीर के सामने वाली कुर्सी पर बैठते हुए हिकमा ने पूछा।

"नो, जस्ट टायर्ड।"

"क्या हुआ?"

"नवरात्रि है न, कल देर रात तक डांस किया था।" कबीर ने झूठ बोला।

"ओह डाँडिया डांस! इट्स फन, इज़ंट इट?"

"चलोगी डाँडिया करने?" कबीर अनायास ही पूछ बैठा।

"कब?"

"आज रात को।"

"ओह नो, इट्स लेट इन नाइट, आई कांट गो।"

"चलो न, मज़ा आएगा; वहाँ बटाटा वड़ा भी मिलता है।"

बटाटा वड़ा सुनकर हिकमा के चेहरे पर हँसी आ गई।

"ठीक है मैं घर में पूछती हूँ, कांट प्रॉमिस।"

"एंड आई कांट वेट।" कबीर ने मुस्कुराते हुए कहा।

उस शाम हिकमा आई। उसने गहरे जामुनी रंग की सलवार कमीज़ पहनी हुई थी जो उसके गोरे बदन पर बहुत खूबसूरत लग रही थी। सिर पर खूबसूरत सा रंग-बिरंगा स्कार्फ बाँधा हुआ था। हिकमा का आना कबीर के लिए ख़ास था। उसके आने का मतलब था कि उसे कबीर की परवाह थी। उसके आने का मतलब यह भी था कि उस शाम कबीर ख़ुद को अकेला या उपेक्षित महसूस करने वाला नहीं था।

हिकमा को डाँडिया नृत्य कुछ ख़ास नहीं आता था। कबीर को उसके साथ ताल-मेल बिठाने में मुश्किल हो रही थी। दूसरी ओर समीर और टीना की जोड़ी मँझी हुई जोड़ी थी। हिकमा के साथ डांस करते हुए भी कबीर की नज़र रह-रह कर टीना की ओर जाती और उसकी बेपरवाह मुस्कान से

टकराकर वापस लौट आती। मगर आज कबीर भी इरादा करके आया था कि वह उस बेपरवाही का जवाब बेपरवाही से ही देगा। और फिर आज उसका सहारा थी हिकमा। मगर चाहते हुए भी कबीर वैसा बेपरवाह नहीं हो पा रहा था, और अपनी बेपरवाही जताने के लिए उसे बार-बार हिकमा के और भी करीब जाना पड़ रहा था। हिकमा को कबीर का करीब आना शायद अच्छा लगता, अगर उसमें कोई सहजता होती; मगर उसे लगातार यह अहसास हो रहा था कि कबीर सहज नहीं था। टीना की ओर उठती उसकी नज़रों का भी उसे अहसास था।

कुछ देर बाद ब्रेक हुआ। हिकमा को थोड़ी राहत महसूस हुई। एक तो उसे डाँडिया नृत्य अच्छी तरह नहीं आता था; उस पर कबीर की बेचैनी। तभी उसने टीना को उनकी ओर आता देखा। हिकमा को अहसास था कि टीना ही वह लड़की थी, जिसकी ओर कबीर की नज़रें रह-रहकर जा रही थीं।

टीना के करीब आते ही कबीर का दिल ज़ोरों से धड़का, जिसकी आवाज़ शायद हिकमा को भी सुनाई दी हो; और यदि न भी सुनाई दी हो, तो भी उसे कबीर के माथे पर उभर आईं पसीने की बूंदें ज़रूर दिखाई दी होंगी।

''हेलो कबीर!'' टीना ने मुस्कुराकर कबीर से कहा। कबीर को फिर उसकी मुस्कुराहट खली... वही बेपरवाह मुस्कान।

'हेलो!' कबीर ने मुस्कुराने की कोशिश करते हुए कहा।

''दिस इज़ हिकमा।'' फिर उसी बेबस सी मुस्कान से उसने हिकमा का परिचय कराया।

'हाय!' हिकमा ने भी मुस्कुराकर टीना से कहा।

''हाय, आई एम टीना!'' टीना ने उसी सहज मुस्कान से कहा, ''यू हैव ए वेरी प्रिटी गर्लफ्रेंड कबीर।''

'गर्लफ्रेंड' शब्द हिकमा के लिए चौंकाने वाला था। तब तक उसने

कबीर के बारे में ऐसा कुछ भी नहीं सोचा था; और यदि सोचा भी हो, तो भी वह सोच किसी सम्बन्ध में तब तक नहीं ढल पाई थी।

कबीर के चेहरे पर बेबसी के भाव थे। उससे कुछ भी कहते न बना; बस मुस्कुराकर रह गया।

''कबीर, आई हैव टू गो; इट्स गेटिंग लेट नाउ।'' हिकमा ने कहा।

कबीर उससे रुकने के लिए भी न कह पाया। बस उसी बेबस मुस्कान से उसने मुस्कुराकर हिकमा को बाय कहा, और ख़ुद भी घर लौट आया।

7

“क्या तुम मुझे इसलिए ले गए थे, कि तुम शो कर सको कि तुम्हारी कोई गर्लफ्रेंड है?” अगले दिन हिकमा ने कबीर से थोड़ी तल्ख़ आवाज़ में पूछा।

“नहीं नहीं, ऐसा कुछ नहीं है।” कबीर ने बेचैन और घबराई हुई आवाज़ में कहा।

“तो फिर तुमने टीना से यह क्यों नहीं कहा कि हमारे बीच ऐसा कुछ नहीं है।”

“सॉरी, उस वक्त मुझे समझ ही नहीं आया कि क्या कहूँ।” कबीर ने सफाई दी।

“ओके, लेट्स फॉरगेट इट; मगर कबीर, मुझे इस तरह का शो-ऑफ़ पसंद नहीं है।”

“मैं ध्यान रखूँगा।” कबीर ने नज़रें झुकाते हुए कहा।

हिकमा के जाने के बाद कबीर कुछ गुमसुम सा बैठा था, तभी कूल ने पीछे से आकर उसके कंधे पर हाथ रखकर पूछा, “व्हाट्स अप मेटी।”

"कुछ नहीं यार।" कबीर ने बिना मुड़े ही जवाब दिया।

"हिकमा के बारे में सोच रहा है?" कूल ने थोड़ी शरारत से पूछा।

"नहीं, बस ऐसे ही।"

"कल उसे डाँडिया डांस में ले गया था?" कूल ने आँखें मटकाईं।

"हाँ।"

"फिर क्या हुआ?" कूल ने उत्सुकता से पूछा।

"कुछ नहीं।"

"कुछ नहीं? तू उससे कहता क्यों, नहीं कि तू उसे पसंद करता है?"

"मगर कहूँ कैसे? कोई बहाना तो होना चाहिए न।"

"बहाना है।" कूल ने चुटकी बजाते हुए कहा।

"क्या?" कबीर की आँखों में उत्सुकता जगी.

"मिसेज़ बिरदी ने एक नई पहल की है, स्टूडेंट्स का कॉन्फिडेंस बढ़ाने के लिए। इसमें किसी भी स्टूडेंट को किसी दूसरे स्टूडेंट के बारे में जो भी अच्छा लगे, उसे एक कागज़ पर लिखकर, बिना अपना नाम लिखे, चुपचाप उसके बैग में डाल देना है; इससे स्टूडेंट्स को हौसला मिलेगा, और उनका कॉन्फिडेंस बढ़ेगा।"

"और किसी ने कोई खराब बात लिखी या शरारत की तो?" कबीर ने शंका जताई।

"इसीलिए तो नोट हाथ से लिखा होना चाहिए; अगर किसी ने शरारत की तो उसकी हैंडराइटिंग से पता चल जाएगा।"

"मगर इसमें मुझे क्या करना होगा?"

"तू एक कागज़ में हिकमा की बहुत सी तारीफ़ लिखकर उसके बैग में डाल दे; लड़कियों को अपनी तारीफ़ पसंद होती है, और तारीफ़ करने वाला भी पसंद आता है।"

"मगर उसे कैसे पता चलेगा कि तारीफ़ मैंने लिखी है? वह काम तो चुपचाप करना है; उस पर अपना नाम तो लिखना नहीं है।'' कबीर आश्वस्त नहीं था।

"तू अपने नोट में कुछ क्लू डाल देना, जिससे हिकमा को अंदाज़ हो जाए कि मैसेज तूने ही लिखा है।'' कूल ने सुझाव दिया।

"कैसा क्लू?''

"तुझे हिकमा ने थप्पड़ क्यों मारा था?''

"क्योंकि मैंने उसका नाम ग़लत लिया था; थैंक्स टू यू।'' कबीर का हाथ अचानक उसके गाल पर चला गया।

"बस एक क्लू उसके नाम को लेकर डाल देना; ऐसे ही एक-दो और क्लू डाल देना, वह समझ जाएगी।''

"यार, तू फिर से थप्पड़ तो नहीं पड़वाएगा?'' कबीर की शंका गई नहीं थी।

"नो यार; दैट वाज़ ए जोक, बट दिस इस ए सीरियस मैटर।'' कूल ने कबीर को आश्वस्त किया।

कबीर को कूल का आइडिया अच्छा लगा। अगर हिकमा को कोई क्लू समझ नहीं आया, तो भी कोई बुराई नहीं थी। बिल्कुल निरापद तरीका था। हाफ़टाइम में कबीर ने बड़ी मेहनत से सोच-समझकर, एक खूबसूरत सा नोट हिकमा के नाम लिखा, और चुपके से उसके बैग में डाल दिया। लौटते हुए उसे कूल दिखाई दिया। कूल ने मुट्ठी बाँधकर उसे अँगूठा दिखाते हुए पूछा, 'डन?'

कबीर ने भी उसी तरह अँगूठा दिखाते हुए चहककर कहा, 'डन।'

कबीर की वह रात बड़ी बेसब्री में गुज़री।

अगली सुबह बैग तैयार करते हुए, हिकमा को उसमें यह हैंडरिटन

नोट मिला –

हिकमा! तुम्हारे बारे में मैं क्या लिखूँ; पहली बात तो मुझे तुम्हारा नाम बहुत पसंद है... हिकमा, विच मीन्स विज़्डम। कितना सुंदर नाम है न! उतना ही सुंदर, जितनी कि तुम ख़ुद हो, जितनी कि तुम्हारी मीठी नीम सी मीठी मुस्कान है। शेक्सपियर ने भले कहा हो, व्हाट इज़ देयर इन ए नेम, मगर तुम, तुम्हारे नाम की तरह ही हो, सिंपल और वाइज़। हिकमा, तुम्हें सादगी पसंद है, और तुम शो-ऑफ़ से दूर रहती हो; तुम्हारी सादगी की गवाही देता है तुम्हारा सादा रूप, और उसे थामा हुआ तुम्हारा हेडस्कार्फ़। द एपिटोम ऑफ़ योर मॉडेस्टी। इस सादगी और मॉडेस्टी को हमेशा बरकरार रखो... ऑल द बेस्ट।

हिकमा को उसकी ये खूबसूरत प्रशंसा बहुत पसंद आई, और उसे यह समझते भी देर न लगी, कि ये प्रशंसा किसने लिखी थी। उसे कबीर के साथ अपने किए हुए व्यवहार पर दुःख भी हुआ। उस दिन वह कबीर को सॉरी कहने के इरादे से स्कूल गई।

कबीर तो पिछली रात से ही कई उम्मीदें पाले हुए था। उन्हीं उम्मीदों में मचलता हुआ, वह उस सुबह स्कूल गया। स्कूल पहुँचते ही उसने देखा कि नोटिस बोर्ड के पास बहुत से छात्र जमा थे। उसे भी उत्सुकता हुई। जैसे ही वह उन छात्रों के करीब पहुँचा, उनमें से कुछ उसे देखकर हँसने लगे। कबीर को उनका हँसना काफ़ी भद्दा लगा, और उस हँसी का कारण जानने की उत्सुकता भी बढ़ी। नोटिस बोर्ड के पास जाकर देखा, तो वहाँ पास ही दीवार में कबीर के, हिकमा को लिखे नोट की फ़ोटोकॉपी चिपकी हुई थी, और उसके नीचे बड़े-बड़े और टेढ़े-मेढ़े अक्षरों में लिखा हुआ था, बटाटा वड़ा। कबीर को तुरंत समझ आ गया कि ये हरकत कूल की थी। हालाँकि वह सर्दी का वक्त था, मगर कबीर का पारा सातवें आसमान पर पहुँच चुका था। उसने गुस्से से उबलते हुए, कूल को ढूँढ़ना शुरू किया, मगर तभी पहले पीरियड की घंटी बज गई। कबीर गुस्से से तमतमाया क्लासरूम की ओर बढ़ा। क्लासरूम के दरवाज़े पर उसकी नज़र कूल और हैरी पर पड़ी। कबीर ने कूल को गुस्से से घूरकर देखा; जवाब में कूल ने अपनी बत्तीसी दिखाते

हुए उसकी ओर एक बेशर्म मुस्कान फेंकी, जिसने कबीर के गुस्से और भी भड़का दिया। कबीर, झपटकर कूल की बेशर्म बत्तीसी तोड़ डालना चाहता था, मगर तब तक मिसेज़ बिरदी, क्लासरूम में पहुँच चुकी थीं। मिसेज़ बिरदी को देखते ही सभी छात्र अपनी-अपनी जगह पर बैठ गए... कबीर, कूल और हैरी भी।

मिसेज़ बिरदी ने पूरी क्लास पर एक कठोर निगाह डाली, और फिर आँखें तरेरते हुए पूछा, "हू इज़ दिस बटाटा वरा?"

मिसेज़ बिरदी के बटाटा वरा कहते ही सभी छात्र हँसकर कबीर की ओर देखने लगे। कबीर ने एक बार फिर गुस्से से कूल को देखा, और मिसेज़ बिरदी ने उन दोनों को।

"इज़ दिस सम सॉर्ट ऑफ़ ए प्रैंक?" मिसेज़ बिरदी ने एक बार फिर कठोर आवाज़ में पूछा।

कबीर और कूल ने अपनी नज़रें झुका लीं। कबीर का मन किया कि वह कूल की शिकायत करे; मगर इससे उसके ख़ुद के फँस जाने का डर था। उसने मिसेज़ बिरदी के प्रश्न का कोई जवाब नहीं दिया।

"दिस इज़ योर फर्स्ट टाइम, सो आई विल लेट यू ऑफ़, बट आई वार्न द होल क्लास, दैट दिस काइंड ऑफ़ एक्टिविटी शुड नॉट हैपन अगेन।" मिसेज़ बिरदी ने उन्हें वार्निंग देकर छोड़ दिया।

मगर कबीर का गुस्सा शांत नहीं हुआ था। पूरे पीरियड वह कूल को गुस्से से घूरता रहा। पहले पीरियड के बाद के ब्रेक में उसने दौड़कर कूल को पकड़ा, और चिल्लाकर पूछा, "व्हाई डिड यू डू दिस?"

"व्हाट? आई हैव नॉट डन एनीथिंग।" कूल ने अपने कंधे झटके।

"तूने उस नोट की कॉपी करके वॉल पर नहीं लगाया?" कबीर का गुस्सा और भी बढ़ चुका था।

"नोट तो तूने हिकमा को लिखा था; वह मुझे कैसे मिलेगा?"

"तूने उसके बैग से निकाला होगा; उस नोट के बारे में सिर्फ़ तुझे ही पता था।"

"और हिकमा? नोट तो उसके नाम था।"

"ऐ, हिकमा को बदनाम मत कर।" कबीर चीख उठा।

"हूँ, बहुत प्यार है उससे, तो सीधे-सीधे जाकर बोलता क्यों नहीं? यू आर सच ए पुस्सी।" कूल ने ताना मारा।

कबीर को कूल का उसे डरपोक कहना चुभ गया। अहम पर लगी चोट सबसे गहरी होती है, और ख़ासतौर पर जब वह अहम के सबसे कमज़ोर हिस्से पर लगी हो; कबीर के गुस्से का ठिकाना न रहा। कूल पर कूदते हुए कबीर ने उसकी टाई खींची, और घुमाकर कूल को ज़मीन पर पटकनी दी। ज़मीन पर गिरते ही कूल भी गुस्से से भर उठा। अभी तक तो वह सिर्फ़ अपनी बेहूदी शरारतों से ही कबीर को पटकनी दे रहा था, मगर इस बार उसने उठते हुए कबीर की कमर दबोची, और उसे उठाकर ज़मीन पर पटका। कूल कबीर से तगड़ा था, कूल की पटकनी भी ज्यादा तगड़ी थी। कबीर को ज़ोरों की चोट लगी, और कूल उसके ऊपर चढ़ बैठा। कबीर असहाय सा कूल को अपने ऊपर से उठाने की कोशिश करता रहा, और कूल उसे अपने नीचे दबोचे उसकी बाँहें मरोड़ता रहा।

"क्या छोटे बच्चों की तरह लड़ रहे हो; उठो यहाँ से!" एक गुस्से से भरी आवाज़ आई। कबीर ने नज़रें उठाकर देखा, सामने हिकमा खड़ी थी। उसका चेहरा गुस्से से भरा था, जिसके असर में उसके गालों का लाल रंग और भी गहरा लग रहा था। हिकमा की आवाज़ सुनते ही कूल, कबीर को छोड़कर उठ खड़ा हुआ। कबीर उठकर हिकमा से कुछ कहना चाहता था, मगर हिकमा को यूँ गुस्से से उसे घूरता देख उसकी हिम्मत न हुई। कुछ देर यूँ ही कबीर को गुस्से से घूरने के बाद हिकमा पलटकर चली गई। कबीर, बेबस सा उसे जाते हुए देखता रहा।

यह खबर पूरे स्कूल में फैल गई कि कबीर और कूल के बीच हाथापाई हुई, हिकमा को लेकर। कबीर और कूल पर तो डिसप्लनेरी एक्शन हुआ

ही, मगर साथ ही हिकमा का भी मज़ाक उड़ा। उसके बाद हिकमा कबीर से कटी-कटी रहने लगी। जब भी कबीर और हिकमा की नज़रें मिलतीं, हिकमा नज़र फेरकर निकल जाती। कबीर को लगा कि उसने हिकमा के करीब जाने की कोशिश में आपसी दूरी बढ़ा ली। इससे अच्छी तो उनकी दोस्ती ही थी; कम से कम बातचीत तो होती थी, निकटता तो बनी हुई थी। क्या वह हिकमा से जाकर कहे, कि जो कुछ भी हुआ उसे भूल जाए; दे कैन बी फ्रेंड्स अगेन; जस्ट फ्रेंड्स। मगर यह जस्ट फ्रेंड्स क्या संभव है? उसके मन में हिकमा के लिए जो अहसास हैं, वे चले तो नहीं जाएँगे।

8

कुछ दिनों बाद कबीर ने एक अजीब सा सपना देखा। सपने वैसे अजीब ही होते हैं। हमारे बाहरी यूनिवर्स में स्पेस-टाइम कर्वचर स्मूद होता होगा, मगर सपनों के यूनिवर्स में स्पेस और टाइम नूडल्स की तरह उलझे होते हैं, या फिर किसी रोलर कोस्टर की तरह ऊपर-नीचे आएँ-बाएँ दौड़ रहे होते हैं। कबीर के सपनों में एक ख़ास बात ये होती थी कि हालाँकि उसके दिन के सपने पूरे ग्लोब का चक्कर लगाने के थे, मगर उसकी रातों के सपनों में वड़ोदरा ही जमा हुआ था। लंदन तब तक उसके सपनों में घुसपैठ नहीं कर पाया था; हाँ लंदन वालों की घुसपैठ ज़रूर शुरू हो गई थी।

सपने में कबीर, वड़ोदरा में डाँडिया खेल रहा था। उसके साथ डाँडिया खेल रही थी हिकमा। उसने हरे रंग का गुजराती स्टाइल का घाघरा-चोली पहना हुआ था। उसके बाल खुले हुए थे, जिनकी बिखरी हुई लटें बार-बार उसके लाल गालों से टकरा रही थीं। डाँडिया की धुन पर उसका छरहरा बदन खुलकर लहरा रहा था, और उसके बदन की लय पर कबीर का मन थिरक रहा था। दोनों में अच्छा तालमेल था। वह शायद कबीर की

ज़िन्दगी का सबसे खूबसूरत सपना था, या फिर उसके सपने को अभी और खूबसूरत होना था। अचानक डाँडिया की टोली में उसे टीना दिखाई दी। टीना ने ठीक उस दिन की पार्टी की तरह ही काले रंग की मिनी स्कर्ट और उसके ऊपर क्रीम कलर का टॉप पहना हुआ था।

कबीर की नज़रें बार-बार टीना की ओर जा रही थीं, और हिकमा को इसका अहसास हो रहा था। अचानक हिकमा ने कबीर से कहा, ''कबीर, मुझे भूख लग रही है।''

''क्या खाओगी?'' कबीर ने टीना से नज़र हटाकर हिकमा से पूछा।

''जो भी तुम खिला दो।''

''बटाटा वड़ा?''

''हाँ चलेगा।''

कबीर और हिकमा वहाँ से हटकर बटाटा वड़ा की तलाश में निकल पड़े। रात काफ़ी हो चुकी थी, बहुत सी दुकानें बंद हो चुकी थीं। सड़क लगभग सुनसान थी। अचानक कबीर को अपने पीछे एक आवाज़ सुनाई दी, ''हे बटाटा वड़ा!''

उसने मुड़कर देखा। पीछे कूल और हैरी दिखाई दिए। कबीर ने मुँह फेरकर उन्हें नज़रअंदाज़ किया और हिकमा का हाथ थामकर आगे बढ़ चला।

''मुझे बटाटा वड़ा नहीं खाना।'' कबीर ने हिकमा से कहा।

'क्यों?' हिकमा ने आश्चर्य से पूछा।

''बस ऐसे ही।''

''तो क्या खाओगे?''

''कुछ भी, मगर बटाटा वड़ा नहीं।''

वे थोड़ा और आगे बढ़े। आगे एक फिश एंड चिप्स की दुकान दिखाई

दी।

"फिश एंड चिप्स खाओगे?" हिकमा ने पूछा।

"हाँ चलेगा।" कहते हुए कबीर हिकमा का हाथ थामे फिश एंड चिप्स की दुकान के भीतर दाखिल हुआ। भीतर जाते ही उसे एक सुखद आश्चर्य हुआ। भीतर लूसी बैठी थी; सेक्सी लूसी, अकेली; फिश एंड चिप्स खाते हुए। कबीर एकबारगी हिकमा को भूल गया। हिकमा का हाथ छोड़कर वह लूसी के बगल में बैठ गया।

"कबीर बॉय... हैव सम चिप्स।" लूसी ने कबीर को अपनी प्लेट से चिप्स ऑफ़र किया।

"थैंक यू।" कहकर कबीर ने प्लेट से एक चिप उठाया।

फटाक! इससे पहले कि वह चिप अपने मुँह में डाले, उसके बाएँ कंधे पर एक छड़ी पड़ी। कबीर ने घबराकर नज़रें उठाईं। उसे सामने एक लेदर सोफ़े पर हिकमा बैठी दिखाई दी। डाँडिया की एक छड़ी उसने अपने दायें हाथ में पकड़ी हुई थी। इस बार हिकमा ने स्कूल यूनिफार्म पहनी हुई थी। ग्रे स्कर्ट, वाइट टॉप, ब्लू ब्लेज़र; सिर पर रंग-बिरंगा डिज़ाइनर स्कार्फ़ बाँधा हुआ था। कबीर उसके पैरों के पास घुटनों के बल बैठा हुआ था, हाथ पीछे बाँधे हुए, गर्दन झुकाए।

"कबीर, क्या तुम्हें लूसी मुझसे ज़्यादा पसंद है?" हिकमा ने गुस्से से पूछा।

"सॉरी मैडम।" कबीर ने घबराते हुए कहा।

"सॉरी? मतलब वह तुम्हें मुझसे ज़्यादा पसंद है?" हिकमा ने उसकी बायीं बाँह पर छड़ी मारी।

"नो मैडम।" कबीर की आवाज़ लड़खड़ाने लगी।

"तो फिर तुमने लूसी के लिए मुझे इग्नोर करने की हिम्मत कैसे की?"

"सॉरी मैडम।'' कबीर का चेहरा शर्म और अपराधबोध से लाल होने लगा।

"कबीर बॉय डू यू फैंसी मी?'' अब हिकमा की जगह लूसी ने ले ली।

"यस मैडम।''

"डू यू वांट टू बी माइ स्लेव?''

"यस मैडम।''

"से इट।''

"आई वांट टू बी योर स्लेव मैडम।''

"कबीर यू आर माइ स्लेव।'' अब वहाँ टीना आ गई।

"नो कबीर, यू आर माइ स्लेव।'' कबीर के कंधे पर हिकमा की छड़ी पड़ी।

"नो कबीर, यू आर माइ स्लेव।'' लूसी।

"नो कबीर...।'' टीना।

"नो कबीर...।'' हिकमा।

"बी माइ स्लेव कबीर; गो अहेड एंड किस माइ फुट।'' लूसी।

"नो कबीर, यू आर माइ स्लेव, किस माइ फुट।'' हिकमा की एक और छड़ी पड़ी।

कबीर ने आगे झुकते हुए हिकमा के पैर पर अपने होंठ रख दिए। उसके भीतर एक शॉकवेव सी उठी, और एक अद्भुत आनंद की अनुभूति हुई। ऐसे आनंद की अनुभूति उसे टीना के सीने पर होंठ रखकर भी नहीं हुई थी। अचानक उसे अपनी टाँगों के बीच गीलापन महसूस हुआ। उस गीलेपन में उसकी नींद खुल गई।

अगले दिन कबीर ने तय किया कि वह हिकमा को मनाएगा, उसके सामने अपना दिल खोलकर रख देगा; उसे बताएगा कि वह उसे कितना

चाहता है। अगर वह न मानी तो उसके पैर पकड़ लेगा, मगर उसे मनाएगा ज़रूर।

उस दिन कबीर ने हिकमा को कंप्यूटर रूम में अकेले पाया।

'हाय!' कबीर ने हिकमा के पास जाकर कहा।

'हाय!' हिकमा ने दबी हुई मुस्कान से कहा।

कबीर कुछ देर चुप रहा, फिर अचानक उसने कहा, "आई लव यू।"

'कबीर!' हिकमा चौंक उठी।

"यस हिकमा, आई रियली लव यू।" कबीर ने पूरी हिम्मत बटोरकर कहा।

"तो फिर तुमने मेरा मज़ाक क्यों बनाया?"

"वह कूल ने किया था।"

"और वह नोट? वह भी कूल ने लिखा था।"

कबीर ने कुछ नहीं कहा; नीची नज़रों से हिकमा को देखता रहा।

"कबीर, तुम हम दोनों की बात को किसी तीसरे तक क्यों ले जाते हो? कभी कूल तो कभी टीना।"

"अब इसमें टीना कहाँ से आ गई?" कबीर झुंझला उठा।

"वही तो मैं पूछ रही हूँ; टीना कहाँ से आई?"

"टीना इज़ माइ कज़िन्स गर्लफ्रेंड।"

"तुम्हारा क्या रिश्ता है टीना से?"

"छोड़ो न यार टीना को।"

"तुमने छोड़ा है?"

"मैंने उसे कभी नहीं पकड़ा था; उसी ने मुझे पकड़ा था, जकड़ा था,

अपनी ओर खींचा था; मगर मैं उसे छोड़कर भाग आया था... और क्या सुनना चाहती हो तुम?'' कबीर अपनी झुँझलाहट में चीख उठा।

हिकमा कुछ देर उसे यूँ ही देखती रही... एक निस्तब्ध मौन के साथ; और फिर वही मौन, साथ लपेटे वहाँ से उठकर जाने लगी। कबीर को जब तक यह अहसास होता कि झुँझलाहट में उसने क्या कह दिया, हिकमा उससे काफ़ी दूर चली गई थी।

कबीर दौड़ा, और हिकमा के पास पहुँचकर उसने घुटनों के बल बैठते हुए हिकमा की टाँगें पकड़ लीं। हिकमा की टाँगें थामते हुए कबीर को यह ख़याल ज़रा भी न आया, कि वे वही टाँगें थीं, जिन्हें उसने न जाने कितनी बार कितनी हसरत भरी निगाहों से देखा था; जिन्हें लेकर न जाने कितनी फैंटसियाँ उसके ख़यालों में मचल चुकी थीं। मगर उस वक्त वे टाँगें किसी फैंटसी का मस्तूल नहीं, बल्कि उसकी बेबसी का सहारा थीं।

''हिकमा आई लव यू, प्लीज़।''

''कबीर ये बचपना छोड़ो, मुझे जाने दो।'' हिकमा ने अपनी टाँगें खींचनी चाहीं, मगर कबीर ने उन्हें और ज़ोरों से जकड़ लिया।

''नो, आई रियली लव यू।''

''कबीर, यू रियली नीड टू ग्रो अप, नाउ प्लीज़ लीव मी।''

यू नीड टू ग्रो अप। इतना बहुत था कबीर को उसके घुटनों से उठाने के लिए। वह चार्ली नहीं था, जो उपेक्षा और अपमान सहकर भी घुटनों पर बैठा रहे; जो तिरस्कार में आनंद ले। यदि हिकमा प्रेम से कहती, तो वह उसके पैरों में जीवन बिता देता, उसकी ठोकरें भी सह लेता; मगर यहाँ तो स्वाभिमान को ठोकर मारी गई थी। इस ठोकर को कबीर बर्दाश्त नहीं कर सकता था। उसने हिकमा की टाँगें छोड़ दीं।

९

कबीर के हाथ एक बार फिर प्रिया की सुडौल टाँगें सहला रहे थे। हिकमा के पैरों से उठने से लेकर, प्रिया के बिस्तर तक पहुँचने के बीच गुज़रे समय में कबीर ने नारी देह और मन के कई हिस्सों को टटोला था, और इस स्पर्श से नारी प्रेम और सौंदर्य का संगीत छेड़ने की कला भी सीखी थी। प्रिया से कबीर की मुलाकात, समीर की दी हुई एक पार्टी में हुई थी। प्रिया को देखते ही एक पल के लिए कबीर की साँसें थम सी गई थीं, और उसकी फैंटसी का संसार जी उठा था। जैसे बोतल से उछलकर शैम्पेन की धार, भीगने वाले को एक हल्के सुरूर में डुबा देती है, प्रिया की अल्हड़ चाल से छलकती बेपरवाही उस पर एक धीमा नशा कर चली थी। सिल्क की काले रंग की चुस्त और ओपन बैक ड्रेस में प्रिया के छरहरे बदन का हर कर्व उसकी चाल से उठती ऊ ला ला की धुन पर थिरकता सा दिख रहा था। जितने कम कपड़े उसके बदन पर थे, शायद उससे भी कहीं कम वर्जनाएँ उसने अपने मस्तिष्क पर ओढ़ी हुई थीं। खुले, गोरे कन्धों पर झूलते गहरे भूरे बालों में लहराती ब्लॉन्ड हाइलाइट्स, सफ़ेद संगमरमर पर गिरते पानी के झरने सी लग रही थीं। रेशमी लटों से घिरे गोल चेहरे पर बड़ी-बड़ी आँखों में तैरता तिलिस्म, उसमें डूब जाने का उन्मुक्त आमन्त्रण देता सा

नज़र आ रहा था। प्रिया की उन्हीं तिलिस्मी आँखों से कबीर की आँखें मिलीं, और उसकी ठहरी हुई साँसें तेज़ हो गईं।

"हाय, आई एॅम कबीर।" उसने आगे बढ़कर मुस्कुराते हुए कहा।

'प्रिया।'

"आर यू लूकिंग फॉर समीर?"

"यस, यू नो वेयर इज़ ही?"

"समीर मुझ पर एक अहसान करने गया है।" कबीर ने एक शरारती मुस्कान बिखेरी, जो प्रिया की चमकती आँखों में कुछ उलझन भर गई।

"अहसान? कैसा अहसान?"

"अहसान ये, कि मैं आप जैसी खूबसूरत लड़की को रिसीव कर सकूँ।"

"ओह! इन्टरस्टिंग, थैंक्स बाय द वे।" प्रिया की आँखों की उलझन एक शर्मीली मुस्कान में बदल गई।

"ये बुके आप मुझे दे सकती हैं; आपके पास तो वैसे भी फूलों से कहीं ज़्यादा खूबसूरत मुस्कान है।" कबीर ने प्रिया के हाथों में थमे लिली और गुलाब के फूलों के खूबसूरत गुलदस्ते की ओर इशारा किया।

"यू आर एन इन्टरस्टिंग मैन।"

"एंड यू आर ए वेरी अट्रैक्टिव वुमन; व्हाई डोंट वी सिट समवेयर व्हाइल वेटिंग फॉर समीर? लेट मी गेट यू ए ड्रिंक; क्या लेना पसंद करेंगी आप?"

"लेमन सोडा विद नो शुगर प्लीज़।"

"चलिए उस कॉर्नर में बैठते हैं।" कबीर ने प्रिया के हाथों से गुलदस्ता लेते हुए हॉल, के दाहिने कोने में रखे टेबल की ओर इशारा किया।

"दो लेमन सोडा विद नो शुगर प्लीज़; उस टेबल पर ले आइये।"

'प्लीज़।' पर ज़ोर देते हुए कबीर ने पास खड़े वेटर से कहा।

प्रिया ने कबीर को तिरछी नज़रों से देखा, और उसकी आँखों से शर्म में लिपटी शिकायत सी टपकी।

"आप की तारीफ़ कबीर?" चेयर पर बैठते हुए प्रिया ने टेबल पर अपनी बाँहें टिकाईं, और कबीर की आँखों में अपनी आँखें डालीं।

"आशिक हूँ माशूक-फ़रेबी है मेरा काम।" कबीर ने प्रिया की आँखों में आँखें डालते हुए कहा। प्रिया की आँखों का तिलिस्म गहरा था, पर फरेबी नहीं लग रहा था। कबीर उस तिलिस्म में खो जाना चाहता था, मगर उसी वक्त वेटर लेमन सोडा लेकर हाज़िर हो गया। सुलगती हुई ख्वाहिश पर सोडा फिर गया।

"हूँ, तो आप शायर हैं।" लेमन सोडा का सिप लेते हुए प्रिया ने कहा।

"नहीं, ये शेर ग़ालिब का है, अगला मिसरा है - मजनूँ को बुरा कहती है लैला मेरे आगे।"

"वाह-वाह! अच्छा तरीका है अपनी तारीफ़ करके ख़ुद को इन्ट्रोड्यूस करने का।" लेमन सोडा में भीगे प्रिया के होठों से एक हल्की सी हँसी छलकी।

"आपने तारीफ़ ही तो पूछी थी।"

"आप हर लड़की को इसी तरह इम्प्रेस करने की कोशिश करते हैं, इश्क-विश्क के शेर सुनाकर?"

"आपको मुझसे इम्प्रेस होने के लिए मेरी किसी कोशिश की ज़रूरत नहीं है।"

"ये आपसे किसने कहा?" प्रिया की आँखें कुछ फैल गईं; हैरत से या शोखी से, यह कहना मुश्किल था।

'आपने।' कबीर ने उसकी आँखों के फैलाव में अपनी आँखें डालीं।

"मैंने ? कब ?"

"अभी-अभी।"

"कम-ऑन, मैंने ऐसा कुछ भी नहीं कहा।" प्रिया ने बेपरवाही से आँखें फेरीं और लेमन-सोडा का एक और घूँट भरा।

"मगर आप मुझसे इम्प्रेस तो हैं; यहाँ मेरे साथ बैठी हैं, मुझसे शेर सुन रही हैं, और मुस्कुराकर दाद भी दे रही हैं।"

"हा हा...आई हैव टू एडमिट, दैट आई ऍम इम्प्रेस्ड बाय यू।" प्रिया खिलखिलाकर हँस पड़ी, "वैसे काम क्या करते हैं आप ?"

"जब जो ज़रूरी होता है।"

'जैसे ?'

"जैसे कि इस वक्त आपकी ख़ूबसूरती निहारना।" कबीर ने प्रिया के खूबसूरत चेहरे पर अपनी निगाहें टिकाईं।

प्रिया के होठों पर वही शर्मीली मुस्कान लौट आई।

"और आप क्या करती हैं मिस प्रिया ?"

"आप जैसे आशिकों के दिल धड़काती हूँ।" प्रिया की शर्मीली मुस्कान पर एक शरारत तैर आई।

"हा हा...फिर तो हम हम दोनों की खूब जमेगी; कल चल रही हैं मेरे साथ पार्टी में ?"

"पार्टी ? कौन सी पार्टी ?" प्रिया की आँखें फिर फैल गईं। इस बार कहना आसान था कि वे हैरत से ही फैली थीं।

"वही जो मैं आपको देने वाला हूँ।"

"यू आर रियली एन इन्टरस्टिंग मैन।" प्रिया फिर उसी खिलखिलाहट से भर गई।

"तो फिर डन ? कल शाम सात बजे।"

"मगर मैंने तो अभी हाँ नहीं कहा।"

"कह तो दिया आपने हाँ।"

'कब?'

"जब कोई लड़की न, न कहे; तो उसका मतलब हाँ ही होता है।"

"यू आर रियली फनी।" प्रिया की हँसी एक बार फिर उसके होठों पर थिरकी।

अब तक कबीर को पूरा यकीन हो चुका था, कि प्रिया वाज़ टोटली इम्प्रेस्ड विद हिम।

"तो फिर पक्का? कल शाम को मिलते हैं सात बजे।"

'कहाँ?'

"मैं आपको फ़ोन करूँगा।"

"किस नंबर पर?"

"आप देंगी मुझे अपना मोबाइल नंबर।"

"हाउ आर यू सो श्योर?" प्रिया की आँखें शरारत से चमक रही थीं। उस चमक में ही उसके सवाल का जवाब था, इसलिए कबीर को जवाब देने में मुश्किल नहीं हुई।

"क्योंकि आपने अभी तक मना नहीं किया है।"

"07891252158"

10

प्रिया वाज़ ए हॉट गर्ल। प्रिया को देखकर किसी भी जवान लड़के के भीतर पैशन जागना लाज़मी था; अगर ऐसा न हो, तो तय था कि उसका क्यूपिड सो रहा होगा। मगर प्रिया हॉट होने के बावजूद बिंदास थी। उसमें हॉट लड़कियों वाला ऐटिटूड नहीं था। कितनी आसानी से वह कबीर के साथ डिनर पर जाने को तैयार हो गई थी; और यही बात प्रिया को और हॉट लड़कियों से अलग करती थी। हॉट लड़कियाँ; जो कामयाब और पैसे वाले लड़कों से इम्प्रेस होती हैं; जिन्हें लड़कों से ज़्यादा उनके स्टेटस और ग्लैमर से प्यार होता है। चमचमाती कारों, डिज़ाइनर कपड़ों, महँगी घड़ियों और ज्वेलरी, परफ़्यूम्स और हेयरस्टाइल पर मरने वाली लड़कियाँ, क्या कभी किसी लड़के की रूह को छू पाती होंगी? प्रिया उनसे अलग थी... बहुत अलग।

अगली सुबह कबीर, प्रिया के ख़यालों में डूबा हुआ था। जब कोई जवान लड़का किसी जवान लड़की के ख़यालों में डूबा हो, तो ख़याल नटखट से लेकर निर्लज्ज तक हो जाते हैं। कबीर के ख़याल भी प्रिया को आमंत्रित कर उसके साथ कई गुस्ताखियाँ कर रहे थे, तभी पीछे से एक

आवाज़ आई,

"हे डूड, व्हाट्स अप?" इट वाज़ समीर। समीर का बस चले तो वह कबीर के ख़यालों से भी लड़कियाँ चुरा ले जाए।

"कुछ नहीं, बस किसी लड़की के ख़यालों में डूबा हूँ।" कबीर ने मुड़ कर जवाब दिया।

"योर फेवरेट पासटाइम... हूँ।" समीर के लहज़े में तंज़ था, "यार अब तो ख़्वाबों-ख़यालों से बाहर निकल।"

"बाहर से चुराकर ही ख़यालों में लाया हूँ।" कबीर ने मुस्कुराकर समीर को आँख मारी। सामने वाले के तंज़ को मुस्कुराकर हँसी में उड़ा देना ही उसकी चोट से बचने का सबसे आसान तरीका होता है, हालाँकि समीर का इरादा कभी कबीर की भावनाओं को चोट पहुँचाना नहीं होता था। इरादा तो वह तब करे, जब उसने ख़ुद कोई चोट महसूस की हो। समीर ने न तो कभी प्यार में कोई चोट खाई थी और न ही किसी तंज़ का उस पर कोई असर होता था।

"हूँ... हू इज़ शी?"

"प्रिया; वही जो कल तुम्हारी पार्टी में मिली थी।"

"व्हाट! वह प्रिया पुखराज?" समीर का मुँह जिस तरह व्हाट कहने के लिए खुला था, वैसा ही खुला रह गया।

"क्यों, क्या हुआ?"

"डू यू नो, हू इस शी?"

"ए वेरी प्रिटी गर्ल।" कबीर के ख़यालों ने अब तक प्रिया से गुस्ताखियाँ करना बंद नहीं किया था।

"वह पुखराज ज्वेलर्स के मालिक पुखराज जैन की बेटी है; अरबपति हैं वो लोग।"

"तो क्या हुआ... अरबपति लड़कियाँ प्यार नहीं करतीं?"

"प्यार? उसके पीछे हज़ारों लड़के घूमते है; एंड शी इज़ सो हॉट... सँभलकर रहना, कहीं जल मत जाना।"

"जलने की बारी तो अब तुम्हारी है।"

"व्हाट डू यू मीन?"

"आज शाम वह मेरे साथ डिनर पर जा रही है।"

"हूँ; स्मार्ट बॉय।" समीर का तंज़ तारीफ़ में बदल गया। कितना आसान होता है लड़कों को इम्प्रेस करना; "चल, फिर ये मेरा क्रेडिट कार्ड रख ले; किसी बड़े रेस्टोरेंट में ले जाना; किसी बाल्टी ढाबे में न पहुँच जाना।"

"नो थैंक्स; पैसे हैं मेरे पास... माँ पैसे देने में कमी नहीं करती।"

"माँ को शायद पता नहीं है कि माँ दा लाड़ला बिगड़ गया है।" समीर के होंठों पर एक शरारती मुस्कान तैर गई।

"बिगड़ के सँवर गया है।" कबीर ने अपने बालों में हाथ फेरते हुए समीर को फिर से आँख मारी। समीर के होंठों की मुस्कान कुछ और फैल गई।

उस शाम प्रिया भी कबीर के ख़यालों में डूबी हुई थी। आईने में ख़ुद के अक्स को निहारते हुए उसका ध्यान ख़ुद से ज्यादा कबीर पर था। क्या कबीर को यह ड्रेस पसंद आएगी? यह सवाल ही उससे चार ड्रेस बदलवा चुका था; यह पाँचवी ड्रेस थी। क्रिमसन हाईनेक स्लीवलेस पेंसिल ड्रेस विद साइड स्लिट, उसके स्लिम और गोरे बदन पर बेहद जँच रही थी। साइड स्वेप्ट बालों को उसने नीचे से कर्ली किया हुआ था। मैचिंग रेड स्वेड लेदर की टाई अप पॉइंटेड हाई हील्स पर अपने पैरों को ट्विस्ट क्रर उसने आईने की ओर पीठ करके गर्दन मोड़ी। क्रिमसन लेस से घिरी ओपन बैक भी काफ़ी आकर्षक दिख रही थी। प्रिया अब अपनी अपीयरेंस से पूरी तरह संतुष्ट थी। क्रिमसन पैशन का रंग होता है। आज वह कबीर का पूरा पैशन

देखना चाहती थी।

ठीक सात बजे प्रिया के फ्लैट की डोरबेल बजी। प्रिया एक आखिरी बार आईने से पूछ लेना चाहती थी, कि वह कैसी लग रही है; मगर उस ख़याल को उसने इस ख़याल से सरका दिया कि कबीर से सुनना ही बेहतर होगा।

प्रिया ने दरवाज़ा खोला। सामने कबीर खड़ा था। कबीर, बड़ी सादगी से तैयार हुआ था। खाकी स्किनी जींस, प्लेन कॉटन की मरून शर्ट, कलाई में ब्राउन लेदर स्ट्रिप से बँधी एक्युरिस्ट की सिंपल सी वाच; और तो और उसने शेव भी नहीं की थी, मगर उसके गोरे और लम्बे चेहरे पर हल्की दाढ़ी अच्छी लग रही थी, और उसके हाथों में लिली और गुलाब का गुलदस्ता था।

"यू आर लुकिंग गॉर्जस, एंड एब्स्ल्यूटिलि स्टनिंग।" कबीर ने गुलदस्ता प्रिया के हाथों में देते हुए उसके बाएँ गाल को चूमा। यह प्रिया के बदन पर कबीर का पहला स्पर्श था। कबीर का किस सॉफ़्ट और जेंटल था; उतना ही जेंटल, जितना कबीर ख़ुद था।

"थैंक्स; एंड द फ्लॉवर्स आर लवली, प्लीज़ कम इन।" प्रिया ने शर्म और नज़ाकत में लिपटी मुस्कान से कहा।

"प्रिया लेट्स गो; यू नो लन्दन्स ट्रैफिक।"

"ओके, एज़ यू विश।" प्रिया ने दरवाज़ा बंद करते हुए कबीर का हाथ थामा। यह कबीर का दूसरा स्पर्श था। प्रिया के बदन में एक शॉकवेव सी उठी; जैसे कबीर का पैशन उसकी रगों में दौड़ उठा हो।

"वेट ए मोमेंट।" कबीर की आँखें उसके चेहरे पर टिकीं। उन आँखों में एक मासूम बच्चे सा कौतुक था, और एक परिपक्व वयस्क की गहराई।

कबीर ने गुलदस्ते से एक गुलाब निकालकर प्रिया के बालों में लगाया; ठीक गाल के उसे हिस्से के थोड़ा ऊपर, जहाँ उसने उसे किस किया था। प्रिया ने चाहा कि कबीर उसके दूसरे गाल को भी चूम ले, मगर

उस चाह की किस्मत में थोड़ा इंतज़ार करना लिखा था। डार्क क्रिमसन गुलाब, प्रिया की क्रिमसन रेड ड्रेस से पूरी तरह मैच कर रहा था, और उसकी क्रिमसन लिपस्टिक से भी।

कबीर, छोटी सी ही, मगर खूबसूरत कार लेकर आया था। रेड होंडा जाज़। प्रिया को लगा कि कबीर की जगह कोई और होता, तो कोई पॉश कार लेकर आता; अगर ख़ुद के पास न भी होती तो हायर ही कर लेता। क्या कबीर वाकई इतना सिंपल था, या फ़िर वह अपनी सादगी का प्रदर्शन कर रहा था।

"प्लीज़ गेट इन।" पैसेंजर सीट का दरवाज़ा खोलते हुए कबीर ने प्रिया से कार के भीतर बैठने को कहा। कार के भीतर, महकती जास्मिन की मीठी खुशबू यह अहसास दे रही था, कि कार अभी-अभी वैलिट होकर आई थी; और साथ ही यह अहसास भी, कि कबीर, सादगी और बेरुख़ी के बीच फर्क करना अच्छी तरह जानता था।

"आपके साथ और कौन रहता है?" कार स्टार्ट करते हुए कबीर ने पूछा।

"कबीर, ये आप वाली फॉर्मेलिटी छोड़ो, अब हम दोस्त हैं।" प्रिया ने पैसेंजर सीट पर ख़ुद को एडजस्ट करते हुए कहा। प्रिया ने कबीर के साथ बेतकल्लुफ़ होने का इरादा काफ़ी पहले ही कर लिया था।

"तुम्हारे साथ और कौन रहता है?"

"हूँ, ये ठीक है।"

'क्या?'

"आप नहीं तुम।"

"तुमने जवाब नहीं दिया।"

"मैं अकेली रहती हूँ।"

"तुम्हारे पेरेंट्स?"

“पेरेंट्स मुंबई में हैं; मैं यहाँ एमबीए कर रही हूँ।”

“एमबीए करके क्या करोगी?”

“डैड का बिज़नेस ज्वाइन करूँगी; और तुम क्या कर रहे हो कबीर?”

“किंग्स कॉलेज से इंजीनियरिंग की है; फ़िलहाल कुछ नहीं कर रहा हूँ।” कबीर के लहज़े में एक अजीब सी बेफ़िक्री थी।

“जॉब ढूँढ़ रहे हो?”

‘उँहूँ।’

“तो फिर?”

“प्यार ढूँढ़ रहा हूँ।” कबीर ने मुस्कुराकर प्रिया की आँखों में अपनी आँखें डालीं। प्रिया को कबीर की आँखों में एक ठहरा हुआ दृश्य दिखाई दिया, जैसे कोई स्टेज परफ़ॉर्मर किसी एक जगह आकर थम गया हो... किसी एक स्पॉटलाइट पर।

‘मिला?’ प्रिया की आँखें चमक उठीं।

“कुछ मिला तो है, जो बेहद खूबसूरत है।”

“प्यार जितना?”

“पता नहीं प्यार खूबसूरत होता है, या जो खूबसूरत है उससे प्यार होता है; मगर प्यार में इंसान ख़ुद बहुत खूबसूरत हो जाता है।” कबीर की आँखों की स्पॉटलाइट थिरक उठी, और साथ ही उसमें ठहरा हुआ परफ़ॉर्मर भी। प्रिया के गाल ब्लश करके क्रिमसन हो गए।

कबीर को फाइन डाइनिंग का शौक हमेशा ही रहा है। खाना जितना लज़ीज़ हो, उतनी ही लज़्ज़त से परोसा भी गया हो, तो स्वाद दुगुना हो जाता है; और फिर एम्बिएंस, माहौल... दैट इज़ द रियल ऐपटाइज़र। और फिर उस खूबसूरत माहौल को किसी रूहानी महफ़िल में तब्दील कर रहा था प्रिया

का साथ।

"नाइस रेस्टोरेंट... द एम्बिएंस इज़ प्रिटी गुड।" रेस्टोरेंट की डिम लाइट में प्रिया का चेहरा किसी फ्लूरोसेंट लैंप सा चमक रहा था।

"आई लव दिस रेस्टोरेंट; मेरे लिए यह रेस्टोरेंट बहुत लकी है।" कबीर ने प्रिया के चमकते चेहरे पर अपनी नज़रें टिकाईं।

"लकी? किस तरह?"

"मेरे पहले प्यार की कहानी इसी रेस्टोरेंट से शुरू हुई है।"

"पहले प्यार की कहानी? कब?" प्रिया के चेहरे पर अचरज और उलझन की लकीरें साफ़ खिंच आईं।

"आज, अभी।" कबीर के होठों की शरारत उन्हें ट्विस्ट कर थोड़ा सा कर्ली कर गई।

"कबीर, तुम कभी सीरियस भी होते हो?" प्रिया खिलखिला उठी।

"आई एम सीरियस प्रिया।"

"सीरियस? अबाउट व्हाट?"

"अवर रिलेशनशिप।"

"रिलेशनशिप? हम कल ही मिले हैं, और आज रिलेशनशिप?"

"तो क्या तुम यहाँ मेरे साथ टाइम पास करने आई हो?"

"हाँ, तुम्हारे साथ टाइम पास करना अच्छा लगता है।" प्रिया ने हँसते हुए कबीर का हाथ थामा। प्रिया न जाने कितनी बार कबीर का हाथ थाम चुकी थी, मगर उसे हर बार वही 'पहली बार' वाली फीलिंग आती थी।

"खैर ये बताओ ड्रिंक क्या लोगी? अब ये मत कहना, लेमन सोडा विद नो शुगर प्लीज़।"

"बिल्कुल, लेमन सोडा विद नो शुगर प्लीज़।" प्रिया ने शरारत से 'प्लीज़' पर ज़ोर दिया।

"व्हाट ? मैंने सोचा कि हम कोई कॉकटेल या शैम्पेन लेंगे ?"

"शैम्पेन, हम मेरे फ्लैट पर पियेंगे।"

"तुम्हारे फ्लैट पर ?"

"हाँ, डिनर करके हम मेरे फ्लैट पर जा रहे हैं।"

"तो फिर हम यहाँ क्या कर रहे हैं ?"

"यहाँ हम टाइम पास कर रहे हैं।"

"और तुम्हारे फ्लैट में क्या करेंगे ?" कबीर की आँखें किसी रोमांचक आमन्त्रण की सम्भावना से चमक उठीं।

"शैम्पेन पियेंगे।"

"बस, शैम्पेन पियेंगे ?"

"बिलीव मी, ऐसी शैम्पेन तुमने पहले कभी नहीं पी होगी।"

"कौन सा ब्रांड है ?"

"मेरा वह मतलब नहीं है।"

"तो फिर क्या मतलब है तुम्हारा ?"

"मेरा मतलब है कि तुम शैम्पेन फ्लूट से नहीं पियोगे।" प्रिया की आँखों का आमन्त्रण थोड़ा नटखट हो उठा।

"तो क्या बोतल से पीनी पड़ेगी ?"

"उँहूँ।"

"समझ गया; तुम मुझे अपनी आँखों से पिलाओगी।" कबीर ने प्रिया की आँखों में गहराई तक झाँका।

"आँखों में शैम्पेन गई तो आँखें खराब हो जाएँगी।" प्रिया के होठों से उछलकर हँसी उसके नटखट आमन्त्रण में एक नई शरारत भर गई।

"तो फिर किससे पिलाओगी यार? चुल्लू से?" कबीर से अब और सब्र न हो रहा था।

"आई हैव ए फ्लैट टमी एंड ए डीप बेली बटन।"

'व्हाट?' प्रिया के आँखों की शरारत, किसी डोर सी उछलकर कबीर के ख़यालों में उसका बेली बटन टाँक गई, और उससे शैम्पेन के मस्ती भरे घूँट भरने के ख्याल ने उसे ऐसे नशे में डुबा दिया, कि कुछ देर के लिए वह अपने होश खो बैठा।

"अब बेवकूफों की तरह ताकना बंद करो, और जल्दी से खाना ऑर्डर करो, मुझे बहुत ज़ोरों से भूख लगी है।" प्रिया की आँखों से उतरकर शरारत उसके होठों की शर्मीली मुस्कान में घुल गई।

11

कबीर और हिकमा के किस्से के खत्म होने के बाद, कुछ दिन कबीर अवसाद में रहा, मगर वह उम्र अवसाद में जीने की नहीं थी; वह उम्र तो खेलने, खाने और मस्ती करने की उम्र थी; वह उम्र सीखने और बड़े होने की उम्र थी। सीखने और बड़े होने की उम्र में होने का अर्थ यह नहीं होता कि आप कुछ जानते ही नहीं हैं, या आपमें कोई परिपक्वता नहीं है; उसका अर्थ यही होता है कि जो आप जानते हैं वह पर्याप्त नहीं है; आपको अभी और सीखना और जानना है, और इसी सीखने और जानने में आप यह भी सीखते हैं कि आप कितना भी जान लें, वह कभी पर्याप्त नहीं होता। कबीर को यह ज्ञान भी बहुत देर से हुआ।

कबीर ने उसके बाद एक लम्बे समय तक किसी लड़की को ''आई लव यू'' नहीं कहा। कबीर के मन में यह भावना घर कर गई, कि वह परिपक्व नहीं था, लिहाज़ा किसी लड़की के लायक नहीं था। जब कबीर की उम्र का लड़का ख़ुद को लड़कियों के क़ाबिल नहीं मानता, तो वह ख़ुद को ऐसी किसी भी चीज़ के क़ाबिल नहीं मानता, जिसे पाने या करने के लिए एक आत्मविश्वास भरे व्यक्तित्व की ज़रूरत होती है। 'ही वाज़ नॉट गुड

इनफ़।', ये कबीर का विश्वास बन गया था। कबीर ने लड़कियों से ध्यान हटाकर पढाई-लिखाई में लगाना शुरू किया। लड़कियों से ध्यान हट जाए, तो पढ़ाई-लिखाई में ध्यान आसानी से लग जाता है। स्कूली पढ़ाई-लिखाई जानकारियाँ तो बहुत दे देती है मगर व्यक्तित्व के निखार में उनकी कोई ख़ास भूमिका नहीं होती। कबीर का व्यक्तित्व भी कुछ वैसा ही बनता गया... किताबी कीड़े सा; जिसे किताबी ज्ञान तो भरपूर था, मगर व्यवहारिक ज्ञान काफ़ी कम। लड़कियाँ कबीर के किताबी ज्ञान से प्रभावित तो होतीं; मगर उसके अलावा कबीर के व्यक्तित्व में ऐसा कोई चार्म नहीं था, जो लड़कियों को आकर्षित कर पाता।

कबीर, स्कूल की पढ़ाई खत्म कर यूनिवर्सिटी पहुँचा। कैंब्रिज यूनिवर्सिटी के किंग्स कॉलेज में कंप्यूटर एंड इनफार्मेशन इंजीनियरिंग में एडमिशन लिया। कबीर, कॉलेज इस दृढ़ निश्चय के साथ गया, कि नए परिवेश में अपनी ग्रंथियों से निकलने का नए तरीके से प्रयास करेगा। कैंब्रिज जैसी यूनिवर्सिटी में एडमिशन होना अपने आप में एक बड़ी उपलब्धि थी; मगर वहाँ तो सभी वही उपलब्धि लेकर आए थे। कबीर के पास ऐसा कुछ नहीं था जो बाकियों से बेहतर हो, जिसके सहारे वह अपनी ग्रंथियों से बाहर निकलने का प्रयास कर सके। इसे समझते हुए कबीर ने उन लड़कों से दोस्ती करने की कोशिश की, जो कॉलेज में कुछ ख़ास माने जाते थे; यानी जो कूल थे, पॉपुलर थे; ताकि उनकी दोस्ती के सहारे ही कबीर की गिनती कुछ ख़ास लोगों में हो। उन कूल और पॉपुलर लड़कों में ही एक था राज। लम्बा-तगड़ा और खूबसूरत हंक। कॉलेज में राज की इमेज मिस्टर परफेक्ट की थी। सबसे अच्छे सम्बन्ध रखना, और सबकी नज़रों में अच्छा बने रहना राज की खासियत थी। राज के मीठे बोल सबको आकर्षित करते। कबीर जैसे लडकों के लिए राज उनका रहनुमा था, जो उन्हें गाइड भी करे और ग्रूम भी।

"हेलो, दिस इस राज! इफ यू नीड एनीथिंग फ्रॉम मी, जस्ट आस्क फॉर इट, नेवर हेज़ीटेट... मुझे अपना बड़ा भाई समझो यार।" राज ने कबीर से पहली ही मुलाकात में कहा था।

इसके बाद कबीर और राज की दोस्ती बढ़ती गई। राज, कबीर की मदद करता और उसे गाइड करता, और बदले में कबीर अक्सर लोगों से राज की तारीफ़ करता, जो राज की छवि निखारने में काम आता, साथ ही कबीर को राज के संबंधों का फायदा भी मिलता; यानी कि विन-विन रिलेशनशिप, सिवा इस बात के कि कबीर को जाने-अन्जाने राज के अहसानों के भार का अहसास होने लगा था। धीरे-धीरे कबीर, राज की साइडकिक बनने लगा।

"हे कबीर, टुनाइट देयर इज़ ए पार्टी एट ब्रायन्स, यू मस्ट कम।" एक दिन राज ने कबीर से कहा। ब्रायन राज का ख़ास दोस्त था।

"ओह ऑफकोर्स! आई मोस्ट सरटेनली विल कम।" कबीर ने बेझिझक कहा।

"दैट्स वंडरफुल, एंड कैन आई आस्क ए फेवर! यार मेरी कार सर्विसिंग के लिए गई है, सो कैन आई आस्क यू टू गिव मी ए लिफ्ट टू ब्रायन्स।"

"श्योर, आई विल पिक यू अप फ्रॉम योर होम।"

"ग्रेट, प्लीज़ पिक मी अप एट सिक्स।"

"या, श्योर।"

कबीर ने कार ब्रायन के घर से लगभग सौ मीटर दूर पार्क की। दरअसल उससे कम दूरी पर कोई पार्किंग की जगह खाली ही नहीं थी। सौ मीटर की दूरी से भी ब्रायन के घर से उठता तेज़ संगीत का शोर साफ़ सुनाई दे रहा था। राज के साथ ब्रायन के घर के भीतर जाते हुए कबीर थोड़ा नर्वस महसूस कर रहा था। उस पार्टी में कबीर, राज का मेहमान था। ब्रायन से उसकी थोड़ी बहुत ही जान-पहचान थी, और ब्रायन के बाकी दोस्तों से बिल्कुल नहीं या नहीं के बराबर।

पार्टी में कुछ दोस्तों से परिचय कराने, और कुछ देर बातचीत के बाद

राज ने कबीर से कहा, "कबीर, मुझे किसी से ज़रूरी बातें करनी हैं; यू जस्ट हैंग अराउंड एंड एन्जॉय योरसेल्फ।"

इतना कहकर राज, कबीर को कुछ दोस्तों के हवाले करके वहाँ से चला गया। राज और ब्रायन के दोस्त कबीर के लिए अपरिचित ही थे। कुछ देर उनके साथ समय बिताने के बाद कबीर ख़ुद को अकेला महसूस करने लगा। बोर होता हुआ कबीर, हाथ में एक बियर की बोतल लिए हुए एक काउच पर जा सिमटा।

'हाय!' काउच पर बैठा कबीर सिर झुकाए कुछ सोच ही रहा था, कि उसे किसी लड़की की आवाज़ सुनाई दी।

कबीर ने नज़रें उठाकर देखा। सामने एक लगभग उन्नीस-बीस साल की खूबसूरत लड़की खड़ी था। रंग साँवला, कद मीडियम, स्लिम फिगर और शार्प फीचर्स। लड़की ने काफ़ी टाइट और रिवीलिंग ड्रेस पहनी थी जो इस तरह की पार्टियों के लिए आम थी।

"हाय, आई एम नेहा।" बाएँ हाथ में रेडवाइन का गिलास थामे हुए लड़की ने दायाँ हाथ कबीर की ओर बढ़ाया।

"हाय! कबीर।" कबीर ने मुस्कुराकर कहा।

"कैन आई ज्वाइन यू?" नेहा ने चंचलता में लिपटी विनम्रता से पूछा।

"या, ऑफकोर्स।" कबीर ने काउच पर अपनी बगल की ओर इशारा किया।

"व्हाई डोंट वी गो आउट इन द गार्डन? इट्स क्वाइट लाउड इन हियर।" नेहा ने दरवाज़े की ओर इशारा किया।

"या श्योर।" कबीर ने उठते हुए कहा।

कॉलेज में आने के बाद से कबीर का लड़कियों से सिर्फ़ परिचय ही रहा था; दोस्ती का न कोई अवसर पैदा हुआ था, और न ही कोई अवसर

कबीर ने पैदा करने की कोशिश की थी। लड़कियों को लेकर कबीर की झिझक और काम्प्लेक्स अभी तक नहीं गए थे, मगर फिर भी वह नेहा के साथ बातचीत के लिए काफ़ी आतुर था।

"आर यू ऑन योर ओन हियर।" कबीर को अकेला देख नेहा ने प्रश्न किया।

"नहीं, मैं एक दोस्त के साथ आया हूँ, मगर वह कहीं और बिज़ी है।

"सेम हियर... मैं भी किसी के साथ आई हूँ, मगर वह भी कहीं और बिज़ी है।" नेहा ने हँसते हुए कहा।

नेहा की हँसी कबीर को बहुत प्यारी लगी। एक लम्बे समय बाद उसके सामने किसी लड़की की ऐसी सरल-सहज हँसी बिखरी थी।

"डू यू स्टडी हियर इन कैंब्रिज? आपको पहले कभी नहीं देखा।" गार्डन में पहुँचकर कबीर ने नेहा से प्रश्न किया।

"या, क्वीन्स कॉलेज, डूइंग अंडरग्रैड इन फिलॉसफी।"

"वाह, तो आप फिलासफर हैं?"

"जी नहीं, मैं फिलासफी पढ़ रही हूँ, और फिलॉसफी पढ़ने भर से कोई फिलॉसफर नहीं बन जाता।" नेहा ने हँसकर कहा; "वैसे आप क्या कर रहे हैं?"

"मैं कंप्यूटर इंजीनियरिंग पढ़ रहा हूँ।" कबीर ने नेहा की नकल करते हुए कहा।

"हा, हा.. मगर कंप्यूटर इंजीनियरिंग पढ़कर आप कंप्यूटर इंजिनियर तो बन जाएँगे।"

"हाँ, अगर पास हुआ तो।"

"नहीं तो?"

"फिलॉसफर बन जाऊँगा।" कबीर ने ठहाका लगाया।

"वैसे एक बात कहूँ; कैंब्रिज में पढ़ने के अपने चैलेंज हैं।"

"वह क्या?"

"वह ये कि भले पढ़ाई कितनी भी कठिन हो, आप फेल होना अफोर्ड नहीं कर सकते। किसी खटारा कार से अगर सफ़र पूरा न हो, तो दोष कार पर डाला जा सकता है, मगर फरारी की सवारी करके भी मंज़िल तक न पहुँचे तो उसकी ज़िम्मेदारी आप ही को लेनी होती है।"

"अरे वाह! आप तो अभी से फिलॉसफर हो गईं।" कबीर ने हँसते हुए कहा।

"हे कबीर!" राज की आवाज़ आई। राज उनकी ओर ही आ रहा था।

"हाय राज! मीट नेहा।" राज के करीब आते ही कबीर ने उससे नेहा का परिचय कराया।

"हाय नेहा; थैंक्स फॉर गिविंग कबीर योर ब्यूटीफुल कंपनी।" राज ने नेहा से कुछ अधिक ही आत्मीयता से हाथ मिलाया, और फिर कबीर की ओर देखकर आँख मारते हुए कहा "होप कबीर बिहेव्ड हिमसेल्फ; इसे खूबसूरत लड़कियों के साथ की आदत नहीं है।"

नेहा का चेहरा लजीले गर्व से गुलाबी हो उठा, और कबीर का चेहरा शर्मीली झेंप से लाल। कबीर की झेंप को महसूस किए बिना ही नेहा, राज के साथ बातों में मशगूल हो गई। कबीर, जो थोड़ी देर पहले नेहा के साथ में अपना खोया हुआ आत्मविश्वास ढूँढ़ रहा था, एक बार फिर नर्वस होने लगा। थोड़ी देर पहले उसे राज पर इस बात पर गुस्सा आ रहा था कि वह उसे अकेला छोड़कर चला गया था; अब उसे राज से यह शिकायत थी कि उसने लौटकर उसे अकेला कर दिया था। मगर सच तो यह था कि कबीर को राज ने नहीं, बल्कि उसके साहस की कमी ने अकेला किया था। नेहा और राज अब भी उसके साथ ही थे; वो चाहता तो उनकी बातों में शामिल हो सकता था, मगर इस बार भी साहस की कमी की वजह से उसने अकेलेपन को ही चुना। उस रात के बाद कई दिनों तक कबीर ख़ुद को अकेला ही

महसूस करता रहा।

अगले कुछ दिनों तक कबीर, राज से भी कटा-कटा सा रहने लगा। उसे राज से कुछ ईर्ष्या भी होने लगी थी। जिस राज की, मिस्टर परफेक्ट की छवि से उसे कभी ईर्ष्या नहीं हुई; जिस राज की साइडकिक बनकर भी वह खुश था; उसी राज से उसे अब ईर्ष्या होने लगी थी, सिर्फ़ इसलिए कि उसने उससे नेहा का साथ छीन लिया था। इस बात का अहसास राज को भी था कि कबीर उससे कटा-कटा सा रह रहा था, जो उसकी मिस्टर परफेक्ट की छवि के लिए अच्छा नहीं था। उसने कबीर की नाराज़गी दूर करना तय किया।

"हे कबीर, आज रात क्लब चलते हो?" राज ने कबीर के दायें कंधे पर हाथ रखते हुए पूछा।

'क्लब?'

"हाँ यार, बहुत दिन हो गए तुम्हारे साथ टाइम स्पेंड किए हुए... लेट्स एन्जॉय अवरसेल्व्स टुनाइट।"

"मगर..।"

"मगर वगर कुछ नहीं, लेट्स गो बडी।" राज ने ज़ोर देकर कहा।

"ओके।" कबीर मना नहीं कर सका।

राज के साथ कबीर क्लब में कुछ अनमना सा ही दाखिल हुआ, मगर क्लब के भीतर के माहौल ने उसे थोड़ी जीवंत ऊर्जा से भरना शुरू किया। गूँजता हुआ संगीत, झिलमिलाती रौशनी और थिरकते हुए जवान जिस्मों का जोश उसके बदन को हरकत में लाने लगा। कबीर, राज के साथ बार की ओर बढ़ा ही था कि पीछे से किसी लड़की की आवाज़ आई, "हाय! कबीर, हाय राज!"

कबीर ने आवाज़ से ही पहचान लिया कि वह नेहा की आवाज़ थी।

कबीर ने ख़ुशी से मुड़कर देखा, पीछे नेहा खड़ी थी, मुस्कुराकर हाथ हिलाते हुए।

''हाय! नेहा, तुम यहाँ?'' कबीर ने चौंकते हुए पूछा।

''राज ने मुझे यहाँ बुलाया है; उसने तुम्हें नहीं बताया।'' नेहा ने आँखों से राज की ओर इशारा किया।

''मैं कबीर को सरप्राइज़ देना चाहता था।'' राज ने कबीर के कंधे पर हाथ रखते हुए कहा।

कबीर को राज का यह जेस्चर अच्छा लगा – तो राज उसके मन की हालत समझता था। राज वाकई मिस्टर परफेक्ट था, मगर फिर कबीर को वही घबराहट हुई; कहीं नेहा और राज उस दिन की तरह एक दूसरे में व्यस्त होकर उसे फिर से अकेला न कर दें। मगर कबीर ने निश्चय किया कि आज वह पीछे नहीं हटेगा, नेहा से जम कर बातें करेगा, और उसके साथ जम कर डांस भी करेगा। आख़िर राज ने नेहा को उसके लिए ही तो वहाँ बुलाया था। या फिर राज का इरादा कुछ और तो नहीं था? वह ख़ुद तो नेहा को पसंद नहीं करता था? मगर यदि वह ख़ुद नेहा को पसंद करता होता, तो उसे क्यों क्लब में साथ ले आता, कबाब में हड्डी बनाकर; नेहा तो उसके लिए ही वहाँ आई थी।

कबीर और राज ने बार से बियर की एक-एक बोतल ली, और नेहा ने वाइट रम, पाइनएप्पल जूस और कोकोनट क्रीम का कॉकटेल। अपनी-अपनी ड्रिंक लेकर वे एक बूथ में पसर गए। गपशप करते हुए ड्रिंक्स के दौर चलते रहे। बीच-बीच में वे डांस फ्लोर पर भी हो आते, और फिर बैठकर शराब के घूँट भरते हुए बातों में लग जाते। इस बीच राज ने इस बात का पूरा ख़याल रखा, कि वह नेहा को अपनी बातों में इतना व्यस्त न कर ले कि कबीर अकेला महसूस करने लगे, मगर साथ ही नेहा की मेहमाननवाज़ी में भी कोई कमी नहीं रखी। नेहा के ड्रिंक का गिलास खाली होता, और तुरंत ही दूसरा हाज़िर हो जाता। थोड़ी देर बाद राज का सेलफोन वाइब्रेट हुआ। राज ने अपना फ़ोन चेक किया। कोई मैसेज आया था।

"गाएज़, देयर इज़ एन इमरजेंसी; आई हैव टू गो समवेयर; यू गाएज़ एन्जॉय योरसेल्व्स।'' राज ने उठते हुए कहा।

कबीर को समझ आ गया, कि यह सब राज का प्लान किया हुआ था, उसे नेहा के साथ अकेले छोड़ने के लिए। राज वाज़ रियली ए वेरी नाइस गाए... मिस्टर परफेक्ट।

"लेट्स गो टू डांस फ्लोर।'' राज के जाते ही कबीर ने नेहा से कहा।

"कैन आई हैव एनअदर ड्रिंक प्लीज़।'' नेहा ने खाली गिलास की ओर इशारा करते हुए कहा।

"नेहा, तुम पहले ही बहुत अधिक पी चुकी हो।'' कबीर ने ऐतराज़ किया।

"जस्ट वन मोर।''

"अच्छा, क्या लोगी?'' नशे में डूबी नेहा की अदा के आगे कबीर का ऐतराज़ टिक न सका।

'सेम।'

'ओके।'

कबीर, नेहा के लिए वाइट रम, पाइनएप्पल जूस और कोकोनट क्रीम का एक और कॉकटेल ले आया।

"डू यू ड्रिंक ए लॉट?'' कबीर ने गिलास नेहा के सामने रखते हुए पूछा।

"आई लाइक ड्रिंक्स।'' नेहा ने गिलास उठाते हुए कहा। नेहा की आवाज़ से कबीर को लगा कि उस पर शराब का नशा कुछ ज़्यादा ही हो चुका था।

"कितनी ड्रिंक्स लेती हो तुम!''

"जितनी मॉम की याद आती है।'' नेहा ने ड्रिंक का एक लम्बा सिप

लिया।

''उसके लिए इतना ड्रिंक करने की क्या ज़रूरत है; वीकेंड पर घर जाकर माँ से मिल आओ।'' कबीर ने बड़े भोलेपन से कहा।

कबीर की बात सुनकर नेहा के होठों पर एक हल्की सी हँसी उभरी, मगर तुरंत ही उस हँसी को हटाती उदासी की परत फैल गई, ''कबीर, मॉम हमारे साथ नहीं रहतीं।''

''क्या मतलब?'' कबीर ने चौंकते हुए पूछा।

''मैं पाँच साल की थी, जब मॉम और डैड अलग हो गए थे।''

''ओह सॉरी।''

''यू डोंट नीड टू बी सॉरी कबीर; मुझे अच्छा लगता है जब कोई मॉम की बात करता है।''

''अब मॉम कहाँ हैं? तुम उनसे मिलती तो हो न?''

''कबीर, इट्स ए लॉन्ग स्टोरी, रहने दो, लेट्स गो एंड डांस।'' नेहा ने बाकी की शराब एक घूँट में गटकते हुए कहा।

कबीर, नेहा को लिए डांस फ्लोर पर आ गया। डांस करते हुए नेहा के क़दम लड़खड़ा रहे थे, और उसे कबीर की बाँहों के सहारे की कुछ अधिक ही ज़रूरत महसूस हो रही थी। नेहा के नाज़ुक बदन को बाँहों में थामे, डांस करने में कबीर को आनंद तो बहुत आ रहा था, मगर साथ ही उसे नेहा की चिंता भी हो रही थी। मन तो उसका नेहा को यूँ ही बाँहों में लिए सारी रात डांस करते रहने का था, मगर नेहा का नशा धीरे-धीरे बेहोशी में बदल रहा था। थोड़ी देर डांस करने के बाद कबीर ने नेहा से कहा, ''नेहा, आई थिंक, वी शुड गो नाउ।''

''ओ नो कबीर, थोड़ी देर और डांस करते हैं न... आई एम एन्जोयिंग इट।'' नेहा ने लड़खड़ाती आवाज़ में कहा।

''नहीं नेहा; तुम्हें नशा कुछ ज़्यादा ही हो गया है, चलो मैं तुम्हें तुम्हारे

घर छोड़ देता हूँ।''

''मेरा कोई घर नहीं है कबीर।'' नेहा की आवाज़ में एक ऐसा दर्द था, मानो वह लड़खड़ाते हुए गिरकर कोई गहरी चोट खा बैठी हो।

''जहाँ भी तुम रहती हो; चलो अब।'' कबीर ने नेहा को दोनों बाँहों में भींचकर लगभग खींचते हुए कहा।

नेहा को बाँहों में भींचते हुए कबीर की साँसें तेज़ हो चली थीं, मगर उस वक्त उसे सिर्फ़ नेहा का ख़याल था। क्लब से बाहर निकलकर कबीर ने इशारा कर एक टैक्सी बुलाई। टैक्सी की पिछली सीट का दरवाज़ा खोलकर नेहा को टैक्सी में बैठाया।

''नेहा प्लीज़ टेल योर एड्रेस।'' कबीर ने नेहा से उसका पता पूछा।

''मेरा कोई घर नहीं है।'' नेहा ने लड़खड़ाती आवाज़ में फिर वही कहा।

''आजकल के बच्चे... न घर-बार की फ़िक्र है, और न ही माँ-बाप की। माँ-बाप समझते हैं कि ये पढ़-लिखकर अपने पैरों पर खड़े होंगे, और ये यहाँ शराब पीकर लड़खड़ाते रहते हैं।'' टैक्सी ड्राइवर अपने एक्सेंट और रंग-रूप से पाकिस्तानी मूल का लग रहा था।

''हे यू शटअप! अपने काम से काम रखो, भाषण मत दो।'' नेहा ने लड़खड़ाती आवाज़ में टैक्सी ड्राइवर को झिड़का।

''नेहा, अगर तुम अपना पता भी नहीं बताओगी, तो ये अपना काम कैसे करेंगे।'' कबीर ने नेहा से कहा।

नेहा ने लड़खड़ाती आवाज़ में अपना पता बताया। टैक्सी ड्राइवर ने टैक्सी स्टार्ट कर आगे बढ़ा दी।

नेहा का स्टूडियो अपार्टमेंट सेकंड फ्लोर पर था। नेहा, टैक्सी में ही गहरी नींद में डूब चुकी थी। कबीर, नेहा को टैक्सी से उतारकर बाँहों में

उठाए बिल्डिंग के भीतर पहुँचा। तीन फ्लोर ऊँची बिल्डिंग में लिफ्ट नहीं थी। कबीर को, नेहा को बाँहों में उठाए हुए ही दो फ्लोर की सीढ़ियाँ चढ़नी थीं; मगर किसी भी जवान लड़के को किसी जवान लड़की के खूबसूरत बदन का भार बोझ नहीं लगता। कबीर ने एक नज़र अपनी बाँहों में झूलते नेहा के बदन पर डाली। एक ओर उसका खूबसूरत चेहरा और झूलते हुए खुले रेशमी बाल, दूसरी ओर पॉइंटेड हील के गोल्डन ब्राउन लेदर में लिपटे उसके नाज़ुक पैरों तक पहुँचती सुडौल टाँगें और बाँहों के बीच स्कर्ट और क्रॉपटॉप के बीच से झलकती छरहरी कमर; ऐसे खूबसूरत बदन को वह दो फ्लोर की चढ़ाई तो क्या, समय के अंत तक उठाने को तैयार था।

नेहा के अपार्टमेंट के दरवाज़े पर पहुँचकर कबीर ने नेहा के बाएँ कंधे पर झूल रहे उसके पर्स से अपार्टमेंट की चाबी निकालकर दरवाज़ा खोला। अपार्टमेंट छोटा, मगर खूबसूरत था। एक ओर रेड और क्रीम फैब्रिक का सोफ़ाबेड था, बीच में ओक वुड का कॉफ़ी टेबल, और साथ में कुछ केन की कुर्सियाँ, और दूसरी ओर ग्लॉस क्रीम और रेड यूनिट्स का फिटेड किचन। अपार्टमेंट न सिर्फ़ कॉम्पैक्ट और साफ़-सुथरा था, बल्कि शौक और सलीके से सजाया हुआ भी था। अपार्टमेंट को देखकर यह कतई नहीं लग रहा था कि वह उस नेहा का था, जिसकी शामें और रातें अपनी उदासी को शराब में डुबाकर लापरवाही से गुज़रती हैं।

नेहा को सोफ़ाबेड पर लेटाकर, कबीर ने उसके पैरों से उसकी हील्स उतारनी चाही। कुछ देर के लिए कबीर की नज़रें नेहा के नाज़ुक पैरों पर लिपटी उसकी खूबसूरत हील्स पर ही जम गईं। कबीर को अचानक एक अद्भुत उत्तेजना सी महसूस हुई। उसका मन हुआ कि घुटनों के बल बैठकर नेहा के पैरों पर अपने होंठ रख दे। वह मन का मचलना क्या था? समर्पण, या किसी किस्म का सेक्सुअल फेटिश, जो चार्ली का लूसी के पैरों के प्रति था? या फिर दोनों में कोई अंतर ही नहीं था। कबीर ने चार्ली ही की तरह घुटनों पर बैठते हुए सिर झुकाकर अपने होंठ नेहा के पैरों के करीब लाए। नेहा की हील्स से उठती ताज़े लेदर की गंध, उसे और उत्तेजित कर गई। कबीर के होंठ काँप उठे, मगर उसकी हिम्मत उन्हें नेहा के पैरों पर रखने की

नहीं हुई। मचलते हुए मन पर एक सहमा सा विचार मँडराया, कि कहीं उसके होंठों के स्पर्श से नेहा की नींद न खुल जाए। काँपते होंठों को नेहा की हील्स के करीब रखे हुए, वह कुछ देर उनसे उठती मादक गंध में मदहोश होता रहा; फिर उसने काँपते हाथों से नेहा की हील्स के स्ट्रैप्स खोले; हील्स को नेहा के पैरों से उतारकर, उसने उन्हें हसरत भरी निगाहों से देखा, और उन्हें अपने चेहरे से सटाते हुए उन पर अपने होंठ रख दिए। हील्स से उठती मादक गंध, उसे एक बार फिर मदहोश कर गई।

12

उस रात अपने अपार्टमेंट लौटकर कबीर, नेहा के ख़यालों में ही महकता रहा, और उसकी फैंटसियों में नेहा ही मचलती रही। जो न हो सका, उसकी भरपाई, क्या कुछ हो सकता था, की कल्पनाओं से होती रही, मगर अगली सुबह, फिर कबीर को कल्पनाओं के मुलायम आकाश से उतारकर वास्तविकता की खुरदुरी ज़मीन पर ले आई। अपनी फैंटसियों से निकलने के बाद उसे नेहा की चिंता सताने लगी। नेहा का नशे में डूबना, उसका अपनी मॉम को मिस करना, उसका दर्द भरी आवाज़ में कहना - 'मेरा कोई घर नहीं है।' कबीर को लगा कि उसे नेहा से बात करनी चाहिए, कि आख़िर उसका दर्द क्या है। छोटी उम्र में माँ-बाप का अलग हो जाना तकलीफ़देह तो होता है, मगर कबीर को नेहा का दर्द कुछ अधिक ही लगा। शाम को कॉलेज खत्म होते ही उसने राज से नेहा का मोबाइल; नंबर लिया और उसे कॉल किया।

"हेलो नेहा! दिस इज़ कबीर; हाउ आर यू?"

"हे कबीर! आई एम फाइन; हाउ अबाउट यू।" नेहा ने आश्चर्य में डूबी ख़ुशी से कहा।

"आई एम गुड नेहा; कैन वी मीट?"

'कब?'

"अभी... एट प्रिंस कैफ़े।"

"ओके, आई विल बी देयर इन टेन मिनिट्स।"

नेहा को कैफ़े पहुँचने में दस मिनट से ज़्यादा ही लगे। कबीर, कैफ़े में उसका इंतज़ार कर रहा था। नेहा का गेटअप देखकर कबीर को लगा, जैसे वह सीधे कॉलेज से ही चली आ रही हो। उसकी ड्रेस पर सिलवटें सी पड़ी थीं, मेकअप उतरा-उतरा सा लग रहा था, पैरों में हाई हील की जगह फ्लैट शू थे। वह नेहा उस नेहा से बहुत अलग लग रही थी, जो सारी रात उसकी फैंटसियों में थिरक रही थी। फिर भी नेहा को देखकर उसे अच्छा ही लगा। आज वह उस नेहा से मिलने आया था, जिसकी उसे चिंता सता रही थी; न कि उस नेहा से, जिसके ख़यालों में वह सारी रात महकता रहा था।

"हाय नेहा, कैसी हो? कल तुम्हारी हालत कुछ ठीक नहीं थी।" कबीर ने सवाल किया।

"अरे मैं ठीक हूँ; कल बस यूँ ही कुछ ज़्यादा पी ली थी।" टेबल के दूसरी ओर रखी कुर्सी पर बैठते हुए नेहा ने कहा।

"नेहा, तुम इतना ड्रिंक क्यों करती हो कि सँभल ही न पाओ; इस तरह लड़खड़ाकर फरारी की सवारी करोगी?" कबीर के लहज़े में शिकायत भरी थी।

"छोड़ो न कबीर; प्लीज़ ऑर्डर कॉफ़ी।" नेहा ने पिछली रात के नशे की बात को टालना चाहा।

"ओह या, क्या लोगी?"

"लेट्टे विद वन शुगर।"

थोड़ी देर में कबीर दो कॉफ़ी ले आया।

"नाउ प्लीज़ टेल मी नेहा; तुम ख़ुद को शराब में क्यों डुबा देती

हो?'' कबीर ने बैठते हुए फिर वही प्रश्न किया।

''कबीर, तुमने यही पूछने के लिए मुझे यहाँ बुलाया है?''

''हाँ नेहा, मुझे तुम्हारी चिंता हो रही है।''

''तो सुनो कबीर; मुझे डिप्रेशन है, और मुझे ड्रिंक करके अच्छा लगता है।''

''डिप्रेशन की वजह?''

''मेरी माँ मुझे तब छोड़कर चली गई थी, जब मैं सिर्फ़ पाँच साल की थी।''

''मुझे पता है नेहा; तुमने बताया था... मगर तलाक तो इस देश में आम बात हो गई है... तुम जैसे कितने बच्चे होंगे इस देश में; सब सारी ज़िंदगी डिप्रेशन में तो नहीं जी सकते।''

''मगर उन्हें कोई सहारा तो मिलता होगा; कबीर, मेरी कहानी बहुत अलग है।''

''मैं सुनने को तैयार हूँ नेहा; शायद तुम्हें कहकर अच्छा लगे।''

''कबीर; मेरे मॉम और डैड की अरेंज्ड मैरिज थी। डैड यहाँ ब्रिटेन में पले बढ़े हैं, और मॉम इंडिया से आई थीं। डैड बहुत ऐम्बिशस हैं; अपनी लॉ फ़र्म का बिज़नेस बढ़ाना और ऊँची सोसाइटी में उठना-बैठना, इसी में उनका ज़्यादा वक्त निकलता। मॉम साधारण थीं, डैड की लाइफ स्टाइल से उनका मेल नहीं था, और मॉम की लाइफ में डैड का वक्त नहीं था। इसके दो ही नतीज़े हो सकते थे, या तो मॉम समझौता करतीं या फिर तलाक। मॉम समझौता नहीं कर पाईं। डैड बड़े लॉयर हैं; उन्होंने कोर्ट से मेरी कस्टडी ले ली। मॉम वापस इंडिया चली गईं।''

''तो क्या तुम्हारे डैड ने तुम्हारा ख़याल नहीं रखा?''

''डैड मुझे बहुत चाहते हैं; उन्होंने मुझे प्यार भी बहुत दिया है... मगर उनके प्यार में लिपटकर आती है उनकी ऐम्बिशन्स; उनके सपने। डैड मुझे

लॉयर बनाना चाहते थे। मैंने पहले लॉ कोर्स में एडमिशन लिया था, मगर मुझसे न हो सका। मुझे लॉ बिल्कुल पसंद नहीं आया। डैड के जिस करियर, जिस प्रोफेशन ने उन्हें मॉम से दूर कर दिया, मैं उसे कैसे पसंद कर सकती थी। मैंने लॉ ड्राप करके फिलॉसफी ले लिया। डैड बहुत नाराज़ हुए। उन्हें फिलॉसफी मन को कमज़ोर करने वाला विषय लगता है। ज़िंदगी की हक़ीक़त से भागकर फ़लसफ़ों की आड़ लेना; फिलॉसफी के बारे में डैड बस इतना ही समझते हैं। डैड को जितनी नफ़रत फिलॉसफी से नहीं है, उतनी कमज़ोरी से है। बचपन में मुझे जब भी माँ की याद आती, मन उदास होता या डिप्रेशन होता, तो डैड के पास उसका एक ही इलाज़ होता... वन ऑवर रिगरस प्ले। जिम जाओ, टेनिस खेलो, स्विमिंग करो; फिट और स्ट्रांग रहो... देयर इज़ नो प्लेस फॉर द वीक इन दिस वर्ल्ड। बस यही एक रट होती।''

''तुम्हारे डैड आर्मी स्कूल में पढ़े हैं?''

''कबीर, तुम्हें मज़ाक सूझ रहा है?''

''सॉरी नेहा, मगर तुम्हारे डैड कैरेक्टर हैं।''

''कबीर, मुझे सिर्फ़ डिप्रेशन ही नहीं था, बल्कि उसका अपराधबोध भी था; जैसे कि डिप्रेस होना कमज़ोर होने की निशानी हो। सब कुछ तो है तुम्हारे पास, किस चीज़ की कमी है? – डैड बस यही कहते। चीज़? प्यार तो कोई चीज़ नहीं होता न; माँ तो कोई चीज़ नहीं होती। ख़ुशी को चीज़ों में तौलने वाले माहौल में डिप्रेशन से कहीं अधिक मन पर उसका बोझ तकलीफ देता है। जिसे साधनों की कमी हो, उसका डिप्रेशन तो फिर भी समझा जाता है, मगर जिसके पास सारे साधन हों, उसका डिप्रेशन? वह तो उसकी अपनी ही कमी समझा जाता है।''

''आई एम सॉरी टू हियर दिस नेहा; मगर क्या तुम कभी अपनी मॉम से नहीं मिली? या वह कभी तुमसे मिलने नहीं आईं?''

''मॉम ने इंडिया जाकर दूसरी शादी कर ली। मॉम मुझे वहाँ बुलाती हैं, मगर मेरा ही मन नहीं करता वहाँ जाने का। यहाँ के दर्द तो पहचाने हुए

हैं; वहाँ जाकर न जाने कौन से नए दर्द मिलें।''

जब अपने दुःख परेशान करें, तो दूसरों के दुःख समझो; अपने दुःख कम लगने लगते हैं। नेहा के दर्द सुनकर कबीर को भी यही अहसास हो रहा था। इससे पहले कि कबीर कुछ और कहता, एक खूबसूरत जवान लड़का पास से गुज़रते हुए रुका।

''हाय नेहा!'' लड़के ने मुस्कुराकर कहा।

''हाय साहिल!'' नेहा ने एक मजबूर मुस्कान से जवाब दिया।

''न्यू बॉयफ्रेंड?'' साहिल ने कबीर की ओर इशारा किया।

''साहिल प्लीज़!'' नेहा ने कुछ खीझते हुए कहा।

''ओह! सॉरी नेहा, होप यू आर डूइंग वेल।''

''आई एम गुड, थैंक्स साहिल।''

''ओके... यू गाएज़ एन्जॉय योरसेल्फ, सी यू लेटर।'' कहकर साहिल आगे बढ़ गया।

''कौन है ये?'' साहिल के जाते ही कबीर ने पूछा।

''साहिल, मेरा बॉयफ्रेंड था।''

''बॉयफ्रेंड था?'' कबीर के सवाल में बेचैनी के साथ आशंका भी थी।

''हाँ; हम एक साल साथ थे, मगर अब हमारा ब्रेकअप हो गया है।''

ब्रेकअप की बात सुनकर कबीर को थोड़ी तसल्ली हुई, मगर साहिल की इस छोटी सी मौजूदगी ने उसे फिर उसी पुराने कॉम्प्लेक्स से भर दिया। साहिल के, कबीर को नेहा का 'न्यू बॉयफ्रेंड' कहने पर नेहा का खीझ उठना, उसे एक विचित्र सी हीनता से भर गया। कबीर, नेहा के दर्द बाँटना चाहता था; उससे कहना चाहता था, 'मैं हूँ न।'... मगर अचानक उसे अपना 'मैं' इतना छोटा लगने लगा, कि वह उसे नेहा के सामने पेश करने में घबराने लगा। साहिल का नेहा से ब्रेकअप हो चुका था; नेहा कबीर के साथ

बैठी थी... मगर फिर भी कबीर, साहिल की मौजूदगी में कॉम्प्लेक्स महसूस कर रहा था। कबीर को एक बार फिर अपना कद छोटा, और दर्द बड़ा लगने लगा।

कबीर के अगले कुछ दिन नेहा से दूरी में कटे। उसने नेहा से मिलने की कोई पहल नहीं की, लेकिन उसे नेहा के मैसेज या फ़ोन कॉल आने की उम्मीद बनी रहती। हर मैसेज या कॉल पर वह फ़ोन की ओर बेसब्री से लपकता, कि शायद वह नेहा का ही हो; मगर हर बार उसे मायूसी ही हाथ लगती। कभी मन करता कि नेहा को कॉल किया जाए... मगर फिर लगता कि जिस लड़की ने उसे कोई मैसेज भी नहीं किया, उसकी उसमें भला क्या दिलचस्पी होगी। मगर फिर एक शाम एक सुखद आश्चर्य लेकर आई... नेहा का फ़ोन आया,

''हे कबीर! हाउ आर यू?'' फ़ोन पर नेहा की आवाज़ आई।

''आई एम गुड नेहा, हाउ आर यू?'' कबीर ने चहकते हुए कहा।

''आई एम आल्सो गुड'' नेहा ने कहा, ''व्हाट आर यू डूइंग टूनाइट?''

''नथिंग इम्पोर्टेन्ट।'' नेहा की ओर से किसी आमन्त्रण की आहट पाकर कबीर ने खुश होते हुए कहा।

''आई एम गोइंग टू क्लब विद ए कपल ऑफ़ फ्रेंड्स, व्हाई डोंट यू आल्सो कम अलोंग?''

''व्हाई नॉट... सेम प्लेस?'' कबीर की चहकती आवाज़ में एक नई उमंग घुल गई।

''यस, सेम प्लेस।''

नेहा, कबीर के लिए वह आलम्ब बन चुकी थी, जिस पर उसके मन का संतुलन टिका था; जिसकी एक करवट उसकी उमंगों को उड़ान देती, तो

दूसरी, उसकी उदासी को उफान। जब मनुष्य का मन किसी ऐसे आलम्ब पर आकर टिक जाए, जिसकी अपनी ख़ुद की ज़मीन ही कच्ची हो, तो उसका मनोबल पल-पल डगमगाता है... ऐसी डगमगाती राह पर फरारी की सवारी, सिर्फ़ और सिर्फ़ दुर्घटना को ही जन्म देती है।

13

उस शाम कबीर बहुत उमंगों से क्लब जाने के लिए तैयार हुआ। उमंग सिर्फ़ नेहा से मिलने की ही नहीं थी; उमंग इस उम्मीद की भी थी, कि शायद उसे नेहा से ये कहने या अहसास दिलाने का मौका मिले, कि वह उसका संबल बन सकता है। स्किनी ब्लू जींस के ऊपर सिल्कसैटन की पार्टी शर्ट पर अरमानी का परफ्यूम छिड़ककर उसने अपनी उमंगों को और तरोताज़ा किया। उन्हीं महकती उमंगों में मचलता हुआ वह क्लब पहुँचा, मगर भीतर का दृश्य देखकर उसकी उमंगें मुरझाने लगीं। भीतर एक बूथ में नेहा थी, और उसका हाथ थामे बैठा था साहिल। पहले-पहल तो कबीर को वह आँखों का धोखा लगा, मगर जल्दी ही उसे समझ आया कि वक्त उसके साथ एक और मज़ाक कर रहा था। साहिल और नेहा फिर साथ थे। अगर साहिल नेहा की ज़िन्दगी में लौट आया था, तो फिर कबीर के लिए नेहा की ज़िन्दगी में कौन सी और कितनी जगह हो सकती थी? शायद नेहा की ज़िन्दगी में उसके लिए कोई ख़ास जगह थी ही नहीं। शायद वह जबरन ही नेहा की ज़िन्दगी में वह जगह ढूँढ़ रहा था, जो उसने उसके लिए बनाई ही नहीं थी। इन्हीं सवालों से उखड़े साहिल के क़दम क्लब के भीतर जाने के बजाय उसे वापस उसके घर लौटा लाए। इस बीच नेहा के कुछ फ़ोन कॉल

भी आए, मगर कबीर का न तो उन्हें रिसीव करने का मन ही हुआ और न ही साहस।

अगले दिन सुबह उठने पर कबीर ने पाया कि उसके सेलफ़ोन पर नेहा के चार मिस्डकॉल थे। आश्चर्य की बात ये कि चारों कॉल सुबह ही आए थे। कबीर के लिए उन मिस्डकॉल को नज़रअंदाज़ करना कठिन था। सुबह सुबह चार कॉल करने का मतलब ही था, कि कोई बहुत ही ज़रूरी बात थी। कबीर ने नेहा को कॉल किया। नेहा के फ़ोन उठाते ही उसकी सिसकती हुई आवाज़ आई, 'कबीर..।'

कबीर चौंक उठा। नेहा सिसक क्यों रही थी? रात भर में ऐसा क्या हुआ?

"नेहा क्या हुआ? तुम रो क्यों रही हो?" कबीर की आवाज़ घबराहट भरी थी।

"कबीर कैन यू प्लीज़ कम हियर?" नेहा ने उसी सिसकती आवाज़ से कहा।

"श्योर, कहाँ?"

"माइ प्लेस।"

"आई विल बी राइट देयर।" कबीर ने हड़बड़ाते हुए कहा।

नेहा के स्टूडियो अपार्टमेंट में पहुँचकर कबीर ने देखा कि अपार्टमेंट का दरवाज़ा खुला हुआ था। हड़बड़ाकर भीतर जाने पर पाया कि नेहा सोफ़ाबेड पर बैठी थी, घुटनों के बीच चेहरा दबाए।

"नेहा, क्या हुआ? रो क्यों रही हो?" नेहा के बगल में बैठते हुए कबीर ने उसके सिर पर हाथ रखकर घबराते हुए पूछा।

"कबीर, पहले यह बताओ कि तुम कल क्लब क्यों नहीं आए थे?" नेहा ने घुटनों से अपना चेहरा उठाया। उसके बाल बिखरे हुए थे, और आँखें सूजी हुई थीं।

"सॉरी नेहा, कुछ ज़रूरी काम आ गया था; मगर तुमने तो एन्जॉय किया न।'' कबीर ने झूठ बोला, जिसे शायद नेहा ने समझ भी लिया।

"कल क्लब में साहिल आया था।'' नेहा की आवाज़ में अब भी उसकी सिसकी मौजूद थी।

"मैंने देखा था।'' कबीर के मुँह से निकलते-निकलते रह गया।

"साहिल मुझसे रिक्वेस्ट कर रहा था, कि क्या हम अपनी रिलेशनशिप को एक और मौका दे सकते हैं। मैंने कहा कि मैं उस वक्त कोई फैसला नहीं ले सकती; मुझे वक्त चाहिए था। साहिल ने कहा कि वह मुझे मिस कर रहा था, और कुछ वक्त मेरे साथ बिताना चाहता था। उस वक्त मैं अपने दोस्तों के बीच साहिल को शामिल करने के मूड में नहीं थी। मुझे लगा कि साहिल ख़ुद को मुझ पर लाद रहा था; मगर वह उदास लग रहा था, इसलिए मैंने उसे अपने साथ रहने दिया। हम आम रातों की तरह ड्रिंक, डांस और मस्ती करते रहे। धीरे-धीरे मेरे बाकी के दोस्त चले गए, और मैं और साहिल ही रह गए।''

"तुमने कल फिर ज़्यादा ड्रिंक की?''

"हाँ कबीर; कल फिर मेरी हालत वही थी; मैं नशे में होश खो रही थी। साहिल मुझे घर छोड़ने आया, मगर..मगर..कबीर...।'' कहते हुए नेहा एक बार फिर सिसक उठी।

"मगर..क्या हुआ?'' कबीर ने घबराकर पूछा।

"कबीर, मुझे ज़रा भी होश नहीं था, और उस बेहोशी की हालत में...।''

"क्या हुआ उस बेहोशी की हालत में?''

"साहिल ने मुझसे जबरन सेक्स किया।'' नेहा फफक पड़ी।

"व्हाट? यू मीन रेप?'' कबीर चौंक उठा।

नेहा चुप रही; सिर्फ़ उसकी सिसकियों की आवाज़ आती रही।

कबीर एक बार फिर एक अजीब से कॉम्प्लेक्स से भर गया। कभी उसकी बाँहों में भी नेहा थी; नशे में चूर, गहरी नींद में डूबी... मगर उसकी हिम्मत नेहा के पैर चूमने की भी नहीं हुई थी, और साहिल... किस तरह का लड़का रहा होगा साहिल? क्या साहिल ने अपनी किसी फैंटसी में किसी लड़की को कोई सम्मान, कोई अधिकार दिया होगा? क्या उसने किसी लड़की के आगे सिर झुकाया होगा, समर्पण किया होगा? साहिल जैसे लड़के, कैसे किसी लड़की का प्रेम हासिल करने में कामयाब हो जाते हैं? कैसे किसी लड़की का उन पर दिल आ जाता है? क्या यही फ़र्क है अपनी फैंटसियों में जीने वाले कबीर और लड़कियों का प्रेम हासिल करने वाले लड़कों में?

"छी..साहिल ऐसा कैसे कर सकता है! नेहा, तुम्हें पुलिस में रिपोर्ट करनी चाहिए।'' कबीर ने साहिल के प्रति गुस्सा ज़ाहिर करते हुए कहा।

नेहा फिर चुप रही। भीगी आँखों से उसने कबीर को देखा। उन आँखों में आँसुओं की कुछ बूँदों के अलावा कई सवाल भी थे, जिन्हें शायद कबीर पढ़ न सका।

"नेहा, यू शुड रिपोर्ट इट टू द पुलिस; तुम्हारे डैड बड़े लॉयर हैं, वो साहिल को ऐसी सज़ा दिलाएँगे कि वह ऐसी हरकत फिर कभी नहीं कर पाएगा।'' कबीर ने ज़ोर देकर कहा।

नेहा ने फिर उन्हीं भीगी आँखों से कबीर को घूरकर देखा। उसकी आँखें कबीर के चेहरे को पढ़ रही थीं। कबीर के चेहरे पर लिखी इबारत कुछ कह रही थी; मानो कबीर में उसके लिए हमदर्दी से कहीं अधिक, साहिल के लिए ईर्ष्या थी। मानो उसकी दिलचस्पी नेहा के दर्द को समझने से कहीं अधिक साहिल को दंड दिलाने में थी।

"नेहा, वेट ए मिनट, आई एम कॉलिंग पुलिस।'' कबीर ने अपने मोबाइल पर उँगलियाँ फेरते हुए कहा।

"लीव इट कबीर..!'' नेहा चीख उठी, "तुम नहीं समझोगे... तुममें से कोई भी नहीं समझेगा; तुम सब एक जैसे हो; तुम नहीं समझ सकते कि एक

औरत किसी मर्द से क्या चाहती है... थोड़ा सा प्यार, थोड़ा सा सम्मान, थोड़ी सी हमदर्दी, थोड़ा सा विश्वास। कबीर, मेरा विश्वास टूटा है; रेप मेरे शरीर का नहीं; मेरी आत्मा का हुआ है; मेरी आत्मा रौंदी गई है, मेरा आत्मविश्वास रौंदा गया है। किसे सज़ा दिलाओगे कबीर? अपराध तो मैंने ख़ुद किया है। मैं यकीन नहीं कर पा रही, कि मैंने कभी साहिल जैसे लड़के को चाहा था, उस पर भरोसा किया था; उसके साथ ख़्वाब सजाए थे। सेक्स हमारे बीच पहले भी हुआ था; इसी कमरे में, इसी बिस्तर पर... मगर इस तरह नहीं। मुझे आज उन सारी रातों की यादों से नफ़रत हो रही है, जो मैंने साहिल के साथ बिताई थीं; इस बिस्तर से नफ़रत हो रही है, इस हवा से नफ़रत हो रही है; मुझे ख़ुद से नफ़रत हो रही है कबीर... मैं किस पर भरोसा करूँ; मेरा तो ख़ुद पर भरोसा नहीं रहा... अपनी पसंद पर भरोसा नहीं रहा, अपने चुनाव पर भरोसा नहीं रहा।''

कबीर, नेहा से कहना चाहता था, कि वह उस पर भरोसा कर सकती है, मगर कह न पाया। कैसे कह सकता था; जब वह नेहा को समझ न सका। उसका दर्द समझ न सका, तो उसका यकीन कैसे हासिल कर सकता था।

''कबीर..यू प्लीज़ गो... लीव मी अलोन।'' नेहा ने उसी सिसकती आवाज़ से कहा।

''नहीं नेहा...आई एम सॉरी, बट यू नीड मी।''

''आई डोंट नीड एनीवन, प्लीज़... प्लीज़ लीव मी अलोन।'' कहकर नेहा ने अपना आँसुओं में भीगा चेहरा फिर से घुटनों के बीच दबा लिया।

कबीर, नेहा के अपार्टमेंट से लौट आया; मन पर बोझ लिए। पिछली शाम अगर वह क्लब से लौट न आता, तो नेहा के साथ जो हुआ, वह न हुआ होता। अन्जाने में किए अपराध के उस बोझ को भी उठाना होता है, जो अपराध करते वक्त नहीं उठाया होता। नेहा के अपार्टमेंट से लौटते हुए, कबीर के मन पर भी उस अपराध का बोझ नहीं था, जो वह उस वक्त कर रहा था।

कबीर उस दिन कॉलेज नहीं गया; अपने अपार्टमेंट में लौटकर बिस्तर पर लेटा करवटें बदलता रहा। यूँ ही करवटें बदलते हुए उसकी आँख लग गई। नींद में सारी दोपहर बीत गई। शाम को उठकर देखा, सेलफ़ोन पर राज का मैसेज था, जिसमें सिर्फ़ एक पिक्चर फाइल अटैच की हुई थी। कबीर ने अटैच्ड फाइल खोली। वह इवनिंग डेली के फ्रंट पेज की कॉपी थी। खबर थी – 'क्वीन्स कॉलेज स्टूडेंट कमिट्स सुसाइड।''

14

प्रिया, कबीर की आँखों में अपना अक्स देख रही थी। उस अक्स को अगर थोड़ा ज़ूम किया जाता तो कबीर की आँखों में उसे अपनी आँखें दिखतीं, और अगर थोड़ा और ज़ूम होता, तो उनमें डूबता कबीर। प्रिया, कबीर की आँखों में अपने लिए प्रेम देख सकती थी। कबीर पहला लड़का नहीं था जिसे प्रिया से प्रेम हुआ था, मगर कबीर पहला लड़का था, जिसने प्रिया को इस कदर इम्प्रेस किया था। आख़िर ऐसा क्या था कबीर में? कबीर हैंडसम था, मगर प्रिया सिर्फ़ लुक्स से इम्प्रेस होने वालों में नहीं थी; कबीर में उसने कुछ और ही देखा था... शायद उसकी सादगी, जिसमें कोई बनावट नहीं थी, या फिर उसका अल्हड़ और रूमानी मिज़ाज, या उसकी बच्चों सी मुस्कान, या फिर उसकी आँखों का कौतुक, या उसका कॉन्फिडेंस, उसका सेंस ऑफ़ ह्यूमर, उसकी स्पिरिट, उसका पैशन... या फिर ये सब कुछ ही... या फिर कुछ और ही।

मगर उसने कबीर में कुछ ऐसा देखा था, जो औरों में कम ही देखने को मिलता है। एक स्पिरिट, जो उड़ना चाहती थी, जैसे किसी नए आसमान की तलाश में हो; दुनियादारी की सीमाओं के परे...या फिर बिना

किसी तलाश के, जैसे कि उसका मकसद ही सिर्फ़ उड़ना हो... एक आसमान से उड़कर दूसरे आसमान में, एक संसार से होकर दूसरे संसार में। क्या ऐसे किसी इंसान का हाथ थामा जा सकता है, जिसे किसी मंज़िल की परवाह न हो? क्या वह इंसान किसी के साथ बँधकर रह सकता है, जिसका मकसद ही उड़ना हो? क्या उसके साथ एक स्थाई सम्बन्ध बनाया जा सकता है? मगर प्रिया के लिए कबीर के आकर्षण को रोक पाना बहुत मुश्किल था। वे एक दिन पहले ही मिले थे, और प्रिया ने उसके साथ रात बिताने का फैसला भी कर लिया था। कैसा होगा कबीर बेड में? कबीर, जिसका हाथ थामते ही प्रिया के बदन में एक शॉकवेव सी उठती थी, उसके बदन से लिपटकर पूरी रात गुज़ारने के ख़याल का थ्रिल ही कुछ अलग था।

"योर फ्लैट इज़ अमेज़िंग! द इंटीरियर, द डेकॉर, द कलर स्कीम, एवरीथिंग इज़ सो एलिगेंट एंड सो वाइब्रेंट।'' कबीर ने शम्पैन का फ्लूट सेंटर टेबल पर रखा और काउच पर पीछे की ओर धँसते हुए ड्राइंगरूम में चारों ओर नज़रें घुमाईं, "कहना मुश्किल है कौन ज़्यादा खूबसूरत लग रहा है; तुम या तुम्हारा फ्लैट।''

"डेयर यू से द फ्लैट?'' प्रिया ने बनावटी गुस्से से कबीर को देखा; हालाँकि उसने पूरा दिन फ्लैट को ठीक-ठाक करने और सजाने में बिताया था। कबीर को लाने का प्लान था, तो फ्लैट को थोड़ा रोमांटिक लुक देना भी ज़रूरी था, इसलिए कबीर का, फ्लैट की सजावट की तारीफ़ करना उसे अच्छा ही लगा।

"तुम गुस्से में और भी खूबसूरत लगती हो प्रिया; फार्च्युनेट्ली, ये फ्लैट तुम्हारी तरह गुस्सा नहीं कर सकता।'' कबीर ने प्रिया का चेहरा अपने हाथों में लिया, और अपने चेहरे को उसके कुछ और करीब लाते हुए उस पर एक शरारती नज़र डाली। उसकी हथेलियों की हरारत से प्रिया का बनावटी गुस्सा भी पिघल गया। प्रिया की नजरें उसके होठों से टपकती शरारत पर टिक गईं; उसका ध्यान उसके ख़ुद के घर पर, उसकी ख़ुद की, की हुई सजावट पर नहीं था। जिस माहौल को पैदा करने के लिए दीवारों पर रोमांटिक और इरोटिक पेंटिंग्स, और शोकेस में इरॉटिक आर्ट पीसेज़

सजाए थे, वह माहौल कबीर की एक मुस्कान पैदा कर रही थी। उस वक्त प्रिया को कबीर का चेहरा ड्राइंगरूम में सजे हर आर्ट से कहीं ज़्यादा खूबसूरत लग रहा था। वाकई, इंसान के बनाए आर्ट की नेचर के आर्ट से तुलना नहीं की जा सकती। प्रिया को कबीर की मुस्कान, प्रकृति की ओर से उसे दिया जा रहा सबसे खूबसूरत तोहफ़ा लग रही थी।

"ये आर्ट पीसेज़ बहुत महँगे होंगे; तुम्हें इनके चोरी होने का डर नहीं लगता?" कबीर ने फ्लैट में सजी महँगी कलाकृतियों की ओर इशारा किया।

"मुझे तो अब तुम्हारे चोरी होने का डर लगता है।" प्रिया ने कबीर के गले में अपनी बाँहें डालीं।

"प्रिया, यू आर सो रिच।" प्रिया के चेहरे से सरककर कबीर के हाथ उसके कन्धों पर टिक गए; जैसे उसके अमीर होने का अहसास उसे प्रिया से कुछ दूरी बनाने को कह रहा हो।

"ऑफ़कोर्स! एस आई हैव यू नाउ।" प्रिया ने कबीर के हाथ अपने कन्धों से हटाकर उसकी बाँहें अपनी कमर पर लपेटीं।

"मेरा वह मतलब नहीं है; आई मीन योर फ़ादर इज़ ए बिल्यनेयर'

"सो व्हाट?"

"एंड आई बिलांग टू मिडिल क्लास।"

'तो?'

"समझदार लोग कहते हैं कि रिलेशनशिप बराबर वालों के बीच होनी चाहिए।"

"समझदार लोगों की समझदारी उन्हें ही मुबारक; मुझे तुम्हारी नासमझी अच्छी लगती है।"

"अच्छा, और क्या अच्छा लगता है मेरा?"

"तुम्हारी ये क्यूट सी नाक।" प्रिया ने शरारत से उसकी नाक खींची।

'और?' कबीर का चेहरा प्रिया की ओर कुछ और झुक आया। प्रिया की आँखों से छलक कर शरारत, उसकी आँखों में भी भर गई।

"और.. तुम्हारी शरारती आँखें।"

'और?' कबीर ने प्रिया की कमर पर अपनी बाँहें कसते हुए उन्हें हल्के से ट्विस्ट किया। कबीर की बाँहों में उसकी कमर टैंगो डांस के किसी मूव पर थिरक उठी।

"और...तुम्हारे होंठ।" अपनी गर्दन को झटकते हुए प्रिया ने अपने होंठ कबीर के होंठों के करीब लाए, "इडियट, किस मी।" उसके होंठों से एक आवाज़ निकलते-निकलते रह गई।

'और...।'

प्रिया के बेलीबटन के पीछे एक तितली सी नाच उठी। एक बटरफ्लाई, जो कबीर के होठों पर मँडराना चाहती थी, उसके होंठों का रस पीना चाहती थी। प्रिया को एक मीठा दर्द सा महसूस हुआ; एक चुभती हुई हसरत सी उठी, कबीर के होठों का स्पर्श पाने की। वह कबीर के होंठ अपनी नाभि पर महसूस करना चाहती थी, उसे सहलाते हुए, उसे चूमते हुए, उसे सक करते हुए। मगर कबीर के होंठ, जैसे उसके सब्र का इम्तिहान ले रहे थे, और कबीर की यही बात प्रिया को पसंद थी। उसमें एनर्जी थी, पैशन था; मगर बेसब्री नहीं थी।

मगर प्रिया से सब्र न हो सका। उसने अपने होंठ कबीर के होंठों पर रख दिए। कबीर के होंठ गीले थे, मगर प्रिया को ऐसा लगा मानो उसकी क्रिमसन लिपस्टिक जल उठी हो। उसकी गर्मी से कबीर के होंठ भी हरकत में आ गए। उसके होंठों ने हल्के से प्रिया के ऊपरी होंठ को चूमा। उसकी गर्म साँसों में भरी शैम्पेन की महक प्रिया की साँसों में घुल गई। कबीर का किस बहुत सॉफ्ट और जेंटल था, जैसे गुलाब की पंखुड़ी पर ओस की बूँद फिसल रही हो। उसी जेंटलनेस से प्रिया ने कबीर के निचले होंठ को अपने होंठों में दबाया और उसे बहुत हल्के से सक किया। एक ओर प्रिया कबीर से उसकी जेंटलनेस सीख रही थी, दूसरी ओर उसका मन कबीर का भरपूर

पैशन देखना चाह रहा था। शी वांटेड हिम टू गो वाइल्ड, टू बाइट हर, टू टीयर हर इनटू पीसेज़, एंड ईट हर। उसके हाथ कबीर की गर्दन से नीचे सरकते हुए उसकी कमर पर गए, और उसकी कमीज़ को ऊपर खींचकर उसकी पीठ सहलाने लगे। कबीर ने एक बार फिर प्रिया की कमर को ट्विस्ट किया, और अपने हाथ उसकी जाँघों पर जमाते हुए उसे काउच से उठाकर अपनी गोद में बिठा लिया। प्रिया के हाथ कबीर की पीठ पर जकड़ गए। कबीर की पीठ के मसल्स हार्ड और स्ट्रांग थे, मगर प्रिया को उनका टच सिल्की लग रहा था... उसके नाखून उनमें धँस जाना चाहते थे, उन्हें चीर डालना चाहते थे। कबीर के हाथ प्रिया की जाँघों पर सरकते हुए उसकी पैंटी के भीतर पहुँचे। उसकी हथेलियाँ प्रिया के कूल्हों पर कसीं, और उसके नाखून प्रिया की सॉफ्ट स्किन में गड़ गए। प्रिया को हल्का सा दर्द महसूस हुआ, मगर वह दर्द भी मीठा ही था।

कबीर के नाखूनों ने प्रिया के कूल्हों में गड़कर उसके नाखूनों की ख्वाहिश को कुछ और भड़का दिया। प्रिया के नाखून कबीर की पीठ में गड़े, और उसके दाँतों ने कबीर के निचले होंठ को दबाकर उन्हें ज़ोरों से सक किया। कबीर ने प्रिया के ऊपरी होंठ पर अपनी जीभ फेरी, और अपने निचले होंठ को उसके दाँतों की पकड़ से छुड़ाते हुए उसके होंठ को अपने होंठों में दबा लिया। कबीर की जेंटलनेस अब वाइल्डनेस में बदल रही थी। प्रिया को ये अच्छा लग रहा था; यही तो वह चाहती थी। उसने कबीर के निचले होंठ को एक बार फिर अपने दाँतों में दबाकर खींचा, और अपनी जीभ को कबीर के होंठों के बीच से सरकाते हुए उसके मुँह के भीतर फिराया। कबीर के होंठों के बीच उसकी जीभ किसी चॉकलेट सी घुलने लगी।

कबीर के हाथों की हरकत कुछ और बढ़ी, और प्रिया की पैंटी को खींचकर जाँघों पर उतार लाई। कबीर के हाथ एक बार फिर प्रिया के कूल्हों पर जकड़ गए। उन हाथों की गर्मी से एक लपट सी उठी, जो प्रिया के सीने में पहुँचकर उसकी साँसों को सुलगाने लगी। इसी लपट का पीछा करते हुए कबीर के हाथ प्रिया की पीठ पर पहुँचे, और उसकी ड्रेस को अनज़िप करने

लगे। प्रिया का जिस्म कबीर की बाँहों में कस रहा था, और उसकी ड्रेस ढीली होकर नीचे सरक रही थी। कबीर के होंठ प्रिया के होंठों से सरक कर गरदन पर से होते हुए क्लीवेज तक आ पहुँचे। पीठ पर कबीर के हाथों की हरकत एक बार फिर महसूस हुई। एक झटके में ब्रा का हुक खुला, और प्रिया ने कबीर के चेहरे को अपनी बाँहों में कसते हुए क्लीवेज पर नीचे सरका लिया। प्रिया की साँसों को सुलगाती लपट कुछ और भड़क गई।

कुछ देर के लिए प्रिया के होश पूरी तरह गुम रहे। जब होश आया तो ख़ुद को काउच पर लेटा हुआ पाया। कबीर के हाथ प्रिया की नाभि पर शैम्पेन उड़ेल रहे थे, और उसके होंठ उस पर किसी भँवरे से मचल रहे थे। प्रिया की नाभि के पीछे एक तितली फिर से थिरक उठी। शैम्पेन की एक धार, नाभि से बहते हुए टाँगों के बीच पहुँची और उसके गीले क्रॉच को कुछ और भी भिगो गयी। शैम्पेन की धार का पीछा करते हुए कबीर के होंठ भी नीचे सरके। प्रिया ने कबीर की गरदन पर अपनी टाँगें लपेटीं, और उसके चेहरे को कसकर थाम लिया। कबीर का जो वाइल्ड पैशन प्रिया देखना चाहती थी, वह उसकी टाँगों के बीच मचल रहा था। कबीर के हाथ अब भी उसकी नाभि पर शैम्पेन उड़ेल रहे थे। ऐसी शैम्पेन कबीर ने पहले कभी नहीं पी थी... ऐसी शैम्पेन प्रिया ने पहले किसी और को नहीं पिलाई थी।

"हेलो! किसके ख्यालों में खोए हो?" कबीर का ध्यान प्रिया की मीठी आवाज़ से टूटा। वह एक भूरे रंग की चमकती हुई ट्रे में बोनचाइना का टी सेट ले आई थी।

"रात तुम्हारे साथ बीती है, तो ख्याल किसी और के कैसे हो सकते हैं?"

"लड़कों की तो फ़ितरत ही ऐसी होती है; बाँहों में कोई और, निगाहों में कोई और।" प्रिया ने साइड स्टूल पर ट्रे रखते हुए कबीर पर एक शरारती नज़र डाली।

"ऐसी फ़ितरत वाले लड़कों के साथ तुम जैसी लड़कियाँ नहीं होतीं।"

"बहुत कुछ जानते हो लड़कियों के बारे में।" चाय के कप तैयार करते हुए प्रिया ने एक बार फिर कबीर को शरारत से देखा।

"तुम भी तो बहुत कुछ जानती हो लड़कों के बारे में।" चाय का कप उठाकर होठों से लगाते हुए कबीर ने कहा।

"लड़कों को समझना आसान होता है।" प्रिया ने चाय का कप उठाकर बड़ी नज़ाकत से अपने होठों पर लगाया, जैसे चाय का कप न होकर शैम्पेन का फ्लूट हो।

"हम्म..वह कैसे?"

"वह ऐसे, कि उन्हें बस एक ही चीज़ चाहिए होती है।" , प्रिया की आँखों से एक नई शरारत टपककर उसके होठों पर फैल गई, "बाकी सब तो बस मायाजाल होता है; जाल में लड़की फँसी नहीं, कि जाल उधड़ने लगता है।"

"और लड़कियों को क्या चाहिए होता है?"

"लड़कियों को पूरा मायाजाल चाहिए होता है; उधड़ने वाला नहीं, बल्कि उलझाए रखने वाला।"

"हम्म..इंट्रेस्टिंग... तो लड़कों की फ़ितरत जानते हुए भी लड़कियाँ जाल में उलझे रहना पसंद करती हैं?"

"फ़ितरत और नीयत में फ़र्क होता है मिस्टर! लड़कियाँ नीयत देखती हैं; और नीयत की गहराई पढ़ने वाला उनका मीटर बड़ा स्ट्रांग होता है।" प्रिया ने कबीर की आँखों में आँखें डालीं... जैसे उसकी आँखें कबीर की आँखों में तैरती नीयत की गहराई नाप रही हों।

"हूँ... तो मेरी नीयत के बारे में तुम्हारा मीटर क्या कहता है?"

"फ़िलहाल तो तुम्हारी नीयत ने तुम्हारी फ़ितरत को सँभाल रखा है।" प्रिया ने चाय का कप स्टूल पर रखा, और कबीर की गोद में बैठते हुए

उसके गले में अपनी बाँहें डालीं। प्रिया के सिल्क गाउन का निचला हिस्सा उसकी जाँघों से फिसलकर दायीं ओर लटक गया, और उसकी जाँघें कबीर की जाँघों पर फिसलकर कुछ आगे सरक गयीं। कबीर की आँखों की गहराई में तैरती नीयत, प्रिया की आँखों के एनीमेशन पर थिरक उठी। कबीर ने प्रिया की मुलायम जाँघों पर अपनी हथेलियाँ कसते हुए उसे अपने कुछ और करीब खींचा। उसने कहीं पढ़ रखा था कि औरत की मुलायम जाँघों का मखमली स्पर्श सबसे ख़ूबसूरत होता है, मगर उस वक्त उसे लग रहा था कि लिखने वाले ने ग़लत लिखा था... सबसे खूबसूरत तो औरत की आँखों का संसार होता है। जाँघ का मखमल तो वक्त की मार से ढीला पड़ जाता है, मगर आँखों का संसार वक्त के परे बसा होता है। कबीर उस वक्त प्रिया की आँखों के उसी इंद्रजाल में डूबा हुआ था। आँखें, जो नारनिया के मायावी संसार सी लुभाती थीं, जिसमें से होकर न जाने कितने रोचक संसारों की खिड़कियाँ खुलती हैं; आँखें, जो तिलिस्म-ए-होशरुबा सी दिलकश थीं, जिसमें भटककर, उसकी हुकूमत से जंग किए बिना निकलना मुमकिन नहीं होता। क्या हर आशिक यही नहीं चाहता? किसी दिलरुबा के इश्क़ में होश गवाँकर उसके तिलिस्म में भटकना। प्रिया ने ग़लत कहा था, कि लड़कों को तो बस एक ही चीज़ चाहिए होती है; लड़कों को भी पूरा मायाजाल ही चाहिए होता है, मगर जिस तरह कुदरत की माया में इंसानी जुस्तजू पर कोई बंदिशें नहीं होतीं, उनकी फ़ितरत भी कोई बंधन स्वीकार करना नहीं चाहती। एक तिलिस्म की हुकूमत से जंग कर, दूसरे तिलिस्म की खिड़कियाँ ढूँढ़ना उनकी आदत बन जाती है।

15

कबीर, नेहा की तस्वीर को एकटक देखता रहा। न तो उसके आँसू थम रहे थे, और न ही मन को चीरते विचार। अब तक वह नेहा के साथ हुए बलात्कार के अपराधबोध से उबर भी न पाया था, कि नेहा ने ख़ुदकुशी कर उसे एक नए अपराधबोध से भर दिया। कबीर, जो पहले ही अपनी ग्रंथियों का बोझ नहीं उठा पा रहा था, उसे इन अपराधों का बोझ भी उठाना था; और इस बोझ से उसकी ग्रंथियों को और भी उलझना था। कबीर के मन में रह-रहकर नेहा के ये शब्द चोट करते, 'तुम नहीं समझ सकते कि एक औरत किसी मर्द से क्या चाहती है... थोड़ा सा प्यार, थोड़ा सा सम्मान, थोड़ी सी हमदर्दी, थोड़ा सा विश्वास।' कबीर, नेहा को यह सब दे सकता था, यदि उसने कभी इसे जाना या समझा होता। अगर वह नेहा की आँखों को, उनमें उठते सवालों को, पढ़ सका होता, तो वह नेहा को बचा सकता था। कबीर, नेहा को चाहता था, मगर उससे कह न सका। वह नेहा से हमदर्दी रखता था, मगर उसे जता न सका। अगर उसमें नेहा से यह कहने की हिम्मत होती, कि वह उसे चाहता है; अगर उसमें यह विश्वास होता, कि नेहा उसकी चाहत और उसकी हमदर्दी को स्वीकार करेगी, तो वह नेहा को बचा सकता था। नेहा को उसकी नासमझी से कहीं अधिक, उसकी ग्रंथियों

ने मारा था, उसके हौसले की कमी ने मारा था। मगर हिकमा के सामने तो उसने हौसला दिखाया था, लेकिन उस हौसले में नासमझी भरी थी। कबीर, आँखों में आँसू और मन पर बोझ लिए, इन्हीं विचारों में उलझा रहा, और हर विचार उसकी ग्रंथियों को और उलझाता गया।

कबीर ने कुछ दिनों के लिए कॉलेज से छुट्टी लेकर घर जाना तय किया। कैंब्रिज और यूनिवर्सिटी का माहौल उसे रह-रहकर नेहा की याद दिलाता था, और वे यादें उसे लगातार तंग करती थीं। शहर से निकलकर कबीर ने अपनी कार मोटरवे पर उतारी। हवा में ठंढक थी, मगर धूप खिली हुई थी। कबीर का मन इस खिली धूप और हवा के ठंढे झोंकों में भी उदास था। कबीर ने कार की खिड़कियों के काँच चढ़ाए, और सीडी प्लेयर में हिन्दी फिल्मों के नए डांस नंबर्स की सीडी लगाई; मगर थोड़ी देर में उसका मन उन गानों से भी ऊबने लगा। अचानक खिली हुई धूप मुरझाने लगी, और आसमान में काले बादल छाने लगे। हल्की बूँदाबाँदी शुरू हुई, जिसने जल्दी ही तेज़ बारिश का रूप ले लिया। कबीर ने म्यूज़िक सीडी बंद किया, और वाइपर की स्पीड बढ़ाई। उसे अपना मन कुछ डूबता सा लगने लगा। उसे लगा, जैसे वह अपने माहौल से कटने लगा था, और समय ठहरने लगा था। तेज़ गति से चलता कार का वाइपर, धीमी गति से टिक-टिक करती घड़ी की सुई सा लगने लगा। अचानक उसे लगा, जैसे वह टाइम और स्पेस के अनंत महासागर में किसी छोटी सी नौका पर सवार हो, जिसकी नियति कुछ लहरें पार कर इसी महासागर में डूबकर खो जाने की हो। बाहर तेज़ गति से दौड़ती कारों की कतारें, पानी की उस धार की तरह लगने लगीं, जो किन्हीं काली अँधेरी कंदराओं की ओर बढ़ रही हों। सबकी एक ही नियति है; इस अनंत के अँधेरे में खो जाना... मृत्यु, जीवन का एकमात्र सत्य है।

बारिश थमने लगी और धूप फिर से निकल आई। कबीर ने अपने डूबते हुए मन को सँभालने की कोशिश की। मोटरवे के पार, हरे खेतों पर नज़र डाली। खेतों की हरियाली भी उसके मुरझाते मन को हर्षित न कर पायी। बाहर एनिमल फार्म में कुछ मेमने उछल-कूद कर रहे थे। मेमनों की

उछल-कूद उसे कुछ देर अच्छी लगी; फिर अचानक लगा, जैसे वे सारे मेमने एक कतार में लगकर किसी कसाईखाने की ओर बढ़ रहे हों। सबकी एक ही नियति है... मृत्यु। मेमना हो या मनुष्य, पाँवों पर हो या कार में, होण्डा में हो या फ़रारी में, हर यात्रा का अंत, अनंत अँधेरा है। नेहा ने फरारी की, सवारी की और झटपट वहाँ पहुँच गई। उसकी होण्डा धीमी गति से उसी अनंत अँधेरे की ओर बढ़ रही है... एक वन वे ट्रैफिक में।

कुछ दिन कबीर को अपनी मनःस्थिति कुछ समझ न आई। उदासी थी, और उदासी का सबब नेहा की मौत था, बस इतना ही उसे समझ आया था; मगर इस उदासी में उसकी सोच का सारा खलिहान ही मुरझा गया था। जिन विचारों में खूबसूरत सपने सजते थे, जिन ख़यालों में रंगीन फ़ैंटसियाँ मचलती थीं; उनमें सिर्फ़ मृत्यु की निराशा छाई हुई थी। सपनों के अर्थ टूट चुके थे, ख़्वाबों के मायने बिखर चुके थे। गहन अवसाद की धुंध घेरे हुए थी; मगर उस धुंध के पार भी वह सिर्फ़ अँधेरे की ही कल्पना कर पा रहा था। ऐसी धुंध से निकलने का अर्थ भी क्या था? मगर उस धुंध में घुटते दम की पीड़ा भी असहनीय थी।

"डू यू नो, व्हाट्स हैपनिंग विद यू?" लंदन साइकियाट्रिक क्लिनिक के लीड साइकाइट्री कंसलटेंट डॉ. खान ने सामने बैठे कबीर से पूछा।

"आई डोंट नो... मन उदास रहता है, जीवन में दिलचस्पी खत्म हो रही है; मगर जीवन को लेकर मन में हर समय ख़याल दौड़ते रहते हैं, कि जीवन क्यों, यदि मृत्यु ही सच है; ज़िन्दगी का हासिल क्या है? किसी ख़ुशी को ढूँढ़ने का अर्थ क्या है? किसी तकलीफ़ से गुज़रने के मायने क्या हैं? यदि सब कुछ एक दिन खत्म ही हो जाना है, तो फिर कुछ होने का मतलब ही क्या है? सफ़र धीमा हो या तेज़; यदि अंत मृत्यु में ही है, तो उस सफ़र का आनंद कैसे लिया जा सकता है? कैसे कोई किसी यात्रा का आनंद ले सकता है, जब पता है कि उसका अंत एक ऐसे घनघोर अँधेरे में होना है, जिसके पार कुछ नहीं है... सिर्फ़ और सिर्फ़ अंधकार है।"

"कबीर! दिस इस कॉल्ड क्लिनिकल डिप्रेशन; तुम क्लिनिकल डिप्रेशन से पीड़ित हो, मगर साथ ही तुम्हें बॉर्डर लाइन पर्सनालिटी डिसऑर्डर भी है। आई एम प्रिसक्राइबिंग यू एन एंटीडिप्रेसेंट; तुम्हें इसे लगभग छह महीने तक लेना होगा; इसके साथ ही मैं तुम्हें काउन्सलिंग के लिए भी भेज रहा हूँ; एंटीडिप्रेसेंट तुम्हारे डिप्रेशन को कम करेगी, और काउन्सलिंग से तुम्हें ख़ुद को डिप्रेशन से दूर रखने में मदद मिलेगी। होप यू विल बी फाइन सून; आई विल आल्सो राइट टू योर कॉलेज, दैट यू नीड सम स्पेशल केयर व्हाइल यू आर सफरिंग फ्रॉम डिप्रेशन।"

कबीर को डॉ. खान की बातें थोड़ी अजीब सी ही लगीं। जीवन को लेकर उसके गहरे और गूढ़ सवालों का जवाब किसी दवा में कैसे हो सकता है? कोई केमिकल कैसे ज़िन्दगी की पेचीदा गुत्थी को सुलझा सकता है? शायद काउन्सलिंग से कोई हल निकले; मगर क्या किसी काउंसलर के पास उसके सवालों के जवाब होंगे?

फिर भी डॉ. खान का शुक्रिया अदा कर वह क्लिनिक से लौट आया।

"हे कबीर! व्हाट्स अप डियर?" समीर ने उदास बैठे कबीर का कन्धा थपथपाया।

"कुछ नहीं भाई; बस अच्छा नहीं लग रहा।" कबीर ने उदास स्वर में कहा।

"यार ये क्या डिप्रेशन डिप्रेशन लगा रखा है... ऐसे बैठा रहेगा तो अच्छा कैसे लगेगा; चिल आउट एंड हैव सम फन।"

"नेहा इज़ डेड, हाउ कैन आई हैव फन?" कबीर खीझ उठा।

"फॉरगेट हर, लुक फॉर सम अदर गर्ल।"

"भाई प्लीज़।"

"ओके चल उठ, आज तेरा डिप्रेशन भगाता हूँ।"

“नहीं, मेरा मूड नहीं है।”

“मूड ठीक करने वाली जगह ही ले जा रहा हूँ, चल जल्दी उठ।” समीर ने कबीर के कंधे को ज़ोरों से थपथपाया।

कबीर मना न कर सका। हर किसी को यही लगता था कि उसका डिप्रेशन उसका ख़ुद का पैदा किया हुआ था, और उसका बस एक ही इलाज़ था, चिल आउट एंड हैव फन।

समीर, कबीर को वेस्ट एंड के एक स्ट्रिप क्लब में ले आया। स्ट्रिप क्लब, जहाँ खूबसूरत लड़कियाँ निर्वस्त्र होकर पोल डांस और लैप डांस करती हैं; और पुरुष, होठों में मदिरा और आँखों में कामुकता लिए उनके नग्न सौन्दर्य का आनंद लेते हैं। ब्रिटेन के आम युवकों की तरह ही कबीर का वह स्ट्रिप क्लब का पहला अनुभव नहीं था, मगर उस दिन का अनुभव कबीर को बहुत अलग सा लग रहा था। समीर ने बार से ख़ुद के और कबीर के लिए बियर से भरे गिलास लिए, और एक स्टेज पोल के सामने बैठकर कामुक नृत्य का आनंद लेने लगा। स्टेज पोल पर डांस करती लड़की के अलावा लाउन्ज में कई अन्य खूबसूरत नग्न या अर्धनग्न लड़कियाँ भी थीं, जो कभी उनके करीब आकर नृत्य करतीं, और कभी उनकी गोद में बैठ उन्हें अपने अपने मादक शरीर को सहलाने का अवसर देतीं, और फिर उनसे एक या दो पौंड का सिक्का लेकर किसी और की गोद में जा बैठतीं। मगर कबीर को उन मादक युवतियों का सौम्य स्पर्श भी किसी किस्म की कोई उत्तेजना नहीं दे रहा था।

थोड़ी देर में मझले कद की खूबसूरत और छरहरी सी लड़की आकर कबीर की गोद में बैठी। टैन्ड त्वचा और गहरे भूरे घुँघराले बाल।

“आर यू कमिंग अपस्टेर्स फॉर ए पर्सनल डांस?” कबीर के गाल को सहलाते हुए लड़की ने मादक मुस्कान बिखेरी। त्वचा के रंग, नैन-नक्श और एक्सेंट से वह स्पेनिश लग रही थी।

कबीर ने कोई जवाब नहीं दिया। उसका मन वैसे भी वहाँ नहीं लग रहा था, और उस पर वहाँ का माहौल, जीवन को लेकर उठ रहे उसके सवालों को और भी पेचीदा कर रहा था।

"गो कबीर! गो विद हर।" समीर ने कबीर के कंधे को थपथपाते हुए कहा।

"नहीं भाई, मेरा मूड नहीं है।"

"अरे जा तो सही; मूड तो ये नंगी बना देगी।" समीर ने अपनी जेब से बीस बीस पौंड के दो नोट निकालकर कबीर के हाथों में पकड़ाए।

"कम ऑन बेबी लेट्स गो।" लड़की ने कबीर के गाल को प्यार से थपथपाया। जामुनी नोटों को देखकर उसकी आँखें भी चमक उठीं।

कबीर अनमना सा ही सही, मगर उसके साथ जाने को तैयार हो गया।

कबीर को वह लड़की ऊपर एक खूबसूरत से कमरे में लेकर गई, जिसकी सजावट बहुत ही आकर्षक थी। लेस के जामुनी पर्दों के पार नीली नशीली रौशनी में धीमा संगीत बह रहा था। हवा में मस्क, लेदर, वुड और वाइल्ड फ्लावर्स की मिली-जुली मादक खुश्बू बिखरी हुई थी। कबीर को एक बड़े और आरामदेह लेदर काउच पर बैठाकर लड़की ने उसकी गोद में थिरकना शुरू किया। नृत्य, उसके रूप और अदाओं की तरह ही नशीला था। लड़की का बदन कबीर की जाँघों पर फिसलता जाता, और जो थोड़े बहुत कपड़े उसने अपने बदन पर लपेटे हुए थे, वे उतरते जाते। अंत में उसके शरीर पर आवरण के नाम पर पैरों में पहनी पाँच इंच ऊँची हील ही रह गई; मगर इन सबके बावजूद कबीर को न तो कोई आनंद आ रहा था, और न ही कोई उत्तेजना हो रही थी। भीतर ही भीतर कहीं कोई झुंझलाहट थी, कोई द्वंद्व था, जो बाहर नहीं आ रहा था। कुछ देर यूँ ही उदासीन से बैठे रहने के बाद अचानक कबीर का द्वंद्व फूट पड़ा, और उसने लड़की की कमर पकड़ उसे अपनी गोद से उठाकर काउच पर अपनी बगल में पटक दिया।

"हे व्हाट आर यू डूइंग?" लड़की आश्चर्य से चीख उठी।

"आई एम सॉरी, बट आई एम जस्ट नॉट एन्जॉयिंग इट।" कबीर ने बेरुखी से कहा।

"व्हाट! आर यू नॉट एन्जॉयिंग मी?" लड़की के जैसे अहं पर चोट लगी।

"सॉरी, आई एम नॉट एन्जॉयिंग दिस।"

"यू आर नॉट एन्जॉयिंग माइ ब्यूटी? माइ डांस? माइ टच? डोंट टेल मी दैट यू आर गे।"

"सॉरी, आई एम नॉट एन्जॉयिंग दिस प्लेस, आई एम नॉट इन मूड।"

"आर यू डिप्रेस्ड?" लड़की का आश्चर्य, सहानुभूति में बदल गया।

"डॉक्टर्स से दैट आई सफ़र फ्रॉम क्लिनिकल डिप्रेशन; बट आई डोंट अंडरस्टैंड व्हाट्स हैप्पेनिंग टू मी। आई डोंट अंडरस्टैंड लाइफ, आई डोंट अंडरस्टैंड दिस वर्ल्ड, आई डोंट अंडरस्टैंड माइसेल्फ। आई वांटेड गर्ल्स, आई डिज़ाअर्ड सो मच, आई सफर्ड सो मच, आई टुक सो मच पेन... व्हाई? व्हाई डिड आई नॉट जस्ट गो एंड बाय? थ्रो मनी, गेट गर्ल, इट्स सो इज़ी... इज़ंट इट?"

"ला नॉचे ओस्कुरा।" लड़की का चेहरा गंभीर हो उठा।

"व्हाट डज़ इट मीन?" कबीर ने आश्चर्य से पूछा।

"इट्स स्पेनिश, फॉर द डार्क नाइट; व्हाट यू आर सफरिंग फ्रॉम इज़ कॉल्ड डार्क नाइट ऑफ़ द सोल।"

"आई डिड नॉट गेट इट।"

"वेट ए मिनट।"

लड़की कमरे से बाहर गई, और थोड़ी देर बाद हाथ में एक विज़िटिंग

कार्ड लिए लौटी।

"मीट दिस गाए, ही विल हेल्प यू।" विज़िटिंग कार्ड कबीर को देते हुए लड़की ने कहा।

"हू इज़ ही?"

"माइ योगा गुरु।"

"यू लर्न योगा?" कबीर ने आश्चर्य से पूछा।

"यस, वी डू हैव लाइफ आउटसाइड ऑफ़ दिस स्ट्रिप क्लब; वी आर आल्सो ह्यूमन, वी आल्सो हैव मीनिंग एंड पर्पज़ इन अवर लाइफ।" लड़की ने तंज़ भरे स्वर में कहा।

"सॉरी, आई डिड नॉट मीन दैट।" कबीर की आवाज़ में थोड़ी शर्मिंदगी थी।

"डोंट वरी अबाउट इट, मीट दिस गाए।" लड़की ने कबीर के कन्धों पर हाथ रखते हुए उसके बाएँ गाल को हल्के से चूमा। पहली बार कबीर को उसका स्पर्श सुखद लगा।

16

इस तरह मेरा परिचय कबीर से हुआ।

"स्पेन के एक ईसाई संत और कवि हुए हैं, सेंट जॉन ऑफ़ द क्रॉस; उनकी कविता है, 'ला नॉचे ओस्कुरा देल अल्मा' यानि 'डार्क नाइट ऑफ़ द सोल।'' मैंने अपने सामने बैठे कबीर को बताया।

"लेकिन इसका मतलब क्या है?'' कबीर, डार्क नाइट का अर्थ जानने को विचलित था।

"द डार्क नाइट एक मानसिक या आध्यात्मिक संकट होता है, जिसमें मनुष्य के मन में जीवन और अस्तित्व पर प्रश्न उठते हैं; जीवन जैसा है, उसके उसे कोई मायने नहीं दिखते; जीवन को उसने जो भी अर्थ दिए होते हैं वे टूटकर बिखर जाते हैं, जीवन उसे निरर्थक लगने लगता है।'' मैंने कबीर को डार्क नाइट का अर्थ समझाया।

"और मैं इस डार्क नाइट से गुज़र रहा हूँ?''

"संभव है... डिप्रेशन एक शारीरिक बीमारी है, जिसका क्लिनिकल ट्रीटमेंट ज़रूरी है; मगर शरीर, मन और आत्मा से जुदा नहीं है; मन और

आत्मा का संकट ही शारीरिक बीमारियाँ पैदा करता है।''

''आप इसमें मेरी क्या मदद कर सकते हैं?'' कबीर मुझसे कई उम्मीदें लेकर आया था।

''उतनी ही, जितनी कि तुम स्वयं अपनी मदद करना चाहो।''

''सुना है आपके हाथों में जादू है; आप अपने हाथों से छूकर कुण्डलिनी जगा देते हैं।'' कबीर की आँखों में आश्चर्य और उम्मीद की मिली-जुली तस्वीर थी।

''हर सुनी-सुनाई बात पर विश्वास नहीं करना चाहिए,'' मैंने मुस्कुराकर जवाब दिया; ''खैर, पहले तुम अपनी बात कहो; मैं तुम्हारी पूरी कहानी सुनना चाहता हूँ।... अब तक तुम्हारी जो भी प्राब्लम्स रही हैं; जो भी बातें, जिन्होंने तुम्हें पीड़ा दी है, परेशान किया है।''

कबीर ने मुझे अपनी पूरी कहानी कह सुनाई।

''मैं किसी लड़की का प्रेम पाना चाहता था; मगर प्रेम तो बस एक शब्द था, जिसे मैंने ठीक से समझा या जाना ही नहीं था; तो फिर वह क्या था, जिसे मैं पाना चाहता था? क्या टीना के बदन से लगकर जो सुख मिला था, मैं उसे पाना चाहता था? यदि वैसा ही था, तो उससे घबराकर मैं भाग क्यों आया था? क्या हिकमा के साथ में जो उमंग मुझे हासिल होती थी, मैं उसे पाना चाहता था? मगर हिकमा के साथ होते हुए भी मुझे टीना की मुस्कान क्यों खींच रही थी? एक पहेली सी थी टीना की मुस्कान, जिसे मैं कभी समझ नहीं पाया। नेहा का साथ भी एक पहेली ही था। नेहा के साथ रहकर भी मैं कभी उसे अपने करीब महसूस नहीं कर पाया। उस रात जब नेहा नशे में थी, मैं चाहता तो पूरी रात नेहा को बाँहों में समेटे रह सकता था, जी भर के उसके बदन को महसूस कर सकता था; मगर मैं सिर्फ़ उसका बदन नहीं चाहता था, मैं पूरी नेहा चाहता था। पर जब पूरी नेहा मेरे सामने टूटकर, बिखरकर बैठी थी, तो मैं उसे क्यों नहीं समेट पाया? अगर उस वक्त मैं बाँहें फैलाता तो नेहा उसमें सिमट आती, मगर मैं नहीं कर पाया... आख़िर क्यों?'' कहते हुए कबीर की पीड़ा उसकी आँखों से बह निकली।

मैं थोड़ी देर कबीर के चेहरे को देखता रहा... उसके चेहरे पर पुता उसका अवसाद, उसके चेहरे पर खिंची उसकी उलझनें पढ़ता रहा; फिर मैंने कहा, "कबीर, तुम्हारी समस्या ये नहीं है कि तुम्हें किसी लड़की का प्रेम नहीं मिला, तुम्हारी समस्या यह है कि तुम्हें अपना ख़ुद का प्रेम नहीं मिला... तुम अपने स्वयं से प्रेम नहीं करते, तुम्हें अपने आप पर विश्वास नहीं है। ख़ुद से प्रेम करो, ख़ुद को ख़ास समझो, स्पेशल समझो। तुम्हारे अपने प्रेम से तुम्हारा रूप निखरेगा, तुम्हारा व्यक्तित्व आकर्षक बनेगा। जब तुम स्वयं से प्रेम करोगे, तो तुम्हारी आत्मा तुम्हें उत्तर देगी कि वह क्या चाहती है।"

कबीर मेरे उत्तर से संतुष्ट लगा। वह मेरा शिष्य बन गया। वह मुझसे योग साधनाएँ सीखने लगा। वह मेरी हर बात पर गौर करता; मेरी हर शिक्षा पर अमल करता। कबीर का व्यक्तित्व बदलने लगा। कबीर को लगता था कि वह मेरी शिक्षा का जादू था... मैं जानता था कि वह उसके समर्पण और आस्था का जादू था।

"काफ़ी दिलचस्प कहानी है कबीर की।" मीरा की आँखों का कौतुक संतुष्ट लग रहा था।

"अभी कहानी खत्म नहीं हुई है।" मैंने मीरा से कहा। दरअसल कोई भी कहानी कभी खत्म नहीं होती; अलिफ़-लैला की दास्तानों की तरह एक के बाद दूसरे किस्से निकलते आते हैं; "आगे की कहानी सुनने से पहले आपको माया को जानना होगा।"

'माया?'

"हाँ; माया प्रिया की सहेली है।"

'कहिए।' मीरा ने रिलैक्स होते हुए पीछे की ओर पीठ टिकाई।

17

प्रिया के सेलफोन की घंटी बजी। प्रिया ने फ़ोन उठाया। दूसरी ओर से आवाज़ आई, "हाय प्रिया! हाउ आर यू?"

"हे माया! आई एम गुड, हाउ अबाउट यू?" प्रिया ने चहकते हुए कहा।

"अच्छी हूँ... तुझे एक गुड न्यूज़ देनी है; मैं लंदन आ रही हूँ, मुझे जॉब मिली है तेरे शहर में।"

"वाओ! दैट्स ग्रेट... कब आ रही है?"

"नेक्स्ट सैटरडे।"

"ब्रिलियंट; मेरा फ्लैट है लंदन में, आई वुड लव यू टू स्टे विद मी।"

"तुझे कोई प्रॉब्लम तो नहीं होगी?"

"प्रॉब्लम कैसी? आई विल एन्जॉय योर कंपनी।"

"आई मीन तेरा कोई बॉयफ्रेंड होगा।"

"फ्लैट शेयर करने में कोई प्रॉब्लम नहीं है; बस बॉयफ्रेंड से दूर

रहना।'' प्रिया ने ठहाका लगाया।

माया प्रिया की फ्रेंड थी। ग्लासगो में किसी एसेट मैनेजमेंट फ़र्म में कंसलटेंट थी। प्रिया के विपरीत माया बहुत ऐम्बिशस थी। माया के जीवन का लक्ष्य आर्थिक प्रतिष्ठा के उस शिखर पर पहुँचना था, जो प्रिया को धरोहर में मिला हुआ था। अपने लक्ष्य को पाने के लिए माया मेहनत भी बहुत करती थी। प्रेम के लिए उसके पास अधिक वक्त नहीं था। उसे तलाश थी एक ऐसे जीवनसाथी की, जो उसकी तरह ही महत्त्वाकांक्षी हो; जो अमीर तो हो, मगर उसकी सम्पन्नता और समृद्धि की भूख शांत न हुई हो।

प्रिया, उत्सुकता से माया का इंतज़ार करने लगी। पराये देश में किसी का साथ हो, और ख़ासतौर पर किसी करीबी दोस्त का; तो घर और देश से दूरी उतनी नहीं खलती। कबीर के प्रेम के बाद माया का साथ... प्रिया के दिन और रातें दोनों ही अच्छे होने चले थे, मगर जब सब कुछ अच्छा होने लगे, तो नियति को उपेक्षा सी महसूस होने लगती है, और वह रूठने लगती है। प्रिया के साथ भी ऐसा ही हुआ। दो दिन बाद उसके घर से फ़ोन आया कि उसकी माँ की तबियत खराब है।

'कबीर!' प्रिया ने कबीर को फ़ोन लगाया।

''हाय प्रिया!'' कबीर का जवाब आया।

''कबीर, मॉम इस नॉट वेल, मुझे इंडिया जाना होगा।''

''ओह, सॉरी टू हियर प्रिया, क्या हुआ मॉम को?''

''नथिंग टू सीरियस, बट शी नीड्स मी।''

''ओके प्रिया, प्लीज़ लेट मी नो, इफ आई कैन बी एनी हेल्प।''

''इसीलिए तो फ़ोन किया है कबीर।''

''यस, प्लीज़ टेल मी।''

''कबीर, सैटरडे को माया आ रही है ग्लासगो से; कैन यू प्लीज़

रिसीव हर।''

''ओह या, श्योर!''

''ठीक है, आई विल ड्राप माइ अपार्टमेंट्स की एट योर प्लेस।''

''डोंट वरी, आई विल कम एंड कलेक्ट।''

कबीर, माया को लेने एअरपोर्ट पहुँचा। प्रिया ने माया की फ़ोटो कबीर को मैसेज कर दी थी, ताकि वह माया को पहचान सके; मगर कबीर अपने साथ माया के नाम की तख्ती भी ले गया था, कि कहीं कोई ग़लती न हो। तख्ती पर लगी सफ़ेद कागज़ की शीट पर बड़े बड़े अक्षरों में लिखा था, 'माया मदान' ग्लासगो से आने वाली फ्लाइट लंदन सिटी एअरपोर्ट पहुँच चुकी थी। कबीर, माया के नाम की तख्ती पकड़े मीटिंग पॉइंट पर उसका इंतज़ार कर रहा था, तभी उसे अपनी ओर एक लम्बी, गोरी और खूबसूरत लड़की आती दिखाई दी। लड़की का बदन यूँ तो शेप में था, मगर अपनी लम्बाई की वजह से वह दुबली और छरहरी लग रही थी। लम्बे गोरे चेहरे पर उसने रे-बैन के डार्क ब्राउन पायलट शेप सनग्लास पहने हुए थे। स्ट्रेट किए हुए भूरे बालों की लटें चेहरे को दोनों ओर से घेरे हुए थीं। सनग्लास और बालों के घेर से झाँकते चेहरे को पहचानना आसान नहीं था, फिर भी कबीर को वह माया ही लगी। भूरे रंग के बूटकट क्रॉप ट्राउज़र्ज, के ऊपर उसने डस्की पिंक कलर का बॉक्सी टॉप पहना था, गले में गहरे लाल रंग का पॉपी प्रिंट फ्लोरल स्कार्फ़ और पैरों में ब्राउन फ्लैट स्लाइडर्स। कुल मिलाकर उसका पहनावा काफ़ी स्टाइलिश और व्यक्तित्व काफ़ी आकर्षक था। सैंडलवुड कलर के ट्राली सूटकेस को खींचते उसकी सुघड़ चाल से ऊर्जा की एक लपट सी उठती दिख रही थी, जो बिखरने से कहीं ज़्यादा समेटने की चाहत रखती मालूम हो रही थी।

''हाय माया!'' कबीर के पास पहुँचकर माया ने तपाक से अपना दाहिना हाथ बढ़ाया।

"हाय कबीर!" माया से हाथ मिलाते हुए कबीर ने मुस्कुराकर कहा, "सॉरी, प्रिया को अचानक इंडिया जाना पड़ा, इसलिए..."

"आई नो; प्रिया ने मुझे बताया था।" कबीर का वाक्य पूरा होने से पहले ही माया ने कहा।

"ओके लेट्स गो; ये सूटकेस मुझे दे दें।" कबीर ने माया के हाथ में थमे सूटकेस की ओर इशारा किया।

"नो प्लीज़ डोंट वरी, आई एम फाइन टू कैरी दिस।" माया ने बेझिझक कहा।

"बट आई डोंट फील फाइन विद दिस; आप इस शहर में हमारी मेहमान हैं।" कबीर ने सूटकेस थामने के लिए हाथ आगे बढ़ाया। माया ने सूटकेस पर अपनी पकड़ ढीली करते हुए उसे कबीर के हाथों में जाने दिया।

"सफ़र कैसा रहा?" शार्ट स्टे कार पार्क की ओर बढ़ते हुए कबीर ने पूछा।

"डेढ़ घंटे का सफ़र था, एक मैगज़ीन पढ़ते हुए कट गया।"

"ओह, किस तरह की मैगज़ीन पढ़ती हैं आप?"

'बिज़नेस।'

कबीर की रुचि बिज़नेस में कम ही थी, इसलिए उसने आगे उस टॉपिक पर कोई बात नहीं की।

"प्लीज़ कम इन।" प्रिया के अपार्टमेंट का दरवाज़ा खोलते हुए कबीर ने माया से कहा, "प्रिया दस बारह दिन में लौट आएगी, तब तक यह अपार्टमेंट सिर्फ़ आपके हवाले है।"

"हूँ... नाइस अपार्टमेंट; आप कहाँ रहते हैं कबीर?" माया ने करीने से सजे लाउन्ज पर नज़र फेरते हुए कहा।

"यहीं, ईस्ट लंदन में, ज़्यादा दूर नहीं; आप मेरा मोबाइल नंबर ले लें, किसी भी चीज़ की ज़रूरत हो तो फ़ोन करने से हिचकिचाइएगा नहीं।"

'थैंक्स।' कबीर का मोबाइल नंबर नोट करते हुए माया ने कहा।

"आज शाम का क्या प्लान है? अगर फ्री हों तो बाहर डिनर पर चलें?"

"आइडिया बुरा नहीं है; वैसे भी आज डिनर करने मुझे बाहर ही जाना होगा, और इस इलाके को मैं अच्छे से जानती भी नहीं हूँ।"

"ठीक है, मैं आपको सात बजे पिक करूँगा।"

कबीर, माया को उसी रेस्टोरेंट में ले गया, जहाँ वह प्रिया को ले गया था। उसी डिम लाइट में माया का चेहरा भी प्रिया के चेहरे की तरह चमक रहा था, मगर प्रिया के चेहरे पर एक शीतल आभा थी। स्ट्रिप क्लब की नीली नशीली रौशनी की तरह... जबकि माया के चेहरे से एक आँच सी उठती लग रही थी।

"आपकी जॉब कहाँ है?" कबीर चाहकर भी अपनी आँखों को उस आँच से बचा नहीं पा रहा था।

"यहीं सिटी में, इन्वेस्टमेंट फ़र्म है।"

"वाह... जॉब काफ़ी चैलेंजिंग होगी?"

"आइ लाइक चैलेंजेस।" माया की आँखों में एक चमक सी कौंधी, "आप क्या करते हैं कबीर?"

"फिलहाल तो कुछ नहीं।" कबीर ने बेफ़िक्री से कहा।

"क्या! आप कोई जॉब नहीं करते?" माया चौंक उठी।

'नहीं।' कबीर की बेफ़िक्री कायम रही।

"आपकी क्वालिफिकेशन क्या है?"

"कंप्यूटर साइंस में पोस्टग्रैड किया है।"

"फिर भी कोई जॉब नहीं कर रहे! हमारी फ़र्म को कंप्यूटर इंजिनियर्स की ज़रूरत रहती है; आप कहें तो मैं आपके लिए बात करूँ?"

"थैंक्स, मगर अभी मेरा जॉब करने का कोई इरादा नहीं है।" कबीर ने विनम्रता से कहा।

"आप करना क्या चाहते हैं अपनी ज़िंदगी में?" माया की आवाज़ आश्चर्य में डूबी हुई थी।

"उड़ना चाहता हूँ।" कबीर ने एक मासूम मुस्कान बिखेरी।

"पायलट बनना चाहते हैं?"

"उहूँ, चील की तरह उड़ना चाहता हूँ पंख फैलाकर... ऊँचे, खुले आसमान में।"

"सच कहूँ तो आप मुझे किसी बड़े बाप की बिगड़ी औलाद लगते हैं।" माया के स्वर में मज़ाक था या व्यंग्य, कबीर ठीक से समझ नहीं पाया।

"बड़ा बाप ही क्यों, बड़ी माँ क्यों नहीं?" कबीर ने भी कुछ उसी अंदाज़ में पूछा।

"वाजिब सवाल है, मगर कहावत तो यही है।"

"इसे ही तो बदलना है; जब आपके बच्चे हो जाएँ तो उन्हें बिगाड़कर नई कहावत बनाइएगा।" कबीर ने ठहाका लगाया।

"मैं बच्चे नहीं चाहती।"

'क्यों?' कबीर ने चौंकते हुए पूछा।

"मुझे ज़िंदगी में बहुत कुछ हासिल करना है; बच्चों की परवरिश के लिए मेरे पास वक्त नहीं रहेगा।"

कबीर ने आगे कुछ नहीं कहा। उसे माया में वह नेहा दिखाई दी, जिसने अपने डैड की बात मान ली थी, और सफलता और समृद्धि की राह

पर अपनी ज़िंदगी की फरारी सरपट दौड़ा दी थी। नेहा भी रेस ट्रैक पर थी, मगर बेमन से; उसकी नज़रें मंज़िल पर नहीं थीं। उसे तो पता भी नहीं था कि उसे कहाँ जाना था... मगर माया अपनी मंज़िल जानती थी। क्या माया अपनी मंज़िल तक पहुँच पाएगी? ईश्वर न करे कि वह नेहा की तरह किसी दुर्घटना का शिकार हो।

खाना खत्म होने पर वेटर बिल ले आया।

"लेट मी पे।" बिल पर लगभग झपटते हुए माया ने कहा।

"नहीं माया, आप मेरी मेहमान हैं।" कबीर ने टोका।

"मगर कबीर, तुम तो कुछ कमाते भी नहीं हो।"

कबीर ने माया के उसे 'तुम' कहने पर गौर किया। क्या माया का 'आप' से 'तुम' पर आना औपचारिकता को त्यागना था; या फिर ये जानकर, कि वह कुछ कमाता नहीं था, माया की नज़रों में उसका सम्मान कम हो गया था।

"बड़ी माँ की बिगड़ी औलाद हूँ, इतने पैसे तो हैं मेरे पास।" कबीर ने हँसते हुए माया के हाथ से बिल लेना चाहा।

"नो कबीर, आई इंसिस्ट।" माया ने अपना हाथ पीछे खींचा।

"इस बार तो नहीं, फिर कभी।" कबीर ने अपने वॉलेट से कार्ड निकालकर वेटर को थमाया, "प्लीज़ चार्ज द अमाउंट ऑन माइ कार्ड।"

उसके बाद लगभग एक सप्ताह कबीर और माया की बातचीत या मिलना न हुआ। माया, नई जॉब में कड़ी मेहनत कर रही थी... सीनियर मैनेजमेंट में इम्प्रेशन की गहरी जड़ें जमाने और उन पर सफलता के विशाल वृक्ष के विस्तार की कामना में। अगले रविवार कबीर ने सुबह-सुबह माया को फ़ोन किया,

"हाय माया! हाउ आर यू?"

"आइ एम फाइन कबीर, हाउ अबाउट यू?" माया ने जवाब दिया।

"आई एम गुड; प्रिया का फ़ोन आया था, उसकी मॉम की तबीयत अभी भी ठीक नहीं है, उसे कुछ और भी समय लगेगा आने में; मगर वह मुझसे नाराज़ है कि मैं तुम्हें वक्त नहीं दे रहा हूँ।"

"डोंट से दिस कबीर, इट्स मी, हू इज़ बिज़ी।" माया ने विनम्र स्वर में कहा।

"आज अगर फ्री हो तो तुम्हें लंदन घुमाया जाए।"

"थैंक्स कबीर; हाँ आज फ्री हूँ।"

"ओके, आई विल कम इन ए बिट।"

आसमान साफ़ था। धूप खिली हुई थी और हवा गुनगुनी थी। माया के साथ कबीर, पिकाडिली सर्कस पहुँचा। पिकाडिली सर्कस किन्हीं करतब दिखाने वाले जानवरों और आदमियों का सर्कस नहीं है; पिकाडिली सर्कस में सर्कस का अर्थ है, चौक या चौराहा... फिर भी पिकाडिली सर्कस में दर्शकों की भीड़ से घिरे कोई न कोई करतब दिखाते कुछ लोग अक्सर मिल जाते हैं। पिकाडिली सर्कस, उस पिकाडिली मार्ग पर बना है, जिसके बारे में चार्ल्स डिकेन्स ने 'डिकेन्स डिक्शनरी ऑफ़ लंदन' में लिखा है, 'पिकाडिली वह एकमात्र विशाल मार्ग है, जिसकी तुलना लंदन इतराकर पेरिस के मार्गों से कर सकता है।' उस दिन भी पिकाडिली सर्कस उतना ही व्यस्त था, जितना किसी भी अन्य दिन होता है। माया और कबीर पिकाडिली सर्कस मेट्रो स्टेशन से बाहर निकले। सामने शैफ्ट्सबरी अवेन्यू और ग्लास हाउस स्ट्रीट के मोड़ पर बनी इमारत पर लगे बड़े-बड़े बिलबोर्ड पर निऑन लाइटें चमक रही थीं। पास ही कहीं कोई भीड़ से घिरा, साइकिल पर करतब दिखा रहा था। अचानक माया की नज़र हाथों में मैप लिए बारीक़ी से कुछ तलाशते हुए बच्चों के कुछ समूहों पर गई।

"ये बच्चे यहाँ क्या ढूँढ़ रहे हैं?" माया ने कबीर से पूछा।

"ये ट्रेज़र हंट खेल रहे हैं... खज़ाने की तलाश में हैं।"

'खज़ाना?'

"हाँ ये एक खेल है; इन्हें मैप के साथ कुछ क्लू दिए जाते हैं, जिनके सहारे इन्हें खज़ाने तक पहुँचना होता है... तुम खेलना पसंद करोगी?"

"अब इस उम्र में क्या ये बच्चों का खेल खेलेंगे?" माया ने अरुचि जताई।

"बड़े होकर हमारी दुनिया कितनी छोटी हो जाती है न माया! बचपन में हमारा सपना होता है कि घोड़े पर सवार होकर कहीं दूर किसी खज़ाने की खोज में निकल पड़ें; किसी मायावी संसार में पहुँचें; किसी तिलिस्म को तोड़ें, किसी ड्रैगन से लड़ें; बड़े होकर ये सारे सपने पता नहीं कहाँ चले जाते हैं।"

"बड़े होकर हम प्रैक्टिकल हो जाते हैं, और इन किस्से-कहानियों की बातों पर विश्वास करना बंद कर देते हैं।"

"मैं अब भी किस्से-कहानियों में यकीन रखता हूँ माया; सपने पूरे होने के लिए ही होते हैं, मगर हम ही उन्हें अधूरा छोड़ देते हैं। किस्से-कहानियाँ हमें सिर्फ़ यही नहीं बताते, कि ड्रैगन होते हैं; वे हमें ये भी बताते हैं कि ड्रैगन से लड़कर उसे हराया भी जा सकता है।"

"फ़िलहाल तो तुम्हें ये मुंगेरीलाल के हसीन सपने छोड़कर कुछ काम करने की ज़रूरत है... बिना कुछ किए कोई सपना सच नहीं होता।" माया ने हँसते हुए कहा। माया के चेहरे पर दर्प था। कबीर को उसमें लूसी के गुरूर की झलक दिखाई दे रही थी।

पिकाडिली सर्कस के बाद माया और कबीर टावर ऑफ़ लंदन के करीब थेम्स नदी पर बने टावर ब्रिज पहुँचे। खूबसूरत, टावर ब्रिज के नीचे बहते थेम्स के पारदर्शी प्रवाह को देखते हुए कबीर ने कहा।

"माया! पता है; यहाँ थेम्स नदी को फादर थेम्स कहते हैं, जबकि हमारे भारत में नदियों को माँ कहा जाता है।"

"हम लोग नदियों को माँ कहकर भी उन्हें साफ़ तक नहीं रखते, जबकि ये लोग फादर कहकर भी नदियों को कितना साफ़ और खूबसूरत बनाकर रखते हैं।" माया की नज़रें थेम्स के सौन्दर्य को निहार रही थीं।

"मगर, नदी मुझे हमेशा माँ का रूप ही लगती है; पावन, शीतल और सौम्य। माँ शब्द की बात ही कुछ और है। दुनिया में जितनी भी ख़ूबसूरती है, वो सब, इस एक शब्द में समाई हुई है।" कबीर, कहते हुए कुछ भावुक हो उठा, मगर फिर उसे ध्यान आया कि माया ने कहा था कि वह माँ नहीं बनना चाहती। उसने माया के चेहरे पर गौर किया, जिस पर थोड़ी बेचैनी के भाव थे। अचानक कबीर की नज़र सड़क के किनारे मस्ती में झूमकर गिटार बजाते आदमी पर पड़ी।

"माया, बताओ ये किस गाने की धुन बजा रहा है?" कबीर ने विषय बदलने के इरादे से कहा।

"हम्म.. आई थिंक इट्स द येलो रोज़ ऑफ़ टेक्सस बाय एल्विस।" माया ने सोचते हुए कहा.

"सही गेस किया है।" कबीर ने हँसते हुए कहा, "और पता है, कि फेमस हिंदी सांग "तेरा मुझसे है पहले का नाता कोई..।" इसी गाने से इंस्पायर्ड है।"

"सॉरी, आई डोंट वॉच बॉलीवुड।" माया की आवाज़ में थोड़ी बेरुख़ी थी।

"पर गाने तो सुनती होंगी।"

"सारे वेस्टर्न गानों से लिफ्ट किए हुए तो होते हैं।"

"लिफ्ट नहीं इंस्पायर्ड।" कबीर ने एक बार फिर हँसते हुए कहा; "आओ तुम्हें इस सांग का हिंदी वर्जन सुनाया जाए।"

"तुम गाते हो?'' माया ने आश्चर्य से पूछा।

"गाता नहीं बजाता हूँ; वेट ए मिनट।'' कबीर ने गिटार बजा रहे आदमी के पास जाकर पूछा, "हाय जेंटलमैन! कैन आई बारो योर गिटार फॉर ए फ्यू मिनट्स?''

"श्योर; यू वांट टू प्ले फॉर दैट ब्यूटीफुल लेडी?'' उसने माया की ओर इशारा करते हुए कहा।

"ओह येह।'' कबीर ने उसके हाथ से गिटार लेकर उसके तार छेड़ने शुरू किए। हिंदी फिल्म 'आ गले लग जा' के गीत 'तेरा मुझसे है पहले का नाता कोई..' की धुन हवा में तैर उठी। गीत की धुन पर माया के साथ राह चलते लोग भी झूम उठे। माया, धुन का आनंद ले रही थी, और वह कबीर के टैलेंट से भी प्रभावित थी, मगर फिर भी उसे कबीर का आवारा मिज़ाज खल रहा था।

"कबीर, यू आर सो ब्राइट एंड टैलेंटेड; तुम इस तरह अपना वक्त क्यों बरबाद कर रहे हो?'' धुन पूरी होने के बाद माया ने कबीर से कहा।

"किस तरह?'' कबीर ने कुछ बेपरवाही से पूछा।

"यही, सड़कों पर गिटार बजाकर।''

"मुझे यह वक्त की बरबादी नहीं लगता माया, आई एन्जॉय इट।''

"नो कबीर, यू नीड टु टेक योर लाइफ सीरियसली; ऐसा करो, कल मुझे मेरे ऑफिस में मिलो।'' माया का लहज़ा थोड़ा सख्त था, जैसे कि वह किसी बिगड़े बच्चे पर लगाम कस रही हो।

"तुम्हारे ऑफिस में?''

"हाँ, और अपना सीवी लाना मत भूलना'।

18

“कबीर, तुम्हारे ग्रेड्स बहुत अच्छे हैं; हमारी फ़र्म तुम्हें बहुत अच्छा पैकेज दे सकती है।” माया ने कबीर का सीवी देखते हुए कहा।

“मगर माया, मैं अभी जॉब नहीं करना चाहता; अभी तो मैंने तय भी नहीं किया है कि मैं क्या करना चाहता हूँ।”

“कबीर, तुम्हारे पेरेंट्स इंडिया से यहाँ इसीलिए आए थे, कि तुम पढ़ाई पूरी करने के बाद भी ये तय न कर सको कि तुम्हें करना क्या है? क्या उन्होंने तुम्हें इतनी अच्छी एजुकेशन इसलिए दी, कि तुम सड़कों पर गिटार बजाते फिरो?” माया ने कबीर को झिड़का।

“वेल दैट्स फन, आई सेड आई एम एन्जॉयिंग माइ लाइफ।”

“एंड आई सेड, यू नीड टू टेक योर लाइफ सीरियसली; आई एम सेंडिंग योर सीवी टू द एचआर, यू विल हियर फ्रॉम अस सून।” माया ने कबीर के सीवी पर कुछ लिखते हुए कहा, “और हाँ, आज शाम को मुझे घर पर मिल सकते हो?”

“अब क्या मुझे घर पर भी नौकर रखोगी।” कबीर ने मज़ाक किया।

"नहीं, मुझ पर तुम्हारा डिनर उधार है।'' , एक लम्बे समय के बाद माया के होठों पर मुस्कान आई, ''और हाँ, अपना गिटार भी लेकर आना... तुम गिटार बहुत अच्छा बजाते हो।''

शाम को कबीर, प्रिया के अपार्टमेंट पहुँचा; एक खूबसूरत गुलदस्ता और शैम्पेन की दो बोतलें लिए।

''प्लीज़ कम इन।'' माया ने दरवाज़ा खोलते हुए कहा।

''थैंक्स, यू आर लुकिंग वेरी प्रिटी।'' कबीर ने गुलदस्ता माया के हाथों में दिया और उसके बाएँ गाल से अपना बायाँ गाल मिलाया।

''थैंक्स कबीर, प्लीज़ हैव ए सीट।''

कबीर ने सोफ़े पर बैठते हुए अपनी नज़रें लिविंग रूम में घुमाईं। उसे आश्चर्य हुआ, कि लिविंग रूम की सजावट बिल्कुल वैसी ही थी, जैसी कि प्रिया छोड़ गई थी। फूलदानों में रखे फूल भी बदले नहीं गए थे, जो अब कुछ मुरझाने भी लगे थे। पिछले एक हफ्ते से वहाँ रह रही माया ने फ्लैट की सजावट में अपनी कोई पसंद या अपना कोई किरदार नहीं जोड़ा था।

''माया! एक हफ्ते बाद भी यह फ्लैट प्रिया का फ्लैट ही लग रहा है; ऐसा लग ही नहीं रहा कि यहाँ कोई माया भी रह रही है।'' कबीर ने थोड़े शिकायती अंदाज़ में कहा।

''यह प्रिया का ही फ्लैट है, मैं तो बस मेहमान हूँ यहाँ।''

''हाँ, मगर मेहमान की भी तो अपनी कोई पसंद होती है; जिस घर में माया रह रही है, उसे देखकर माया के बारे में भी तो कुछ पता चले।''

''क्या जानना चाहते हो मेरे बारे में?''

''बहुत कुछ... फ़िलहाल तो मैं उस माया को जानता हूँ, जो प्रोफेशनल है, बॉसी है; जिसे सक्सेस, मनी और पॉवर पसंद है... मगर वह

माया कैसी है, जो घर पर रहती है? उसे क्या पसंद है? उसे कौन से रंग पसंद हैं, कौन से फूल पसंद है, कैसी तस्वीरें पसंद हैं, कैसा म्यूज़िक पसंद है... वह माया कितनी रोमांटिक है; उसे लड़के कैसे पसंद हैं..।''

"कबीर..।'' माया ने आँखों के इशारे से कबीर को झिड़का।

"ओके; माया को लड़के पसंद नहीं हैं।'' कबीर ने शरारत से हँसते हुए कहा।

'शटअप!' माया ने एक बार फिर उसे झिड़का।

"लेट्स हैव सम ड्रिंक्स फर्स्ट... शायद ड्रिंक करके तुम कम्फर्टबल हो जाओ।''

"आई थिंक इट्स ए गुड आइडिया।''

शैम्पेन की बोतल खोलकर फ्लूट्स में उड़ेलते हुए माया ने पूछा। "तुम शैम्पेन की दो बोतल क्यों लाए हो?''

"एक पीने के लिए...।''

"और दूसरी?''

"तुम्हें नहलाने के लिए।'' कबीर ने शरारत से हँसते हुए कहा।

"कबीर, आर यू क्रेज़ी?'' माया ने एक बार फिर उसे झिड़का।

"कभी-कभी ख़ुद ही थोड़ा क्रेज़ी हो जाना चाहिए; ज़िन्दगी को बहुत सीरियसली लो तो ज़िन्दगी बुरी तरह पागल कर देती है।'' कबीर कुछ भावुक हो उठा। डिप्रेशन में बिताए दिनों की कड़वी यादें उभर आईं।

"कबीर, तुम जानना चाहते थे कि मुझे क्या पसंद है!'' माया ने कबीर के भावुक चेहरे पर गौर कर विषय बदलने के इरादे से कहा।

"हाँ बताओ तुम्हें क्या पसंद है!'' माया का वाक्य कबीर को उसकी कड़वी यादों से बाहर निकाल लाया।

"मुझे स्पीड पसंद है।"

"कहाँ जाओगी इतनी स्पीड से? तुम्हें अपनी मंज़िल तक पहुँचने की इतनी जल्दी क्यों है?"

"जल्दी नहीं है कबीर; यह ज़रूरी नहीं है कि स्पीड कहीं पहुँचने की जल्दी में ही हो... स्पीड का अपना थ्रिल होता है... स्पीड में मज़ा आने लगे तो ख़ुद स्पीड ही मंज़िल बन जाती है।"

"हम्म...तो फिर चलो देखें तुम्हें कितनी स्पीड पसंद है।"

'मतलब?'

"ड्राइव पर चलते हैं।"

'अभी?'

'हाँ।'

कबीर ने कार स्टार्ट की। शाम ढल चुकी थी, फिर भी ट्रैफिक कम नहीं हुआ था। उस ट्रैफिक में स्पीड की कोई गुंजाइश नहीं थी।

"जिस शहर में ज़िन्दगी की रफ्तार जितनी तेज़ हो, उसका ट्रैफिक उतना ही स्लो होता है।" कबीर ने अगले जंक्शन की ट्रैफिक लाइट्स पर कार को ब्रेक लगाते हुए कहा।

"कबीर, मुझे पता नहीं था कि तुम फिलॉसफर भी हो।" माया ने हँसते हुए कहा।

"माया, मैंने किसी से कहा था कि अगर इंजिनियर नहीं बन पाया तो फिलॉसफर बन जाऊँगा।" कबीर को नेहा की याद आ गई।

"मगर अब तो तुम इंजिनियर बन चुके हो।"

"मैंने इंजीनियरिंग की पढ़ाई की है।" कबीर ने एक बार फिर नेहा को याद करते हुए कहा, "और तुम मुझसे जॉब कराके मुझे इंजिनियर बनाने पर तुली हो।"

"फिलॉसफी से ज़िंदगी नहीं चलती।"

"मगर ज़िंदगी चलकर पहुँचे कहाँ, ये फिलॉसफी ही तय करती है।"

"फ़िलहाल तो तुम ये तय करो कि हम जा कहाँ रहे हैं; अभी तक तो मुझे कोई स्पीड महसूस नहीं हुई है।" माया ने हँसते हुए कहा।

"बस थोड़ी देर में हम मोटरवे पर होंगे।"

कुछ देर बाद कबीर की कार मोटरवे पर थी। कबीर ने ऐक्सेलरेटर पर पैर का दबाव बढ़ाया। स्पीड का काँटा सत्तर, अस्सी से होते हुए सौ मील प्रति घंटे पर पहुँच गया। बाहर हवा गुनगुनी थी, इसलिए कबीर ने कार के विंडो खुले रखे थे। कार हवा से बातें करने लगी, और हवा का संगीत माया के कानों में गूँज उठा। माया को इस स्पीड में मज़ा आने लगा, मगर थोड़ी देर बाद उसे अहसास हुआ कि कार की स्पीड, मोटरवे की स्पीड लिमिट से बहुत अधिक थी।

"कबीर, तुम स्पीड लिमिट से बहुत अधिक स्पीड से चल रहे हो, स्पीडिंग टिकट मिलेगा तुम्हें।" माया ने कबीर को सावधान किया।

"यार ये स्पीड लिमिट होती ही क्यों है?" कबीर ने खीझते हुए कहा।

"डोंट बी सिली कबीर; स्पीड लिमिट से ऊपर चलने पर एक्सीडेंट का खतरा बढ़ जाता है।"

"तुम्हारी स्पीड लिमिट क्या है माया?"

"मेरी स्पीड लिमिट?"

"हाँ, तुम्हारी ज़िंदगी की स्पीड लिमिट?"

माया ने कुछ नहीं कहा। कुछ देर वह यूँ ही चुपचाप बैठी रही, फिर उसने कबीर से कहा, "कबीर, अब वापस चलते हैं; मुझे भूख लग रही है।"

कबीर ने अगले एक्ज़िट से कार मोड़ते हुए वापस प्रिया के अपार्टमेंट

की ओर ले ली।

अपार्टमेंट पर लौटकर, माया ख़ामोशी से खाना लगाने में लग गई। कबीर को माया की ख़ामोशी बेचैन करने लगी।

"ये सारा खाना तुमने ख़ुद बनाया है?" कबीर ने माहौल की ख़ामोशी तोड़ने के इरादे से पूछा।

"हाँ, ख़ास तुम्हारे लिए; आज काम से दो घंटे पहले लौट आई थी।" माया ने जताना चाहा कि उसे अपने काम और करियर के अलावा और चीज़ों की भी परवाह रहती है।

"ओह, थैंक्स माया; और हाँ सॉरी... मेरी वजह से आज तुम्हारा काम अधूरा रह गया।"

"काम कल पूरा जाएगा, लेट्स एन्जॉय डिनर नाउ।"

"वाओ! फ़ूड इज़ ग्रेट... यू आर एन अमेज़िंग कुक माया।" कबीर ने खाना खाते हुए कहा।

"चलो तुमने मेरी तारीफ़ तो की।" माया ने शिकायत के लहज़े में कहा।

कबीर कुछ देर माया के चेहरे को देखता रहा। बॉसी और ओवरकॉन्फिडेंट माया के चेहरे पर एक बेबस सी शिकायत उसे अच्छी नहीं लग रही थी। खाना खत्म करते ही कबीर ने माया से कहा, "माया! तुम मुझसे गिटार सुनना चाहती थीं?"

"हाँ, तुम्हें ही ध्यान नहीं रहा।" माया के लहज़े में अब भी हल्की शिकायत थी।

"सॉरी, मगर अब ध्यान आ गया है।"

"सुनाओ, क्या सुनाओगे?"

कबीर ने गिटार उठाकर उसकी तारों पर हिंदी फिल्म, 'अजनबी' के

इस गीत की धुन छेड़नी शुरू की, 'इक अजनबी हसीना से यूँ मुलाकात हो गई।'

"साथ में गाकर भी सुनाओ।" माया ने अनुरोध किया।

"माया, आई एम नॉट ए गुड सिंगर।"

"बैड ही सही, सिंगर तो हो।"

"ओके...आई विल ट्राइ।" कहते हुए कबीर ने गाना शुरू किया,

"...खूबसूरत बात ये, चार पल का साथ ये,

सारी उमर मुझको रहेगा याद,

मैं अकेला था मगर, बन गई वो हमसफ़र...।"

कबीर गाते-गाते अचानक रुक गया।

"क्या हुआ कबीर?" माया ने पूछा।

"कुछ नहीं; रात बहुत हो गई है, मुझे घर जाना चाहिए।"

"हाँ, रात बहुत हो गई है; तुम यहीं क्यों नहीं रुक जाते?"

"नो माया, इट वोंट लुक राइट।"

"बहुत परवाह है लोगों की?"

"लोगों की नहीं, तुम्हारी।"

"अगर मेरी परवाह है तो रुक जाओ, मैं कह रही हूँ।"

"तुम्हारे इरादे तो ठीक हैं न माया?" कबीर ने शरारत से पूछा।

"शटअप कबीर, तुम प्रिया के बॉयफ्रेंड हो।" माया ने कबीर को झिड़का।

"आई कैन मैनेज टू गर्लफ्रेंड्स।" कबीर ने फिर शरारत की।

"बट आई कांट शेयर माइ बॉयफ्रेंड विद एनीवन।"

"हूँ, मतलब तुम मुझे प्रिया से ब्रेकअप करने को कह रही हो?"

"कबीर, मज़ाक की भी कोई हद होती है।" माया ने फिर से कबीर को झिड़का।

"और अगर मैं कहूँ कि मैं मज़ाक नहीं कर रहा तो?" कबीर की आँखों में अब भी शरारत थी।

"तो मैं कहूँगी कि तुम मेरी बेस्ट फ्रेंड को चीट कर रहे हो; अब जाओ, जाकर उस कमरे में सो जाओ।" माया ने कबीर को धक्का देते हुए कहा।

कबीर, माया को गुडनाइट कहकर सोने चला गया। माया भी अपने कमरे में जाकर बिस्तर पर लेट गई; मगर उसे नींद नहीं आ रही थी। उसे बार-बार कबीर की बातें याद आ रही थीं। 'इतनी स्पीड से कहाँ जाओगी माया?', 'तुम्हारी स्पीड लिमिट कितनी है माया?', "माया को कौन से रंग पसंद हैं, कौन से फूल पसंद हैं, कैसी तस्वीरें पसंद हैं, माया कितनी रोमांटिक है,..." उसने तो इन सब बातों के बारे में कभी सोचा भी न था; उसे तो बस अपने करियर और सक्सेस की ही फ़िक्र थी, और वो उस फ़िक्र में ही व्यस्त थी। मगर व्यस्त ही सही, अच्छी खासी चल रही थी उसकी ज़िंदगी। 'ज़िंदगी चलकर पहुँचे कहाँ, यह फिलासफी ही तय करती है।' माया की ज़िंदगी की फिलासफी क्या थी... क्या अर्थ देना चाहती थी वह अपने जीवन को? माया, करवटें बदलते हुए यही सोचती रही। नींद उसे बहुत देर तक नहीं आई।

कुछ दिन बाद माया ने कबीर को फ़ोन किया, "हे कबीर! देयर इज़ ए गुड न्यूज़; अवर फ़र्म वांट्स टू इंटरव्यू यू; और अगर तुम उन्हें पसंद आए तो तुरंत ज्वाइन करना होगा।"

"तुम्हें मेरे पसंद आने पर शक है?" कबीर ने मज़ाक किया।

"ये नौकरी का इंटरव्यू है, किसी लड़की के साथ डेट नहीं।" माया ने भी उसी शरारत से जवाब दिया।

"ओके, कब है इंटरव्यू?"

"कल; मैं तुम्हें डिटेल ईमेल करती हूँ।"

"थैंक्स माया।"

कबीर, नौकरी को लेकर अधिक उत्साहित नहीं था, मगर माया का साथ उसे अच्छा लगने लगा था। माया, उसकी आवारा उमंगों को काबू करना चाहती थी। कबीर को अपनी आवारगी पसंद थी, मगर फिर भी उसका मन माया की लगाम में कस जाना चाह रहा था। माया के बॉसी रवैये में उसे एक सेक्स अपील दिखने लगी थी; जैसी उसे कभी लूसी की अदाओं में दिखी थी। प्रिया की आँखों में कबीर ने एक तिलिस्म देखा था, जिसमें भटककर वह अपनी मंज़िल ढूँढ़ना चाहता था। मगर माया तो पूरी की पूरी एक तिलिस्मी हुकूमत थी। इस हुकूमत में एक अजीब सा आकर्षण था, उसकी किशोरमन की फैंटेसियों की झाँकी थी, उसके अतीत की कल्पनाओं का बिम्ब था। यौवन का प्रेम, किशोर मन की कल्पनाओं की छवि होता है। प्रेम की ललक अतीत के प्रेम की ललक होती है।

अगले दिन कबीर का इंटरव्यू हुआ और उसे जॉब मिल गई। माया बहुत खुश हुई। उसने चहकते हुए कबीर को गले लगाकर कहा, "कन्ग्रैचलेशंस कबीर! वेल डन।"

"थैंक्स माया।" कबीर ने भी माया को बाँहों में भींचते हुए कहा। मगर कबीर जानता था, कि वह थैंक्स जॉब के लिए नहीं था। माया को बाँहों में भींचते हुए कबीर को वैसा ही महसूस हुआ, जैसा उसे कभी टीना की बाँहों में लिपटकर हुआ था। भय में लिपटा आनंद, जिसे वह अपनी बाँहों से निकलने तो नहीं देना चाहता था, मगर माया के आलिंगन में पिघल जाने का भय उस आनंद को निस्तेज कर रहा था।

"कबीर, ट्रीट कब दे रहे हो?" कबीर की बाँहों के घेरे से ख़ुद को

हल्के से छुड़ाते हुए माया ने पूछा।

"जब चाहो।" बाँहों से माया के निकलते ही, कबीर का मन भी उसके भय से स्वतंत्र हुआ।

"आज शाम को?"

'डन।'

"कहाँ ले जाओगे?"

"वह तुम्हें शाम को ही पता चलेगा।" कबीर ने मुस्कुराकर कहा।

उस शाम कबीर, माया को थेम्स नदी पर डिनर क्रूज़ पर ले गया। चेरिंगक्रॉस मेट्रो स्टेशन से निकलकर, एम्बैकमेंटपियर पर बोट में पहुँचते ही एक जादुई परिवेश ने उन्हें घेर लिया। बोट के भीतर बना खूबसूरत रेस्टोरेंट, चमचमाता बार, काँच की चौड़ी खिड़कियों के पार नदी के किनारे तनी भव्य इमारतें, नदी की धारा में झिलमिलाती सतरंगी रौशनी; और बोट के भीतर लाइव जाज़ बैंड की धीमी मादक धुन, जो दिलकश माहौल पैदा कर रहे थे; उसमें उनका डूब जाना लाज़मी था। बार से ड्रिंक्स लेकर वे डेक पर पहुँचे। थेम्स के प्रवाह से उठती ठंढी मंद हवा में, जाज़ संगीत की धुन तैर रही थी। शाम ढलने लगी थी, और आसमान में कुछ तारे भी टिमटिमाने लगे थे।

"वाओ! दिस इज़ अमेज़िंग; मेनी थैंक्स फॉर दिस कबीर।" माया ने ड्रिंक का एक हल्का घूँट भरते हुए कहा।

"धीमी रौशनी, धीमी हवा, धीमा संगीत... सब कुछ कितना अच्छा लग रहा है न माया!" कबीर ने कहा।

"सच में कबीर; मन कर रहा है कि समय बस यहीं ठहर जाए।" माया ने अपने बालों की लहराती लटों को सँभाला।

"समय नहीं ठहरता माया; हमें ठहरना होता है।"

'मतलब?'

"माया! समय के प्रवाह के परे, जहाँ से पल टूटते हैं; उसमें डूबना होता है। उसमें डूबकर, हर टूटते पल को ख़ुद से गुज़रने देना होता है। कुछ देर के लिए अपनी आँखें मूंद लो; इस ठंढी हवा को, इसमें तैरते संगीत को ख़ुद से होकर गुज़रने दो। इसके हर कॉर्ड को, हर नोट को महसूस करो माया।" माया की पलकों पर अपना हाथ फेरते हुए कबीर ने कहा।

माया ने आँखें बंदकर, कुछ देर के लिए समय के प्रवाह को ख़ुद से बेरोकटोक गुज़रने दिया। ठंढी मंद हवा उसके बदन को सहलाती रही; उसमें तैरता संगीत उसकी आत्मा को भिगाता रहा।

"हे माया, कहाँ खो गईं?" कबीर ने हल्के से माया का कन्धा थपथपाया।

"इट वाज़ एन अमेज़िंग एक्सपीरियंस कबीर।" माया ने धीमे से आँखें खोलीं।

"क्या महसूस किया?"

"ऐसा लगा, जैसे कि सुर मेरी आत्मा से होकर बह रहे हों... जैसे कि संगीत मेरे भीतर गुँथ रहा हो; जैसे कि मेरा विस्तार हो रहा हो संगीत के इस छोर से उस छोर तक...।" माया का चेहरा किसी सूरजमुखी सा खिला हुआ था।

"माया, आज तुम पहाड़ी राग की तरह सुंदर लग रही हो।" कबीर की नज़रें माया के खिले हुए चेहरे पर थम गईं। कबीर के शब्द, माया के चेहरे पर एक शर्म में लिपटा अभिमान बिखेर गए। माया ने अपनी पलकें झुकाईं, और नदी की धारा में झिलमिलाती रौशनी निहारने लगी। माया ने अब तक अपनी न जाने कितनी प्रशंसाएँ सुनी थीं; मगर हर बार तुलना किसी मूर्त बिंब से ही हुई थी। पहली बार किसी ने उसके सौन्दर्य में एक अमूर्त अलंकार जड़ा था। कबीर की प्रशंसा से उसके भीतर एक मधुर रागिनी सी

मचल गई।

अगली शाम कबीर ने माया से कहा, ''माया! चलो तुम्हें किसी से मिलाता हूँ।''

'किससे?'

''मेरे गुरु हैं।''

''किस चीज़ के?''

''हर चीज़ के; मेरे जीवन के गुरु हैं।''

''अच्छा, चलो।''

19

इस तरह मेरी मुलाकात माया से हुई। जिस माया से मैं मिला, वह उस माया से काफ़ी अलग थी, जिससे कबीर पहली बार मिला था। मर्दों से होड़ लेने वाली माया, अब अपने भीतर की औरत को ढूँढ़ रही थी। सफलता और समृद्धि पाने की जो लपट उसके भीतर थी, वह धीमी पड़ रही थी।

'नमस्कार!' मैंने माया का हाथ जोड़कर अभिवादन किया।

पुरुषों से तपाक से हाथ मिलाने की आदी माया को, मेरे अभिवादन के तरीके से थोड़ा आश्चर्य हुआ, मगर फिर भी उसने हाथ जोड़कर कहा, "मेरा नाम माया है।"

"मेरा नाम काम है; और मेरा काम माया से मुक्ति दिलाना है।" मैंने हँसते हुए कहा।

"हा हा..यू आर फनी।" माया ने हँसते हुए कहा, "फिर तो कबीर को आपसे दूर रहना चाहिए।"

"कबीर मेरे पास हो या मुझसे दूर; मैं उसे कभी आपके सौन्दर्य से दूर रहने की शिक्षा नहीं दूँगा।" मैंने माया के खूबसूरत चेहरे को निहारते हुए

कहा।

"मैं कुछ समझी नहीं।" माया के चेहरे पर उलझन की कुछ लकीरें खिंच आईं।

"माया, मनुष्य की मुक्ति सौन्दर्य से नहीं, बल्कि सौन्दर्य में है।"

'कैसे?'

"मनुष्य की मुक्ति, जीवन के सौन्दर्य को समझने में है, जीवन के सौन्दर्य को जीने में है... आख़िर सौन्दर्य है क्या? क्या सौन्दर्य सिर्फ़ मूर्त में है? सिर्फ़ रंगों और आकृतियों में बसा है? क्या वह सिर्फ़ रूप और श्रृंगार में समाया है? क्या वह दृश्य में है? या दृश्य से परे दर्शक की दृष्टि में है? या दृश्य और दृष्टि के पारस्परिक नृत्य से पैदा हुए दर्शन में है? मगर जो भी है, सौन्दर्य में एक पवित्र स्पंदन है; सौन्दर्य हमारी आध्यात्मिक प्रेरणा होता है। हमारे मिथकों में, पुराणों में, साहित्य में, सौन्दर्य किसी गाइड की तरह प्रकट होता है, जो अँधेरी राहों को जगमगाता है, पेचीदा पहेलियों को सुलझाता है, भ्रांतियों की धुंध चीरता है, और पथिक को कठिनाइयों के कई पड़ाव पार कराता हुआ सत्य की ओर ले जाता है।"

"हूँ... वेरी डीप।" माया ने मेरे शब्दों पर विचार करते हुए कहा, "और वह सत्य क्या है?"

"वह सत्य है मनुष्य की अपनी जागृति... सौन्दर्य के प्रति पूरी तरह जागृत होना ही सत्य है; वही मुक्ति है उस भटकाव से, उस भ्रम से; जिससे गुज़रकर मनुष्य सौन्दर्य को समझता है।"

"भ्रम और भटकाव?"

"माया, हम सौन्दर्य को मूर्त में ही देखने के आदी हैं। एक औरत होते हुए तुमसे बेहतर कोई इसे क्या समझ सकता है। हम नारी की देह, उसके रूप और उसके श्रृंगार में ही उसका सौन्दर्य देखते हैं; पुरुष ही नहीं, नारी भी यही करती है; मगर नारी का सौन्दर्य, उसकी देह, रूप और श्रृंगार के परे भी बसा होता है... उसके सौम्य स्वभाव में, उसकी करुणा में, उसके नारीत्व की

दिव्य प्रकृति में; मगर ये दुर्भाग्य है कि आज नारी स्वयं अपने सौन्दर्य को नहीं समझती। आज की अधिकांश नारियाँ न तो अपने सौन्दर्य के उस संगीत को सुन पाती हैं, जो उनकी देह के परे गूँजता है, और न ही उसमें यकीन करती हैं...और पुरुषों का भी यही हाल है। बहुत कम पुरुष होते हैं, जो नारी के इस अतीन्द्रिय सौन्दर्य को देख पाते हैं; नतीजा ये है कि हमारे समाज से नारीत्व खो रहा है; हमारे समाज का सबसे बड़ा नुकसान उसके नारीत्व के खोने में ही है; और हमारे समाज की मुक्ति, उस नारीत्व को फिर से जीवित करने में है।''

माया मेरे शब्दों पर गौर करती रही। वो कबीर के साथ बिताए अब तक के समय पर भी गौर करती रही। उसके भीतर फिर एक लपट उठने लगी; मगर वह लपट पिछली लपट, से बहुत अलग थी। वह एक ऐसी लपट थी, जिसकी गुनगुनी आँच में उसका सौन्दर्य निखरने लगा था। माया से मेरी और भी बातें हुईं; कुछ गंभीर और कुछ हँसी मज़ाक भरी। अंत में जाने से पहले माया ने दोनों हाथ जोड़कर मुझे नमस्कार किया। मैंने जवाब में अपना हाथ बढ़ाया, ''गुड टू मीट यू माया; होप टू सी यू अगेन।''

''ओह येह, इट वाज़ ए ग्रेट प्लेज़र टू मीट यू।'' माया ने मुझसे हाथ मिलाकर कहा।

उस रात माया, वही गुनगुनी आँच लपेटे घर लौटी; मगर वह आँच बहुत देर तक सिर्फ़ गुनगुनी न रही। अचानक माया को अपने बॉटम में एक तेज़ दर्द सा महसूस हुआ, जैसे कि कोई शूल सा चुभा हो, जैसे कि उसकी स्कर्ट के भीतर कोई शोला सुलग उठा हो, जैसे कि उसकी पैंटी ने आग पकड़ ली हो। माया ने झटपट अपनी स्कर्ट नीचे खींची, और अपनी नायलोन की पैंटी को छूकर देखा। पैंटी तप रही थी। माया ने झटके से पैंटी भी नीचे खींचकर पैरों पर उतारी, मगर उसकी जलन कम न हुई। माया ने तुरंत अपना मोबाइल फ़ोन उठाया, और कबीर को फ़ोन लगाया।

''हे कबीर!'' माया ने चीखते हुए कहा।

"माया, क्या हुआ? आर यू ओके?" कबीर ने चौंकते हुए पूछा।

"नो कबीर, मेरा बदन जल रहा है।" माया एक बार फिर चीखी।

"व्हाट? तुम्हें फीवर है?"

"नहीं, बहुत तीखी जलन है; कबीर तुम यहाँ आ सकते हो, अभी?"

"हाँ माया, मैं अभी आया।" कबीर ने घबराते हुए कहा।

माया की जलन बढ़ती गयी। उसके बॉटम और क्रॉच से होकर जलन किसी तेज़ लपट की तरह उसकी कमर और पीठ पर पहुँचने लगी। माया ने अपनी टाँगों को झटककर स्कर्ट और पैंटी उतारी, और दौड़कर बाथरूम के भीतर गई। झटपट अपना टॉप और ब्रा उतारते हुए शावर के नीचे खड़े होकर शॉवर चालू किया। शावर के टेम्प्रेचर कण्ट्रोल को सबसे ठण्ढे वाले हिस्से पर घुमाते हुए उसने ख़ुद पर लगभग बर्फीले पानी की बौछार कर डाली, मगर उसकी जलन अब भी कम होने का नाम नहीं ले रही थी। माया ने शावर के हैंडल को पकड़कर उसे शॉवर स्टैंड से नीचे खींचा, और पानी की धार सीधे अपने क्रॉच पर डाली। सुलगते क्रॉच पर बर्फीले ठण्ढे पानी की धार से उसे थोड़ी राहत मिली। माया ने एक ठण्ढी साँस ली, और पानी की धार को थोड़ा और तेज़ किया। थोड़ी सी राहत और मिली। माया अब बेहतर महसूस कर रही थी, मगर तभी अपार्टमेंट की डोरबेल बजी। कबीर आ चुका था। माया, शॉवर से हटना नहीं चाहती थी, मगर कबीर के लिए दरवाज़ा खोलना भी ज़रूरी था। माया ने शावर से निकलते हुए अपने गीले बदन पर तौलिया लपेटा और दौड़कर दरवाज़ा खोला।

"माया, क्या हुआ?" माया के गीले बदन को यूँ सिर्फ़ एक तौलिये में लिपटे देख कबीर को एक गुनगुनी कसक सी हुई; जैसे कि माया के बदन में उठती आँच उसके बदन तक पहुँच गई हो।

"कबीर, आई एम स्केयर्ड।" कहते हुए माया कबीर से लिपट गई।

माया के भीगे बदन का यूँ अचानक उससे लिपटना... कबीर इसके लिए तैयार नहीं था। उसे ऐसा लगा, मानो कोई तेज़ लौ, लहराकर उससे

लिपट गई हो। माया ने उसे कसकर अपनी बाँहों में भींच लिया; इतनी ज़ोरों से, कि ख़ुद माया का बदन तौलिये के भीतर कस गया, और उसके बदन पर लिपटा तौलिया ढीला होकर नीचे सरकने लगा... मगर माया को जैसे उसकी फ़िक्र ही नहीं थी। उसे अचानक महसूस हुआ कि कबीर के बदन से लिपटकर उसके बदन को कुछ ठंढक मिली। उसकी जलन जाने लगी। उस वक्त माया बस वही चाहती थी; बदन की जलन से मुक्ति। माया ने अपने बदन को इतना कसा, कि तौलिया खुलकर नीचे पैरों में जा गिरा। माया का बेलिबास बदन, कबीर के बदन से जा सटा। माया के बदन को मिलती ठंढक, कबीर के बदन को आँच देने लगी। माया का भीगा बदन, कबीर से लिपटा हुआ था। माया के मुलायम अंग उसे अपने भीतर कस रहे थे। कबीर को एक बार फिर वैसा ही महसूस हुआ, जैसा उसे कभी टीना के बदन से लिपटकर हुआ था... वही आनंद, वही भय, वही कशमकश; मगर अबकी बार न कबीर ख़ुद पर काबू रख पाया, और न ही माया उसे छोड़ने को तैयार हुई। कबीर ने माया की कमर पर अपनी बाँहें लपेटीं। माया ने अपने हाथ उसकी पीठ पर सरकाते हुए उसके कन्धों पर जमाए, और अपनी दायीं टाँग उठाकर अपना घुटना कबीर की टाँगों के बीच डालकर उसे अपनी ओर इतना खींचा, कि उसका क्रॉच कबीर के प्राइवेट से जा सटा। कबीर का प्राइवेट कुछ इतना तना, कि उसके दबाव से माया के क्रॉच की रही-सही जलन भी जाती रही। कबीर ने माया के कूल्हों को जकड़ा, और अपने होंठ उसके होंठों पर रख दिए। माया के पूरे बदन में शीतलता की एक लहर सी दौड़ गई।

कुछ देर के लिए माया ख़ुद को भूल गई; जैसे कि माया और कबीर के बदन एक हो गए हों; जैसे कि माया की आत्मा का विस्तार, कबीर के बदन तक हो चुका हो; मगर फिर अचानक माया को न जाने क्या हुआ हुआ, उसने एक झटके से कबीर को धकेला। कबीर सँभल नहीं पाया, और पीछे काउच पर जा गिरा।

'माया!' कबीर ने चौंकते हुए कहा।

माया ने झटपट नीचे झुककर, फर्श पर गिरा तौलिया उठाया, और

158

अपने बदन पर लपेटते हुए कहा, "कबीर ये ठीक नहीं है।"

"क्या माया?"

"हम प्रिया के घर में ही उसके साथ ये धोखा नहीं कर सकते।"

कबीर को भी अचानक इसका अहसास हुआ कि जो हो रहा था वह प्रिया के विश्वास के साथ धोखा था।

"सॉरी माया, इट्स माइ फाल्ट... मैं ख़ुद पर काबू नहीं रख पाया।" कबीर ने नीची नज़रों से कहा।

"नो कबीर, इट वाज़ माइ फाल्ट।" माया की नज़रें भी नीची ही थीं।

"माया तुम अब ठीक तो हो?" कबीर ने मुश्किल से नज़रें उठाते हुए पूछा।

"हाँ कबीर, मैं ठीक हूँ।" माया की नज़रें अब भी नीची ही थीं।

"माया, देयर इज़ नथिंग टू वरी... अच्छा मैं चलता हूँ।" कहते हुए कबीर तुरंत अपार्टमेंट से निकल आया। माया ने नज़रें उठाकर कबीर को जाते हुए देखा। उसके बदन की जलन जा चुकी थी। उसका दिल बैठा जा रहा था।

अगले दिन कबीर को माया की फ़र्म ज्वाइन करनी थी। उसके इंडक्शन की तैयारी थी; मगर कबीर समय पर पहुँचा नहीं था। माया ने कबीर को फ़ोन लगाया, मगर कबीर ने फ़ोन नहीं उठाया। माया को बेचैनी हुई। कबीर की जॉब उसकी सिफारिश पर लगी थी; अगर कबीर नहीं आया, तो उसकी रेपुटेशन पर धब्बा लगना था। माया ने फिर कबीर का फ़ोन ट्राई किया, मगर इस बार भी नो रिस्पांस था। माया को कबीर पर गुस्सा आने लगा। वह उसका फ़ोन ट्राई करती रही। चौथी बार में कबीर ने फ़ोन उठाया।

"कबीर! क्या बात है; आज तुम्हें ज्वाइन करना है, और तुम अभी तक

पहुँचे नहीं।'' माया ने गुस्से से पूछा।

''सॉरी माया, मेरा मन नहीं कर रहा।'' कबीर ने अनमना सा जवाब दिया।

''तुम्हारा मन नहीं कर रहा है? तुम्हारे इंडक्शन की सारी तैयारियाँ हो चुकी हैं, और तुम्हारा मन नहीं कर रहा है! लोग तुम्हारा इंतज़ार कर रहे हैं, और तुम्हारा मन नहीं कर रहा है? मेरी रेपुटेशन दाँव पर लगी है, और तुम्हारा मन नहीं कर रहा है? ये क्या मज़ाक बना रखा है कबीर!'' माया चीख उठी।

''सॉरी माया, बट....।''

''नो इफ एंड बट, आई वांट टू सी यू हियर राइट नाउ... पन्द्रह मिनट में मेरे ऑफिस पहुँचो।'' कहते हुए माया ने फ़ोन काट दिया।

कबीर, माया के ऑफिस पहुँचा। एच आर हेड, मि. सिंग ने उसे वेलकम किया,''हे यंग मैन, वेलकम! वी हैव बीन वेटिंग फॉर यू फॉर मोर देन एन ऑवर।''

''आई एम सॉरी फॉर कमिंग लेट।'' कबीर ने नज़रें नीची किए हुए कहा।

''कबीर, हमने आपको माया की सिफ़ारिश पर लिया है; और माया बहुत ही हार्डवर्किंग और पंक्चुअल है; हमारी आपसे भी यही एक्स्पेक्टेशन्स हैं।''

''आई विल ट्राय माइ बेस्ट।'' कबीर ने मि. सिंग से नज़रें मिलाते हुए कहा।

''यू मस्ट।'' मि. सिंग ने कबीर का कन्धा थपथपाते हुए कहा।

''दिस इज़ निशा, अवर सीनियर एच आर मैनेजर... शी विल बी कंडक्टिंग योर इंडक्शन।'' मि. सिंग ने पास खड़ी लगभग सत्ताइस-अट्ठाइस साल की लड़की से कबीर का परिचय कराया।

"हाय कबीर!" निशा ने कबीर की ओर हाथ बढ़ाते हुए कहा।

"हाय निशा!" कबीर ने निशा से हाथ मिलाया।

"लेट्स गो एंड कमेंस योर इंडक्शन।" निशा ने कुछ फाइलें थामते हुए कहा।

"माया इज़ ए स्टार; हमारी फ़र्म किसी को भी इतनी आसानी से रिक्रूट नहीं करती; मगर माया ने तुम्हें रिकमेंड किया तो हमें एक बार भी सोचना नहीं पड़ा।" निशा ने चलते हुए कहा।

'थैंक्स।' कबीर बस इतना ही कह पाया।

पहले दिन ही कबीर को माया की तुलना में छोटा महसूस करना पड़ा। माया न सिर्फ़ उसकी सीनियर थी, बल्कि उसने उस फ़र्म में अपनी अच्छी खासी रेपुटेशन भी बना रखी थी; और कबीर की परेशानी ही यही थी। उसका मन उसे माया के अधीन होने को खींचता था। उसे डर था कि कहीं वह माया के आगे समर्पण न कर बैठे।

कबीर ने इंडक्शन पूरा किया, मगर माया से कतराता रहा। पूरे दिन उसने माया से नज़रें चुराईं। अगले कुछ दिन भी यही हुआ। कबीर काम पर जाता, काम में मन लगाने की कोशिश करता, मगर माया से नज़रें चुराता रहता। माया को बेचैनी हुई। माया की फ़र्म में लगभग हर किसी को अंदाज़ था, कि कबीर की जॉब माया की सिफारिश से लगी थी, और हर कोई ये महसूस कर रहा था, कि कबीर माया से कतरा रहा था।

"हाय कबीर! माया कहाँ है?" कबीर को ऑफिस की कैंटीन में अकेले बैठे, कॉफ़ी पीते देख निशा ने पूछा।

"माया बिज़ी है।" कबीर ने रूखा सा जवाब दिया।

"इतनी बिज़ी कि तुम्हारे साथ एक कप कॉफ़ी भी नहीं पी सकती?"

"ये तो माया ही जाने।" कबीर का जवाब अब भी रूखा ही था।

"कोई प्रॉब्लम है तुम दोनों के बीच?"

"नहीं निशा; तुम जानती हो माया को अपना काम पसंद है।" कबीर को अहसास हुआ कि वह निशा के साथ बेरुखी से बात कर रहा था।

"और तुम्हें माया।" निशा ने मुस्कुराते हुए कहा।

"ये क्या कह रही हो निशा!" कबीर ने निशा से आँखें चुराते हुए कहा।

"माया को देखकर जिस तेज़ी से तुम्हारा दिल धड़कता है, उसकी आवाज़ कोई भी सुन सकता है।" निशा ने एक बार फिर शरारत से मुस्कुराकर कहा।

"सिवा माया के।" कबीर के मुँह से अनायास निकल पड़ा।

निशा मुस्कुराती हुई कबीर का शर्म से लाल हुआ चेहरा देखती रही। कबीर ने शरमाकर आँखें झुका लीं।

निशा के सामने अपने प्रेम को स्वीकार कर लेने के बाद, कबीर की उलझनें और भी बढ़ गयीं। अब वह सिर्फ़ माया से ही नहीं, बल्कि हर किसी से नज़रें चुराने लगा। इससे उसका काम भी प्रभावित होने लगा, साथ ही ऑफिस में भी यह फुसफुसाहट होने लगी, कि कबीर और माया के बीच कुछ गड़बड़ है। माया का इससे परेशान होना स्वाभाविक था। एक दिन माया ने कबीर को फ़ोन किया,

"कबीर, मुझे हमारे प्राइम इन्वेस्टर्स की इन्वेस्टमेंट रिपोर्ट चाहिए; क्या तुम मुझे कंप्यूटर से निकालकर दे सकते हो?"

"येह श्योर।"

कबीर ने रिपोर्ट प्रिंट की, और ले जाकर माया की डेस्क पर रखकर लौटने लगा। माया से नज़र उसने इस बार भी नहीं मिलाई।

"वन मिनट कबीर।" माया ने कहा।

'क्या?' कबीर ने बड़ी मुश्किल से माया से नज़र मिलाई।

"तुम मुझे अवॉयड क्यों कर रहे हो?"

"माया, हमारे लिए अच्छा यही है कि हम एक दूसरे से न मिलें।"

"क्यों? क्यों न मिलें? क्या हो जाएगा मिलने से? तुम ख़ुद पर काबू नहीं रख पाओगे? मैं ख़ुद पर काबू नहीं रख पाऊँगी? कबीर, क्या तुम इतने भी मेच्योर नहीं हुए हो, कि किसी लड़की के सामने ख़ुद को काबू में रख सको?" माया ने कबीर को झिड़का।

कबीर को एक चोट सी लगी। पिछली बार कब, किसने कहा था कि वह मच्योर नहीं हुआ था? कितनी पीड़ा दी थी हिकमा के उस एक वाक्य ने। नौ साल हो गए उस बात को... क्या वह अब तक मच्योर नहीं हुआ था।

"कबीर, लेट्स गो टू कैफ़े; मुझे तुमसे बात करनी है।" माया ने अपनी चेयर से उठते हुए कहा।

माया और कबीर, ऑफिस से निकलकर, बाहर सड़क के मोड़ पर बने कैफ़े में गए। छोटा सा कैफ़े व्यस्त था, मगर फिर भी माया ने बैठने के लिए ऐसा बूथ ढूँढ़ निकाला, जहाँ आसपास भीड़ नहीं थी।

"क्या लोगी?" कबीर ने माया से पूछा।

"कबीर तुम्हें क्या हो गया है; तुम जानते हो कि मैं कैपुचिनो लेती हूँ।" माया ने आश्चर्य से कहा।

"ओह सॉरी!" कहते हुए कबीर उठा, और बार से माया के लिए कैपुचिनो और अपने लिए लेट्टे कॉफ़ी ले आया।

"हाँ तो कहो कबीर; क्या दिक्कत है हमें इस तरह साथ बैठने में? साथ बैठकर कॉफ़ी पीने में?" माया ने कॉफ़ी का घूँट भरते हुए कहा।

"दिक्कत है माया।"

"मगर क्या? क्या दिक्कत है?"

"दिक्कत ये है कि तुम सिर्फ़, कोई भी लड़की नहीं हो।" कबीर ने कुछ खीझते हुए कहा।

“क्या कहना चाहते हो कबीर?”

“माया, मैं तुम्हें देखकर ख़ुद को काबू में नहीं रख पाता; आई फाइंड यू इरिजस्टिबल। उस रात जो हुआ था, वो अचानक नहीं हुआ था... मैं तुम्हें...।”

“कबीर, उस रात मुझे क्या हुआ था? मेरा बदन क्यों जल रहा था? क्यों मुझे तुमसे लिपटकर ठंढक मिली थी? क्या वह तुम्हारा प्लान किया हुआ था? क्या तुम्हारे गुरु काम ने मुझ पर कोई जादू किया था?” कबीर के वाक्य खत्म करने से पहले ही माया ने चौंकते हुए पूछा।

“नहीं माया, ऐसा कुछ नहीं है, तुम ग़लत समझ रही हो।”

“तो फिर सच क्या है?”

“सच ये है कि मैं तुमसे प्यार करता हूँ; और तुम भी मुझसे प्यार करती हो।” कबीर ने कॉफ़ी का मग छोड़कर माया का हाथ थामा।

“ये सच नहीं है कबीर; तुम प्रिया को चीट कर रहे हो।” माया ने एक झटके से अपना हाथ छुड़ाया।

“और तुम ख़ुद को चीट कर रही हो माया।” कबीर ने माया की आँखों में झाँका।

“कबीर, लेट्स गेट बैक टू वर्क; मुझे बहुत से काम करने हैं।” कबीर से नज़रें चुराती हुई माया अचानक से उठ खड़ी हुई; वह उस विषय पर कबीर से और बात नहीं करना चाहती थी।

मगर ऑफिस लौटकर माया का मन काम में नहीं लगा; वह बस यूँ ही फाइलों के पन्ने उलटती-पलटती रही।

“माया! लुकिंग अपसेट; क्या हुआ?”

माया ने नज़र उठाकर देखा। सामने निशा थी।

“कुछ नहीं बस ऐसे ही।” माया ने एक फाइल पर नज़र जमाते हुए व्यस्त होने का अभिनय किया।

"तुम्हारे और कबीर के बीच क्या चल रहा है? इतना खिंचे-खिंचे क्यों रहते हो एक-दूसरे से?'' निशा ने प्रश्न किया।

"ऐसा कुछ नहीं है निशा, वी आर गुड फ्रेंड्स।''

"जस्ट फ्रेंड्स?'' निशा ने मुस्कुराकर पूछा। उसकी मुस्कान में एक शरारत छुपी थी।

"क्या कहना चाहती हो निशा?'' हालाँकि माया निशा का आशय समझ रही थी।

"बनो मत माया; तुम जानती हो, कबीर इज़ इन लव विद यू।''

"हाउ डू यू नो?'' माया ने खीझते हुए पूछा।

"हर कोई जानता है माया... कबीर के चेहरे पर लिखा है, बड़े बड़े कैपिटल लेटर्स में– ही इज़ इन लव विद माया।''

"निशा..!'' माया कुछ और खीझ उठी।

"कितना क्यूट और हैंडसम है कबीर; तुम उसे एक चांस क्यों नहीं देती; आई टेल यू, ही विल वरशिप द फ्लोर यू वॉक ऑन।'' निशा ने माया के गले में बाँह डालते हुए कहा।

"सॉरी निशा, मेरी तबीयत कुछ ठीक नहीं लग रही है, आई थिंक आई शुड गो होम।'' माया, निशा की बाँह को अपनी गर्दन से हटाती हुई उठ खड़ी हुई। निशा ने उसे रोकना ठीक नहीं समझा।

घर लौटकर माया, कबीर और निशा की बातों पर गौर करती रही 'सच ये है कि मैं तुमसे प्यार करता हूँ, और तुम भी मुझसे प्यार करती हो।', 'कबीर के चेहरे पर लिखा है, बड़े बड़े कैपिटल लेटर्स में– ही इज़ इन लव विद माया।', 'तुम उसे एक चांस क्यों नहीं देती? आई टेल यू, ही विल वरशिप द फ्लोर यू वुड वॉक ऑन।'' कबीर उसे चाहता है, उससे प्यार करता है; क्या वह भी कबीर को चाहती है? कबीर ने उसे कितना बदल

दिया है; और उसने वह बदलाव प्रसन्नता से स्वीकार भी किया है। क्यों उसने ख़ुद पर कबीर का इतना असर होने दिया? क्या यही प्यार है? क्या अपने प्रेम को न पहचानकर वह ग़लती कर रही है? माया की रात इन्हीं सवालों से जूझते हुए बीती।

अगले दिन काम पर, माया कबीर से नज़रें चुराती रही, मगर बहुत देर तक वह कबीर को नज़रअंदाज़ नहीं कर पाई। उसका ख़ुद का मन कबीर से मिलने का हो रहा था। वह कबीर से बात करना चाहती थी, मगर क्या और कैसे, यह उसे समझ नहीं आ रहा था। दोपहर को उसने कबीर को फ़ोन लगाया।

"कबीर, क्या तुम शाम को मुझे घर पर मिल सकते हो?"

"हाँ माया।" कबीर ने बस इतना ही कहा।

कबीर खुश था। उत्साहित था। उसे पूरी उम्मीद थी कि माया ने उसे उसका प्रेम स्वीकारने के लिए ही बुलाया था। माया के लिए एक खूबसूरत सा गुलदस्ता लेकर वह उसके अपार्टमेंट पहुँचा। माया ने दरवाज़ा खोला। कबीर ने उसके बाएँ गाल को चूमते हुए, गुलदस्ता उसके हाथों में दिया।

"कम इन कबीर, प्लीज़ हैव ए सीट।" माया ने सोफ़े की ओर इशारा किया।

कबीर ने अपनी नज़र लिविंग रूम में घुमाई। आज लिविंग रूम का रूप कुछ अलग ही था। शो केस की बदली हुई सजावट, ब्राइट शैम्पेन रंग के पर्दे, फ्लावर पॉट्स में जास्मिन, डेज़ी और डहलिया के फूलों के गुलदस्ते। सराउंड साउंड सिस्टम में धीमा जाज़ संगीत बज रहा था।

"हूँ... आज लग रहा है कि यहाँ माया रहती है; आज ये प्रिया का नहीं, माया का अपार्टमेंट लग रहा है।" कबीर ने मुस्कुराते हुए कहा।

"कबीर, क्या तुम प्रिया को बिल्कुल भूल जाना चाहते हो?" माया ने धीमी आवाज़ में पूछा।

"माया, मैं तुम्हें चाहता हूँ, और तुम्हारे लिए मैं सब कुछ भूलने को

तैयार हूँ।'' कबीर ने भावुक स्वर में कहा।

"और कल किसी और के लिए मुझे भी भूल जाओगे।''

"माया, तुम्हें मुझ पर भरोसा नहीं है?''

"भरोसा तो प्रिया ने भी किया है तुम पर।''

"माया, मैंने आज तक प्रिया से कोई प्रॉमिस नहीं किया है; मगर मैं आज तुमसे एक प्रॉमिस करता हूँ।'' कबीर सोफ़े से उठकर माया के सामने घुटनों के बल बैठा, और माया के बाएँ पैर को अपने हाथों में लिया, "प्लीज़ एक्सेप्ट मी एज़ योर स्लेव मैडम! आई प्रॉमिस टू स्पेंड माइ लाइफ इन योर सर्विट्यूड।'' कहते हुए कबीर ने माया के पैर पर अपने होंठ रख दिए।

माया का दिल ज़ोरों से धड़का। उसने कबीर को बाँहों से पकड़कर उठाया, और उसके चेहरे को अपनी बाँहों के बीच भींचकर सीने से लगा लिया। कबीर को माया की तेज़ धड़कन साफ़ सुनाई दे रही थी। ऐसी धड़कन टीना के सीने में नहीं थी। माया वाकई उससे प्रेम करने लगी थी।

कबीर के होंठ माया की गर्दन पर सरके, और उसके चेहरे पर पहुँचकर उसके होठों से सट गए। माया और कबीर एक होने लगे; प्रिया के घर पर, प्रिया के काउच पर... प्रिया को पूरी तरह भूलकर।

20

"सो हाउ विल यू प्लीज़ योर मिस्ट्रेस टुडे?" अगली सुबह माया ने अपनी बगल में लेटे कबीर से शरारत से पूछा।

"एज़ यू कमांड मिस्ट्रेस।" कबीर ने तुरंत उठकर शरारत से सिर झुकाते हुए कहा।

"हूँ... इम्प्रेसिव; फर्स्ट मेक मी ए कप ऑफ़ टी।" माया ने लेटे-लेटे अँगड़ाई ली।

कबीर उठकर किचन में गया, और थोड़ी देर में एक ट्रे में टी पॉट, दूध, शक्कर और चाय के कप लिए लौटा। माया के सामने घुटनों के बल बैठते हुए उसने चाय का कप तैयार किया, और उसे अदब से माया को पेश किया।

"वेरी इम्प्रेसिव... लगता है तुमने कहीं से सर्विट्यूड का कोर्स किया है।" माया ने चाय की चुस्की ली।

"गॉडेस माया का सौन्दर्य देवताओं को भी दास बना ले, फिर मैं तो अदना सा भक्त कबीरदास हूँ।" कबीर ने फिर शरारत की।

"हम्म..वेरीफनी, बट लेट मी टेल यू वन थिंग।"

"यस मिस्ट्रेस।"

"मुझे तुम्हारा प्यार चाहिए, भक्ति नहीं; चलो अब उठकर यहाँ बिस्तर पर बैठो।" माया ने कबीर को शरारत से डाँटते हुए कहा।

"एज़ यू कमांड मिस्ट्रेस।" कबीर उठकर बेड पर माया के पास बैठा। उसका सिर अब भी झुका हुआ था।

"कबीर, बंद करो ये शरारत अब।" माया की शरारती आँखों ने एक बार फिर कबीर को झिड़का।

"शरारत आपने शुरू की थी गॉडेस माया, और अब आप ही इसे खत्म करें।"

"हूँ, वह कैसे?"

"मेरे लिए एक कप चाय बनाकर।"

माया ने अपना चाय का कप साइड टेबल पर रखा, और कबीर के लिए चाय का कप तैयार करने लगी। माया को चाय बनाता देख, कबीर को अचानक पुरानी यादों ने घेर लिया। वही बेड, वही साइड टेबल, वही ट्रे, वही बोन चाइना का टी-सेट...बस, आज प्रिया की जगह माया थी।

"हेलो! किसके ख्यालों में खो गए?" कबीर की ओर चाय का कप बढ़ाते हुए माया ने पूछा।

वही सवाल।

"कुछ नहीं माया, थैंक्स फॉर द टी।" कबीर ने माया से आँखें चुराते हुए कहा।

माया ने जवाब में कुछ नहीं कहा। शायद उस वक्त कुछ कहना ज़रूरी नहीं था।

कबीर का मोबाइल फ़ोन बजा, 'प्रिया कॉलिंग।' कबीर ने फ़ोन उठाया।

"हे कबीर!" प्रिया की चहकती हुई आवाज़ आई।

"हाय प्रिया! हाउ आर यू?" कबीर चाहकर भी उत्साह नहीं जता सका।

"आई एम गुड; तुम कैसे हो कबीर?"

"अच्छा हूँ प्रिया, तुम्हारी मॉम कैसी हैं अब?"

"मॉम अब ठीक हैं।"

"वाओ! दैट्स ए गुड न्यूज़।"

"एक और गुड न्यूज़ है।" प्रिया ने चहकते हुए कहा।

'क्या?'

"अरे बुद्धू, मैं वापस आ रही हूँ।"

कबीर को यह सुनकर ख़ुशी ही हुई। प्रिया के लौट आने की खबर ने उसे राहत ही दी। प्रिया की गैरमौजूदगी में उसे घुटन सी महसूस हो रही थी; मन पर एक बोझ सा था, जैसे प्रिया से उसका सब कुछ छीन लिया गया हो; उसका प्रेम, उसकी दोस्त, उसका घर। जुर्म का इकबाल कर लेने से उसका बोझ कम हो जाता है। कबीर को भी यही लगा कि प्रिया पर असलियत ज़ाहिर कर, वह अपने मन का बोझ कम कर सकता था।

प्रिया की फ्लाइट शाम की थी। कबीर, प्रिया को लेने हीथ्रो एअरपोर्ट पहुँचा। माया, बाकी के इंतज़ाम करने के लिए घर पर ही रुकी। बोझ उसके मन पर भी था, मगर कबीर के मन के बोझ सा नहीं था। उसे समझ आ रहा था, कि यदि कबीर उससे प्रेम करता था, तो प्रिया उसके साथ खुश कैसे रह सकती थी। प्रिया से एक बार धोखा करना, उसे जीवन भर धोखे में रखने से बेहतर था।

प्रिया, कबीर से मिलते ही उससे लिपट गई। पब्लिक में किस करना ब्रिटेन की परंपरा है। भारत में चार हफ्ते गुज़ारने के बाद भी प्रिया इस परंपरा को नहीं भूली। उसने कबीर के होठों पर अपने होंठ रखकर उसे तब तक चूमा, जब तक कि उसके बेली बटन के पीछे थिरक उठी तितली का नृत्य थम नहीं गया। उत्तेजना कबीर को भी हुई, मगर कहीं थोड़ा फर्क आ गया था; लेकिन अपनी स्वयं की उत्तेजना को शांत करने की लगन में शायद प्रिया ने उसे महसूस नहीं किया।

''हे कबीर, आई मिस्ड यू सो बैड।''

''आई मिस्ड यू टू प्रिया... कैसी हो?''

''अच्छी हूँ; तुम?''

''अच्छा हूँ।''

कबीर ने प्रिया से अधिक बातें नहीं कीं। प्रिया ने भी महसूस किया कि हँसमुख और नटखट कबीर कहीं गुम था।

घर पहुँचकर प्रिया, माया से भी उसी गर्मजोशी से मिली...चहकते हुए।

''हाय माया! कैसी हो? कबीर ने तुम्हें तंग तो नहीं किया न?''

माया सिर्फ़ मुस्कुराकर रह गई।

प्रिया ने अपने अपार्टमेंट का मुआयना किया। अपार्टमेंट की सजावट और रंगत बदली हुई थी। प्रिया को अच्छा लगा। माया, उसके अपार्टमेंट को अपना घर समझकर रह रही थी, उसकी देख-रेख कर रही थी।

''माया, तुमने मेरे घर को तो अपना घर बना लिया है, कहीं मेरे बॉयफ्रेंड को भी...।'' प्रिया ने शरारत से मुस्कुराकर कहा।

कबीर को घबराहट सी हुई। कहीं प्रिया को अभी से उन पर शक तो नहीं हो गया। उसने अपनी नज़रें झुका लीं। माया ने भी बस एक बेबस सी मुस्कान बिखेरी।

"क्या बात है, तुम दोनों बहुत चुप चुप से हो; झगड़ा हुआ है क्या?" प्रिया ने कबीर और माया की चुप्पी को तोड़ना चाहा।

"नहीं प्रिया; काम से लौटे हैं न, इसलिए थके हुए हैं।" माया ने सफाई दी।

"कबीर कब से काम करने लगा?" प्रिया ने आश्चर्य में डूबी हँसी से कहा, "हेलो कबीर, तुम ठीक तो हो न?"

"प्रिया, देर सबेर जॉब तो करनी ही थी; अच्छा ऑफ़र मिला तो ज्वाइन कर लिया।" कबीर ने माया की ओर देखते हुए प्रिया को जवाब दिया।

"हूँ, कन्ग्रैचलेशन्ज़ कबीर; कहाँ ज्वाइन किया है?"

कबीर ने एक बार फिर माया की ओर देखा।

"हमारी फ़र्म में कबीर के लिए एक सूटेबल रोल था, तो मैंने रिकमेंड कर दिया।" माया ने जवाब दिया।

"वाओ! लेट्स सेलिब्रेट इट देन... कबीर की पहली जॉब।" प्रिया ने चहकते हुए कहा।

प्रिया, वाइन रैक से रेड वाइन की बोतल निकालकर वाइन के गिलास भरने लगी। माया ने खाना लगाना शुरू किया।

"सो कबीर, इज़ माया योर बॉस एट वर्क?" प्रिया ने वाइन का घूँट भरते हुए शरारत से पूछा।

"बॉस तो नहीं, मगर तुम्हारी फ्रेंड बॉसी बहुत है।" कबीर, माया की ओर देखकर मुस्कुराया।

"तुम्हारी शिकायत हो रही है माया; खबरदार, आइंदा मेरे बॉयफ्रेंड पर रोब जमाया तो।" प्रिया ने कबीर के गले में बाँहें डालते हुए शरारत से माया को बनावटी गुस्सा दिखाया।

"तुम्हारे बॉयफ्रेंड को ख़ुद पर रोब जमाया जाना पसंद है।" माया ने

कबीर की ओर उसी शरारत से मुस्कुराकर देखा।

कबीर ने माया को गुस्से से देखा। उसका गुस्सा बनावटी नहीं था। उसे माया का वह मज़ाक उस वक्त पसंद नहीं आया।

"अच्छा प्रिया, अब मैं चलता हूँ।" खाना खत्म कर कबीर ने प्रिया से कहा।

"आज यहीं रुक जाओ कबीर।" प्रिया ने आग्रह किया।

"नहीं प्रिया; तुम थकी होगी, आराम करो।"

"आराम तो मैं तुम्हारे साथ भी कर सकती हूँ।" प्रिया ने एक बार फिर कबीर के गले में बाँहें डालीं।

कबीर ने बेचैनी से माया की ओर देखा।

"प्रिया, कबीर के साथ तुम कल आराम कर लेना; कितने दिनों के बाद हम मिले हैं, आज तो तुम मुझे वक्त दो।" माया ने प्रिया से कहा।

"ओके माया; आज की रात दोस्ती पर प्यार कुर्बान।" प्रिया ने कबीर के गले में बाँहें जकडीं और उसके होंठों पर अपने होंठ रखते हुए उसे एक लम्बा किस किया, "बाय कबीर।"

मगर इस बार प्रिया ने महसूस किया कि कबीर में वैसी उत्तेजना नहीं थी, जैसी होनी चाहिए थी। उसके होंठ फैलने की जगह सिकुड़ रहे थे।

उस रात माया से बातें करते हुए भी प्रिया, कबीर के बदले व्यवहार पर चिंता करती रही। कबीर पहले जैसा नहीं था... कहीं कुछ ठीक नहीं था।

"कबीर! तुम प्रिया से कब कहोगे?" अगले दिन ऑफिस में माया ने कबीर से पूछा।

"क्या माया?"

"हमारा सच, और क्या।" माया ने झुंझलाते हुए कहा।

"मुझे कुछ वक्त दो माया; तुम्हें पता है, प्रिया को ये जानकार कितना बुरा लगेगा?"

"और जो मुझे बुरा लग रहा है वह? कबीर, प्रिया का तुमसे लिपटना, तुम्हें किस करना, तुम्हारे साथ रात बिताने की बातें करना; तुम्हें क्या लगता है, मुझे ये सब अच्छा लगता है?"

"मैं समझता हूँ माया... तुम कहती हो तो मैं कुछ दिन प्रिया से नहीं मिलता, धीरे-धीरे उसे ख़ुद समझ आने लगेगा।"

"तुम्हें जो ठीक लगता है करो कबीर; मगर मैं तुम्हें पहले भी कह चुकी हूँ, मैं अपना बॉयफ्रेंड किसी के साथ शेयर नहीं कर सकती... प्रिया के साथ भी नहीं।" माया ने साफ़ शब्दों में कबीर को चेतावनी दी।

अगले दिन कबीर के पास प्रिया का फ़ोन आया।

"हाय कबीर!"

"हाय प्रिया! कैसी हो?"

"अच्छी हूँ; आज शाम डिनर पर आ रहे हो न?" प्रिया ने उत्साह से पूछा।

"सॉरी प्रिया, आज कुछ ज़्यादा काम है; काम पर देर तक रुकना होगा।" कबीर ने बहाना बनाया।

"जब काम खत्म हो जाए तब आ जाना; घर ही तो है, कोई रेस्टोरेंट थोड़े ही है।" प्रिया को कबीर का बहाना अच्छा नहीं लगा।

"प्रिया, तुम्हें बेकार ही मेरे लिए वेट करना पड़ेगा; ऐसा करते हैं, कल जल्दी काम निपटाकर आता हूँ।" कबीर ने प्रिया को आश्वस्त करना चाहा।

"ओके कबीर; मगर कल कोई बहाना नहीं चलेगा।" प्रिया ने थोड़े मायूस स्वर में कहा।

"बहाना नहीं बना रहा प्रिया, प्लीज़ अंडरस्टैंड मी।"

“ओके फाइन, लव यू कबीर।”

“आई लव यू टू।” कहते हुए कबीर ने फ़ोन काट दिया।

प्रिया को कबीर का व्यवहार एक बार फिर विचित्र लगा। कबीर में उससे मिलने की कोई व्यग्रता न देख प्रिया की चिंता बढ़ गई।

अगले दिन भी कबीर ने व्यस्तता का बहाना बनाया। कबीर का रवैया प्रिया की बर्दाश्त से बाहर होने लगा। उसका कबीर पर शक पुख्ता हो गया।

दो दिनों बाद प्रिया ने कबीर को फ़ोन किया,

“कबीर, अगर तुम मुझसे मिलने नहीं आ सकते, तो मैं ही तुमसे मिलने आ जाती हूँ।” प्रिया ने गुस्से से कहा।

“आई एम वेरी सॉरी प्रिया; क्या तुम लंच पर बॉम्बे स्पाइस पहुँच सकती हो? मैं भी वहीं पहुँचता हूँ।”

“ओके, वन ओक्लॉक?” प्रिया ने खुश होते हुए कहा।

“येह, दैट्स फाइन, सी यू प्रिया।”

एक बजे प्रिया और कबीर, बॉम्बे स्पाइस रेस्टोरेंट पहुँचे। रेस्टोरेंट के भीतर माहौल अच्छा था, मगर भीड़ कम थी। इंडियन करी रेस्टोरेंट में भीड़ शाम को ही अधिक होती है। लंच में फ़ास्टफ़ूड की माँग अधिक होती है।

कबीर ने खाना ऑर्डर किया। प्रिया की अधिक दिलचस्पी कबीर से बात करने में थी।

“कबीर, क्या हो गया है तुमको? तुम्हारे पास मुझसे मिलने का समय भी नहीं है।” प्रिया ने नाराज़गी दिखाई।

“आई एम रियली वेरी सॉरी प्रिया, मगर अब तो आ गया हूँ।” कबीर ने बहुत विनम्रता से कहा।

“कबीर, तुम्हें यह जॉब करने की क्या ज़रूरत है?”

“प्रिया, क्या कह रही हो! मुझे अपना करियर तो बनाना है न? कोई

न कोई जॉब तो करनी ही होगी।''

"मैं भी वही कह रही हूँ, यही जॉब क्यों?''

"इस जॉब में बुराई क्या है प्रिया? अभी कुछ ज़्यादा काम है, कुछ दिनों में नॉर्मल हो जाएगा।''

"कबीर, तुम डैड की फ़र्म क्यों नहीं ज्वाइन कर लेते? इस छोटी सी जॉब में तुम्हें क्या मिलता होगा! डैड तुम्हें बहुत अच्छी पोज़ीशन और पैकेज दे सकते हैं।''

"प्रिया, तुम्हें मेरी पोज़ीशन से दिक्कत हो रही है?''

"मुझे तुम्हारे समय न देने से दिक्कत हो रही है; और तुम्हें डैड की फ़र्म ज्वाइन करने में क्या दिक्कत है?''

"पहले मुझे किसी बड़ी पोज़ीशन के लायक तो बनने दो; तुम्हारी सिफारिश से मुझे पोज़ीशन तो बड़ी मिल जाएगी, मगर उसे सँभालना तो मुझे ही होगा।''

"कबीर, ये जॉब भी तो तुम्हें माया की सिफारिश पर ही मिली है...।''

"प्रिया, कहना क्या चाहती हो? क्या मैं इस जॉब के लायक नहीं हूँ? क्या मुझमें कोई काबिलियत ही नहीं है?''

"कबीर मैंने ऐसा नहीं कहा, तुम ग़लत समझ रहे हो।''

"प्रिया तुम्हारी दिक्कत क्या है! मैं छोटी जॉब कर रहा हूँ, या मैं माया के साथ जॉब कर रहा हूँ?''

"मेरी दिक्कत ये है कि तुम मुझसे ज़्यादा वक्त माया को दे रहे हो।''

"तो साफ़-साफ़ कहो न, कि तुम्हें माया से जलन हो रही है।''

"हाँ कबीर, मुझे माया से जलन हो रही है। माया में ऐसा क्या है; क्या वह मुझसे ज़्यादा हॉट है? मुझसे ज़्यादा सेक्सी है? मुझसे ज़्यादा सुंदर है? मुझसे ज़्यादा रिच है? क्या है ऐसा माया के पास, कि तुम मुझे धोखा देकर

उसके पास जा रहे हो।'' प्रिया चीख उठी।

''प्रिया, ये रेस्टोरेंट है घर नहीं; हम ये बात कहीं और भी कर सकते हैं।'' कबीर ने प्रिया को शांत कराना चाहा।

''मुझे अब तुमसे कोई और बात नहीं करनी कबीर; फैसला तुम्हें करना है... तुम्हारा जो भी फैसला हो मुझे बता देना, मैं तुम्हें रोकूँगी नहीं।'' प्रिया ने गुस्से से कहा, और फिर अपना बैग उठाकर उसमें से उसने एक ख़ूबसूरती से रैप किया हुआ गिफ्ट निकाला, ''और हाँ, ये मैं तुम्हारे लिए इंडिया से लाई थी, तुम्हें पसंद हो तो रख लेना।''

कबीर को गिफ्ट देकर, प्रिया अपना बैग उठाकर रेस्टोरेंट से बाहर निकल गई। कबीर, प्रिया को जाते हुए देखता रहा। ये वही प्रिया थी, जिसकी अल्हड़ चाल पर वो फ़िदा था, जिसकी आँखों के तिलिस्म में वह खो जाना चाहता था। प्रिया की चाल अब भी उसे लुभाती थी; प्रिया की आँखें अब भी उसे, उनमें डूब जाने का आमन्त्रण देती थीं। कुछ ख़ास तो नहीं बदला था; बस उन दोनों के बीच माया आ खड़ी हुए थी। नहीं; दरअसल माया उनके बीच नहीं आई थी; माया को तो कबीर ने ख़ुद अपने और प्रिया के बीच लाकर बैठाया था, और उसके सम्मोहन के आगे समर्पण कर दिया था। माया में ऐसा क्या था जो प्रिया में नहीं था? प्रिया में सब कुछ था, मगर यदि कबीर किसी के सम्मोहन की दासता स्वीकार कर सकता था, तो वह माया का था, प्रिया का नहीं। यदि कबीर ख़ुद को चार्ली की तरह किसी के सामने सिर झुकाए देख सकता था, तो वह माया थी, प्रिया नहीं।

कबीर ने गिफ्ट रैप खोला। भीतर डायमंड और रोज़ गोल्ड की खूबसूरत सी पर्सनलाइज्ड रिस्ट वॉच थी। इतनी महँगी वाच पहनने की कबीर की हैसियत नहीं थी। हैसियत तो कबीर की, प्रिया का जीवनसाथी बनने की भी नहीं थी।

उस शाम प्रिया, माया से खिंची-खिंची सी रही, जिसका अहसास और अपराधबोध दोनों ही था माया को; मगर माया ने अपना रास्ता तय कर लिया था। वह कबीर की तरह दुविधा में जीने वालों में नहीं थी।

अगले दिन ऑफिस में माया, गुस्से से कबीर की डेस्क पर पहुँची। "यह क्या है कबीर; तुमने रिज़ाइन कैसे किया?"

"माया, किसी कमरे में चलें? यहाँ आसपास लोग हैं।" कबीर ने माया के तमतमाए चेहरे को देखकर धीमी आवाज़ में कहा।

माया झटपट मुड़ी, और पास ही बने एक मीटिंग रूम की ओर बढ़ी। कबीर भी उसके पीछे मीटिंग रूम में पहुँचा। माया ने रूम का दरवाज़ा बंद करते हुए एक बार फिर कबीर को तमतमाकर देखा।

"माया, मुझे कुछ वक्त चाहिए; और तब तक मैं प्रिया और तुमसे, दोनों से ही दूर रहना चाहता हूँ।" कबीर ने कहा।

"कबीर, अब तुम हम दोनों से ही दूर भागना चाहते हो? अब तक प्रिया से मुँह छुपा रहे थे, अब मुझसे भी मुँह छुपाओगे? तुम हिम्मत करके सिचुएशन को फेस क्यों नहीं करते?"

"माया, ऐसा नहीं है।"

"ऐसा ही है कबीर! प्रिया से धोखा तो तुम कर ही चुके हो, अब क्या तुम मुझे भी धोखा दोगे?"

"माया, मैं तुम्हें धोखा नहीं दे रहा, बस थोड़ा सा वक्त माँग रहा हूँ।"

"तीन दिन देती हूँ तुम्हें; इन तीन दिनों में अगर तुमने प्रिया से नहीं कहा, तो मैं ख़ुद कह दूँगी; और हाँ, तुम्हारा रेजिग्नेशन एक्सेप्ट नहीं होगा; चुपचाप यहीं काम करो।" माया आज फिर अपने पूरे बॉसी अंदाज़ में थी। माया के इसी अंदाज़ पर तो कबीर मर-मिटा था।

उस शाम माया भी प्रिया से खिंची-खिंची रही। वैसे भी कुछ दिनों से उनके बीच गैर-ज़रूरी बातें बंद थीं। कभी साथ बैठकर खाना खा लेते, तो कभी 'बाहर से खा आई हूँ' या 'आज भूख नहीं है', कहकर अपने-अपने कमरों में सिमट जाते। कबीर का भी कोई ज़िक्र उनके बीच कभी न होता।

माया को प्रिया के अपार्टमेंट में रहना एक ज़बरदस्ती लिया जाने वाला अहसान लगने लगा था। रात का खाना खाते हुए माया ने प्रिया से कहा,

"प्रिया! आजकल ऑफिस में काम बहुत है; यहाँ से आने-जाने में काफ़ी समय लग जाता है... ऑफिस के पास ही रेंट पर एक अपार्टमेंट देखा है, सोचती हूँ वहीं शिफ्ट हो जाऊँ।"

"कबीर को भी साथ ले जाओगी माया?" एक छोटे से मौन के बाद प्रिया ने कहा।

माया थोड़ा चौंकी, मगर उसने कुछ नहीं कहा, बस सिर झुकाकर खाना खाती रही।

"क्यों माया, जवाब क्यों नहीं देती? कबीर को भी साथ ले जाओगी? क्यों ले जा रही हो कबीर को मुझसे दूर? क्या बिगाड़ा है मैंने तुम्हारा?" प्रिया चीख उठी।

"सॉरी प्रिया; मैंने कुछ नहीं किया है... ये कबीर का फ़ैसला है; कबीर तुम्हें छोड़कर मेरे पास आना चाहता है।"

"ऐसा क्या जादू किया है तुमने कबीर पर! ऐसा क्या है तुम्हारे पास, कि वह मुझे ही नहीं, बल्कि मेरी करोड़ों की दौलत को भी ठुकराकर तुम्हारा होना चाहता है?" प्रिया की आँखों में, हैरत में लिपटा रोष था।

"इस सवाल का जवाब तुम कबीर से ही पूछो तो बेहतर होगा।" माया ने रूखा सा उत्तर दिया।

उसके बाद प्रिया और माया की कोई बात नहीं हुई। अगले दिन माया प्रिया के अपार्टमेंट से चली गई।

माया के जाने के बाद कबीर प्रिया से मिलने पहुँचा।

"हाय कबीर! कैसे हो?" प्रिया ने दूर से ही पूछा।

"ठीक हूँ प्रिया, तुम कैसी हो?"

"ठीक हूँ, बैठो; क्या लोगे?"

"कुछ नहीं।" सोफ़े पर बैठते हुए कबीर ने लिविंग रूम में नज़र घुमाई। माया की सारी निशानियाँ वहाँ से जा चुकी थीं। अपार्टमेंट एक बार फिर, सिर्फ़ और सिर्फ़ प्रिया का लग रहा था।

"प्रिया! एक पेग व्हिस्की का मिलेगा?" कबीर ने अचानक कहा।

"हाँ, कौन सी लोगे?"

"कोई भी।"

प्रिया, कबीर के लिए हैण्डकट क्रिस्टल के गिलास में स्कॉच व्हिस्की का एक बड़ा पेग बना लाई। उसे पता था, कबीर को उसकी ज़रूरत थी। कबीर ने व्हिस्की का गिलास उठाकर एक घूँट में ही खत्म कर दिया। अब जाकर उसमें प्रिया से बात करने की हिम्मत आई।

"प्रिया! पता है तुम लड़कियों की प्रॉब्लम क्या है? तुम एक ऐसा आवारा आशिक चाहती हो, जिसकी आवारगी तुम्हारी अपनी दहलीज़ से ही लिपटी रहे।"

कबीर ने नशे में बात तो कुछ गहरी ही कह दी, मगर उसे ख़ुद अपनी बात का मकसद समझ नहीं आया था।

"कबीर, तुम्हारी आवारगी तो मेरी दहलीज़ के भीतर ही किसी और से लिपटती रही।"

प्रिया के शब्द कबीर को चुभ गए, उसका गला कुछ भर आया।

"प्रिया, तुम्हें माया को मेरे हवाले करके नहीं जाना चाहिए था।"

"मैंने तुम्हारी नीयत पर भरोसा किया था कबीर!"

"मगर मेरी नीयत, मेरी आवारा फ़ितरत को सँभाल नहीं पायी; आवारगी की लौ में न जाने कब माया से प्रॉमिस कर बैठा। प्रिया, तुमसे तो धोखा कर ही चुका हूँ, अब माया से भी धोखा करने की हिम्मत नहीं होती।" कबीर का गला अब भी भरा हुआ था।

"तुम्हें माया को धोखा देने की ज़रूरत नहीं है कबीर; माया को भी तुम्हें आज़मा लेने दो। देखना चाहती हूँ कि माया कब तक तुम्हारी आवारगी को काबू रख पाती है... अगर तुम माया के काबू में रहे, तो समझ लूँगी कि कमी मुझमें ही है।'' प्रिया की आँखें भर आई थीं।

"कमी मुझमें है प्रिया; कभी मैं प्रेम पाने के लायक ही नहीं था; फिर प्रेम पाना तो सीख लिया, मगर प्रेम को सँभालना नहीं सीख पाया... कोशिश करूँगा कि अबकी डार्क नाइट में प्रेम सँभालना भी सीख लूँ।''

"डार्क नाइट?'' प्रिया ने आश्चर्य से पूछा।

"डार्क नाइट को डार्क नाइट से गुज़रकर ही समझा जा सकता है प्रिया। मैं उस दर्द को भूल गया था, अच्छा हुआ याद आ गया।'' कबीर की आँखें भी भर आईं, "अच्छा चलता हूँ; और हाँ, ये घड़ी मैं तुम्हें वापस नहीं करूँगा; मेरे पास रहेगी, तुम्हारी याद बनकर।'' कबीर ने अपनी कलाई पर बँधी प्रिया की दी हुई रिस्ट वॉच की ओर इशारा किया।

प्रिया ने उठकर, कबीर को गले लगाकर कहा, "गुडबाय कबीर, आई विल मिस यू।''

"मैं भी तुम्हें मिस करूँगा प्रिया।'' कबीर ने भरे गले से कहा।

21

माया, प्रिया से अलग, अपने किराये के अपार्टमेंट में रहने लगी। कबीर का माया के अपार्टमेंट में आना-जाना लगा रहता। कबीर, अब प्रेम को सँभालना भी सीखने लगा था। वह माया को खुश रखने की हर संभव कोशिश करता। माया खुश थी, कि कबीर के रूप में उसे एक समर्पित प्रेमी मिला था। कबीर खुश था, कि माया ने उसके समर्पण को स्वीकार किया था। प्रिया के साथ किए विश्वासघात का उसे दुःख था, मगर वह उसके अपने जीवन में की गई गलतियों की लम्बी श्रृंखला में एक और कड़ी ही था। वह खुश था कि उसकी प्रेम की तलाश माया पर पहुँचकर पूरी हो गई थी।

''कबीर, इस अपार्टमेंट का मालिक अपार्टमेंट बेचना चाहता है; सोच रही हूँ मैं ही खरीद लूँ।'' एक दिन माया ने कबीर से कहा।

''इतनी जल्दी भी क्या है माया; किराये पर कोई और अपार्टमेंट मिल जाएगा।'' कबीर ने कहा।

''कबीर, दिस इज़ ए गुड टाइम टू बाय प्रॉपर्टी; इंटरेस्ट रेट कम है, प्रॉपर्टी प्राइस बढ़ रहे हैं। इस समय रेंट करना तो पैसों की बर्बादी है; और

फिर ख़ुद का अपार्टमेंट हो, तो उसे अपने तरीके से रखा जा सकता है। तुम्हीं ने तो कहा था, कि जिस घर में माया रहे, वह घर माया का ही लगना चाहिए।''

"हाँ, मगर इतने पैसे कहाँ से लाओगी?''

"कुछ सेविंग है, और बाकी का लोन मिल जाएगा; मैंने पता किया है, बैंक चार लाख पौंड का लोन देने को तैयार है।''

"चार लाख पौंड? कुछ ज़्यादा नहीं है माया? तुम कहो तो मैं भी कुछ कंट्रीब्यूट कर सकता हूँ।'' कबीर ने चिंता जताई।

"अभी तुम कमाते ही कितना हो कबीर; जब कुछ ठीक-ठाक कमाने लगो तब कहना।'' माया ने हँसते हुए कहा।

माया ने बात शायद मज़ाक में ही कही, मगर कबीर को अच्छा नहीं लगा। अचानक ही वह ख़ुद को माया के सामने छोटा महसूस करने लगा। प्रेम में तो उसने माया की हुकूमत स्वीकार कर ली थी, मगर दुनियावी मामले दिल के मामलों से अलग होते हैं। कबीर ने सोचा कि अगर वह माया के सामने ख़ुद को इतना छोटा महसूस कर रहा था, तो प्रिया के सामने कितना छोटा महसूस करता। बस यही सोचते हुए उसने माया की बात को झटक कर मन से बाहर किया।

माया ने बैंक से लोन लेकर अपार्टमेंट खरीद लिया। माया के पास समय कम होता; वह ज़्यादा वक्त अपने करियर को देती। सफलता और समृद्धि को पाने की लपट एक बार फिर उसके भीतर सुलग उठी थी। माया के अपार्टमेंट को माया की पसंद का घर बनाने की ज़िम्मेदारी कबीर पर आ पड़ी। कबीर का मज़ाक सच ही हो गया था, कि माया ने उसे घर पर भी नौकर रख लिया था।

माया ने हाउस वार्मिंग पार्टी की। ऑफिस के कुछ लोगों को घर, डिनर पर बुलाया। भोजन और ड्रिंक्स की कैटरिंग का इंतज़ाम बाहर से

किया गया था। घर की लगभग पूरी सजावट कबीर ने कर ही रखी थी; माया की पसंद के अनुरूप ही।

शाम का वक्त था। हवा में जास्मिन की खुशबू बिखरी हुई थी, बैकग्राउंड में हल्का जाज़ संगीत बज रहा था। मेहमान आने शुरू हुए, और साथ ही शुरू हुआ ड्रिंक्स का दौर।

"वाह माया, तुम्हारा फ्लैट तो बहुत सुन्दर है; और तुमने डेकोरेशन भी कितना बढ़िया किया है; इतना समय कैसे निकालती हो घर के लिए?" निशा ने अपार्टमेंट की सजावट पर नज़रें फेरते हुए कहा।

"ये सारी सजावट कबीर ने की है।" माया ने एक प्रशंसा भरी निगाह कबीर पर डाली।

"लगता है कबीर हमारी फ़र्म की कम, और माया की नौकरी अधिक करता है।" मि.सिंग ने हँसते हुए कहा।

कबीर को मि.सिंग का मज़ाक कुछ पसंद नहीं आया। उसने शिकायत भरे अंदाज़ में माया की ओर देखा।

"ये कबीर का फ्लैट भी है; वी आर टूगेदर नाउ।" माया ने कबीर के गले में बाँहें डालीं।

"कबीर, यू आर वेरी लकी टू हैव ए गर्लफ्रेंड लाइक माया; मेरी बात लिख लो... एक दिन इस लड़की की तस्वीर बिज़नेस टाइम्स के फ्रंट कवर पर होगी।" मि.सिंग ने व्हिस्की का एक लम्बा घूँट भरकर कहा।

निशा ने कबीर के चेहरे पर नज़र डाली। उसे लगा कि कबीर को मिस्टर सिंग द्वारा माया के सामने यूँ छोटा साबित करना पसंद नहीं आ रहा था। उसने सामने दीवार पर सजी एक सुनहरी पेंटिंग को देखते हुए कहा, "वाओ! गुस्ताव क्लिम्ट की 'दि किस'... ये तो पक्का कबीर की ही चॉइस होगी!"

"कबीर इज़ वेरी रोमांटिक।" माया ने एक रोमांटिक अंदाज़ से कबीर को देखा।

"माया, यू आर वेरी लकी टु हैव ए बॉयफ्रेंड लाइक कबीर; काश, मुझे भी ऐसा ही कोई रोमांटिक बॉयफ्रेंड मिल जाता, जो दिल से लेकर घर तक सब कुछ सँभाल लेता।" निशा ने माया के रोमांटिक अंदाज़ को दुहराया।

माया को निशा की कही बात याद आ गई, 'ही विल वरशिप द फ्लोर यू वाक ऑन।' कबीर ऐसा ही समर्पित प्रेमी था।

पार्टी चलती रही, शराब के दौर भी चलते रहे। मेहमानों का साथ देते-देते माया ने शराब भी खूब पी ली। फिर पार्टी खत्म हुई, मेहमान जाने लगे। मेहमानों के जाने के बाद माया, थकान और नशे में निढाल होकर सोफ़े में जा धँसी।

"कबीर, तुम मुझसे कितना प्यार करते हो?" माया ने पास बैठे कबीर के गले में बाँहें डालते हुए पूछा।

"माया, प्यार का कोई पैमाना नहीं होता कि उसे नापा जा सके।" कबीर ने भी माया के गले में बाँहें डालीं।

"डू यू वरशिप द फ्लोर आई वाक ऑन?"

"ऑफकोर्स माया।" कबीर ने माया के गले से बाँहें निकालकर उसकी कमर जकड़ी।

"मैंने कभी देखा नहीं।" माया ने कबीर पर शरारती निगाह डाली।

"तुम्हें मेरे प्यार पर शक है?"

"हाँ, कर के दिखाओ, वरशिप द फ्लोर आई वाक ऑन।" कहते हुए माया की नशे में डूबी आवाज़ और भी नशीली हो गयी।

"पहले सोफ़े से उठकर, चलकर तो दिखाओ।" कबीर ने हँसते हुए कहा।

"ठीक है, छोड़ो मुझे।" माया ने अपनी कमर से कबीर की बाँहें हटाईं।

सोफ़े से उठकर माया चलने लगी, मगर नशे की हालत में और हाई हील में उससे ज़्यादा दूर चला न गया। तीन-चार क़दम चलते ही वह लड़खड़ाने लगी। कबीर ने उठकर उसे अपनी बाँहों में लपेटा।

"मुझे छोड़ो, वरशिप द फ्लोर।" माया ने हँसते हुए कहा।

"माया, लेट मी वरशिप योर फीट; फिर जिन जिन रास्तों पर चलोगी, सभी पर मेरी बंदगी के निशां होंगे।" कबीर ने मुस्कुराते हुए माया की कमर को ट्विस्ट किया और उसे सोफ़े पर लेटाकर उसके पैर पर अपने होंठ रख दिए। कबीर को वह पल याद आ गया, जब उसके होंठ नेहा के पैरों के पास जाकर घबराकर काँप उठे थे। तब से अब तक कितना समय गुज़र गया, कितना कुछ बदल गया। तब, जब वह किसी लड़की के सामने अपना प्रेम अभिव्यक्त करने से घबराता था; और अब, जब वह पूरे आत्मविश्वास से किसी लड़की पर अपना प्रेम ज़ाहिर कर सकता है, उसे आसानी से अपनी ओर आकर्षित कर अपने बिस्तर तक ला सकता है। मगर इस पूरे आत्मविश्वास के बावजूद वह एक ऐसी लड़की ही ढूँढ़ता रहा, जिसके सामने वह स्वयं समर्पण कर दे; जो उस पर शासन करे। तब लड़कियाँ उसके लिए चुनौती थीं; फिर वह लड़कियों में चुनौती ढूँढ़ने लगा। क्या उसने प्रिया को सिर्फ़ इसलिए छोड़ दिया, क्योंकि प्रिया ने बहुत आसानी से उसके आगे समर्पण कर दिया था? प्रिया उसके लिए कभी चुनौती नहीं रही, जबकि माया हर पल उसके लिए चुनौती है; जिसकी रफ्तार से रफ्तार मिलाकर चलना उसे कठिन लगता है। इन्सान जो भी चाहे, जब तक वह उसके लिए चुनौती न हो, उसका पीछा करने में आनंद नहीं आता।

"सिर्फ़ पूजा से काम नहीं चलेगा भक्त; देवी को भोग की भी आवश्यकता है।" सोच में डूबे कबीर की ठुड्डी में पैर अड़ाते हुए माया ने शरारत से हँसकर कहा।

कबीर ने नज़रें उठाकर माया की शरारत से चमकती आँखों को देखा। उसकी अपनी आँखों में भी शरारत चमक उठी। कबीर के होंठ माया की टाँग पर सरकने लगे। माया की टाँगें लम्बी और स्कर्ट छोटी थी; फिर भी

कबीर के अधीर होंठों को उसकी स्कर्ट के भीतर पहुँचने में समय नहीं लगा। कबीर के हाथ भी माया की टाँगों पर सरकते हुए उसकी जाँघों पर पहुँचे, और फिर कुछ और ऊपर सरककर माया के कूल्हे जकड़ लिए। माया की नशे में भीगी साँसें कुछ और बहक उठीं। उसने स्कर्ट की ज़िप खोलकर उसे नीचे सरकाया। स्कर्ट, कबीर के कन्धों पर जा लिपटी। माया ने अपनी टाँगें कबीर की कमर पर लपेटीं और उसकी गर्दन को जकड़कर उसका चेहरा ऊपर खींचा। कबीर अब पूरी तरह उसकी क़ैद में था। कबीर के अधीर होंठों और उसकी बेसब्र क्रॉच के बीच अब सिर्फ़ सिल्क की महीन पैंटी थी। माया के बेसब्र हाथों ने उसे भी खींचकर नीचे जाँघों पर सरका दिया। माया और कबीर की बेसब्री कुछ पलों के लिए ठहर गई।

कुछ वक्त बस यूँ ही बीता, फिर कबीर के प्रेम की तरह ही उसकी जॉब भी स्थाई हो गई।

"कबीर, कन्ग्रैचलेशन्स! तुम्हारा प्रोबेशन कम्पलीट हो गया और जॉब परमानेंट हो गई है।" माया ने कबीर को खुशखबरी दी।

"थैंक्स माया।" कबीर ने माया को गले लगाकर कहा।

"मगर कबीर, तुम्हारी अप्रेज़ल रेटिंग सिर्फ़ गुड है, एंड दिस इज़ नॉट सो गुड।"

"ओह, तो बॉस के लिए अच्छा होना अच्छा नहीं है।" कबीर ने मज़ाक किया।

"बी सीरियस कबीर; ये फाइनेंशियल मार्केट की दुनिया है; यहाँ अच्छा नहीं, बल्कि बहुत बहुत अच्छा होना पड़ता है।"

"माया, तुम्हें पता है कि मुझे रैट रेस पसंद नहीं है; मैं अपने ख़ुद के काम से खुश हूँ, और मेरे लिए इतना ही काफ़ी है।"

"कबीर, अगर तुम्हें मेरे साथ रहना है तो मेरी रफ़्तार से ही दौड़ना होगा।" माया ने रोब झाड़ा।

"ओके माया, आई विल ट्राई।"

"यू मस्ट।" माया ने उसी रोब से कहा।

कबीर एक विचित्र सी दुविधा में था। माया की लगाम उस पर कसती जा रही थी। कबीर, जो खुले आसमान में स्वच्छंद होकर उड़ना चाहता था, वह माया के बताए रास्ते पर दौड़ रहा था। माया का बॉसी रवैया उससे वह सब करा रहा था, जो वह करना नहीं चाहता था... मगर माया का यही अंदाज़ तो उसे पसंद था। वह चाहकर भी माया के तिलिस्म को तोड़ नहीं पा रहा था।

कुछ वक्त और बीता। प्रिया की पढ़ाई पूरी हुई। उसने अपने डैड की फ़र्म ज्वाइन कर ली, यूरोप में मार्केटिंग और डिस्ट्रीब्यूशन की हेड बनकर। माया की पकड़ भी अपनी फ़र्म पर मजबूत होती गई। माया की रफ्तार तेज़ थी; कबीर के लिए उसकी रफ्तार से रफ्तार मिलाना मुश्किल था, मगर उसने तय कर लिया था, चलना तो उसे माया के साथ ही था; क़दम से क़दम मिलाकर, या पीछे-पीछे।

"हे कबीर! एक अच्छी खबर है।" माया ने अपने सामने बैठे कबीर से कहा।

"हूँ... प्रमोशन मिला है, सैलरी हाइक मिला है या बोनस?" कबीर ने मज़ाक के अंदाज में पूछा।

"ऑफ़र मिला है, फ़र्म में पार्टनर बनने का।" माया का चेहरा गर्व से चमक रहा था।

"वाओ! ग्रेट... तो अब तुम ऑफिशियली मेरी बॉस बन जाओगी; माया मेमसाब।" कबीर ने मज़ाक किया, "मगर तुम्हें फ़र्म में इन्वेस्ट करना होगा?"

"हाँ, लगभग दो लाख पौंड।" माया ने एक बेपरवाह मुस्कान बिखेरी।

"माया, तुम्हारे पास पैसे हैं? तुम पर पहले ही इस अपार्टमेंट का लोन

है।'' कबीर ने चिंता जताई।

''कबीर, मैंने सही समय पर अपार्टमेंट खरीद लिया था। अपार्टमेंट का प्राइस बढ़ गया है, और दो लाख पौंड की मेरी इक्विटी बढ़ गई है; इस इक्विटी के अगेंस्ट लोन लेकर मैं फ़र्म में इन्वेस्ट कर सकती हूँ।'' अपनी व्यवसाय कुशलता पर हो रहा गर्व, माया की मुस्कान को और भी मोहक बना रहा था।

''माया, पता नहीं क्यों, मगर मुझे तुम्हारी रफ्तार से डर लगता है... तुम्हें नहीं लगता कि तुम इतना ज़्यादा लोन लेकर रिस्क ले रही हो?''

''रिस्क किस बात का है? मैं अपनी ही इक्विटी के अगेंस्ट लोन ले रही हूँ; अपार्टमेंट का प्राइस बढ़ा है, तो वह मेरा ही पैसा तो हुआ।''

''मगर अपार्टमेंट का प्राइस कम भी तो हो सकता है?'' कबीर ने फिर चिंता जताई।

''कबीर, अब तुम यह मिडिल क्लास की मेंटालिटी छोड़ो... बी आप्टमिस्टिक... क्या गाना है वह.. ल, ला, ल, ला।'' माया ने गाने की धुन याद करनी चाही।

''कौन सा गाना माया?''

''वही..'' गाना याद करते हुए माया ने कहा, ''हाँ, तू मेरे साथ-साथ आसमां से आगे चल...देखा, तुम्हारे साथ रहकर मैं हिंदी गाने भी सुनने लगी हूँ।''

कबीर, आसमां से आगे तो जाना चाहता था, मगर माया के बताए हुए रास्ते पर चलकर नहीं।

''मैं ड्रिंक्स बनाती हूँ, तुम गिटार लेकर यह गाना तो बजाओ कबीर; लेट्स सेलिब्रेट।'' माया चहक रही थी।

कबीर ने वैसा ही किया, जैसा कि माया ने उसे कहा। गिटार लेकर वह गाने की धुन छेड़ने लगा।

माया, फ़र्म में पार्टनर बन गई। उसका रोब और रुतबा और बढ़ गया। उसे अपना प्राइवेट ग्लास चैम्बर मिल गया।

"तो कैसा लग रहा है यह प्राइवेट चैम्बर?" माया ने होंठों पर दर्प लपेटे हुए कबीर से पूछा।

"हूँ... गुड।" कबीर ने माया की रिवॉल्विंग चेयर पर बैठते हुए उसे घुमाया।

"मिस्टर कबीर, आप ये न भूलें कि आप इस फ़र्म में सिर्फ़ एक असिस्टेंट हैं; पार्टनर की चेयर पर बैठने की गुस्ताखी न करें।" माया ने शरारत से कहा।

"ओह, सॉरी मैडम।" कबीर ने झटपट कुर्सी से उठते हुए शरारत से सिर झुकाया।

"वैसे अगर आप बॉस को खुश रखें तो आपकी जल्दी तरक्की हो सकती है।" माया ने चेयर पर बैठते हुए बैकरेस्ट पर आराम से पीठ टिकाई, "हूँ... तो कहो, हाउ विल यू प्लीज़ योर बॉस?"

"मैडम, आपको याद है, जब आप नई-नई लंदन आई थीं; तब एक बेरोज़गार लड़का आपको लंदन की सैर पर ले गया था, जिससे खुश होकर आपने उसकी नौकरी लगवाई थी।"

"हाँ, दैट वाज़ ए गुड फन।"

"तो इस बार आपको लंदन की सैर का एक नया एक्सपीरियंस दिया जाए?"

"किस तरह का एक्सपीरियंस?"

"रिक्शे की सवारी का।"

"रिक्शे में तो इंडिया में बहुत घूमे हैं, उसमें क्या फ़न है?"

"मगर आपने कभी रिक्शेवाले से प्यार नहीं किया होगा।" कबीर ने शरारत से माया को देखा।

"क्या मतलब? तुम चलाओगे रिक्शा?" माया ने चौंकते हुए कहा। कहते हुए उसके होंठों से हँसी भी छलक पड़ी।

"हाँ मेमसाब।" कबीर ने फिर शरारत से सिर झुकाया।

शाम को कबीर ने माया को घर पहुँचकर तैयार रहने को कहा। सर्दियों के दिन थे। शाम जल्दी ढल चुकी थी। आसमान में अँधेरा था। हवा में कड़कती ठंढ थी। माया, सिल्क की लांग ड्रेस के ऊपर फ्लीस का मोटा पुलओवर जैकेट पहनकर तैयार थी। कबीर, खूबसूरत सा साइकिल रिक्शा लेकर पहुँचा। रिक्शे की सवारी सीट सामने की ओर से छोड़कर बाकी सभी ओर से पीले रंग की पॉलिथीन की मोटी शीट से घिरी थी। पॉलिथीन की शीट पर पीछे की ओर, ब्रिटेन का फ्लैग, यूनियन जैक बना हुआ था। साइकिल के हैंडल, प्लास्टिक के लाल और पीले फूलों से सजे हुए थे।

"इतना सुंदर रिक्शा कहाँ से ले आए?" माया ने चहकते हुए पूछा।

"अपना जुगाड़ है मेमसाब।" कबीर ने ठेठ देसी अंदाज़ में कहा।

"अच्छा, पिकेडिली सर्कस का क्या लोगे भैया।" माया ने शरारत से पूछा।

"जो वाजिब लगे दे देना मेमसाब; रात का बख़्त है और ठंढ भी बहुत है।" कबीर ने हाथ रगड़ते हुए माया पर शरारती नज़र डाली।

"एक थप्पड़ पड़ेगा तो सारी ठंढ निकल जाएगी; चलो रिक्शा चलाओ।" माया ने रिक्शे पर बैठते हुए हँसकर कहा।

कबीर ने रिक्शा चलाना शुरू किया। लंदन में साइकिल रिक्शे बहुत कम चलते हैं। बस थोड़े बहुत सेंट्रल लंदन में ही चलते हैं... जो, लोग अपने शौक के लिए इस्तेमाल करते हैं। माया के लिए ये अलग किस्म का

और बेहद रोमांटिक अनुभव था। कबीर, धीमी रफ़्तार से गुनगुनाते हुए, रिक्शा खींच रहा था। बीच-बीच में वह मुड़कर माया को देखता। माया के चेहरे का एक्साइटमेंट उसे अच्छा लग रहा था।

"भैया, थोड़ा तेज़ चलाओ; इतना धीरे क्यों चला रहे हो? लगता है कुछ खाते नहीं हो, सारा पैसा दारू में उड़ा देते हो।" माया ने फिर से शरारत की।

"मेमसाब, जल्दी चलाऊँगा तो हम जल्दी पहुँच जाएँगे; इतनी सुंदर सवारी हो तो उसके साथ ज्यादा से ज्यादा बख़्त बिताने का मन करता है।" कबीर ने भी वैसी ही शरारत की।

"हाय राम, बहुत बेशर्म रिक्शेवाले हो; ऐसे भी कोई बात करता है लेडीज़ सवारी के साथ?"

"मेमसाब! ऐसे तो रिक्शे वाले से भी बात नहीं करनी चाहिए; मजूरी करते हैं, गुलामी नहीं।"

"अच्छा, तुमसे प्यार करूँ तो गुलामी करोगे?" माया ने थोड़ा आगे झुकते हुए एक नटखट मुस्कान बिखेरी।

कबीर ने मुड़कर माया को देखा। उसके चेहरे पर बिखरी नटखट मुस्कान उसे बहुत अच्छी लग रही थी। माया को इस तरह शरारत करते हुए उसने कम ही देखा था। अपनी मंज़िल की ओर भागती माया, जिसे तेज़ रफ़्तार पसंद थी, आज रिक्शे की धीमी सवारी में छोटी-छोटी शरारतों का मज़ा लेती हुई कुछ अलग ही लग रही थी। कबीर की आँखें माया के चेहरे पर टिक गयीं।

"कबीर वाच...।" अचानक से माया चीखी।

माया का चेहरा निहारते हुए कबीर का ध्यान, रिक्शे की दिशा पर नहीं रहा था। रिक्शे का अगला पहिया सड़क के किनारे बने फुटपाथ के कर्ब से टकराकर फुटपाथ पर चढ़ा, और रिक्शे का बैलेंस पूरी तरह बिगड़ गया। कबीर ने रिक्शे को सँभालने की कोशिश की, मगर नाकाम रहा। रिक्शा,

पलटकर सड़क पर गिरा, और साथ ही कबीर और माया भी। पीछे से आती एक कार के ड्राइवर ने जोर से ब्रेक लगाया। एक चरचराहट के साथ कार के टायर सड़क पर रगड़े; मगर रुकते-रुकते भी कार रिक्शे से टकरा गयी। माया को एक ज़ोर का धक्का लगा और वह रिक्शे से छिटक कर लुढ़कती हुई सड़क पर जा गिरी।

कार ड्राइवर ने झटपट अपने मोबाइल फ़ोन से इमरजेंसी का नंबर मिलाकर एम्बुलेंस बुलाई। तीन मिनट के भीतर, सायरन बजाती एम्बुलेंस पहुँच गई। एम्बुलेंस से पैरामेडिक्स की टीम निकली। पैरामेडिक्स ने झटपट, माया और कबीर को उठाकर स्ट्रेचर पर लिटाया और उन्हें एम्बुलेंस के भीतर लेकर गए। कबीर को कम चोटें आई थीं। वह होश में था। माया को काफ़ी चोटें लगी थीं, वह बेहोश थी। उसके सिर से खून भी बह रहा था। एम्बुलेंस, सायरन बजाती तेज़ी से सेंट थॉमस एक्सीडेंट एंड इमरजेंसी हॉस्पिटल की ओर दौड़ी।

इमरजेंसी वार्ड के बिस्तर पर लेटा कबीर, अपने पैरों में बँधी पट्टियों को देख रहा था। उसके सिर पर भी हल्की चोट आई थी, जिसे ग्लू कर दिया गया था। माया आईसीयू में थी। कबीर को अपनी लापरवाही पर गुस्सा आ रहा था। बेपरवाही तो कुछ हद तक अच्छी होती है, मगर क्या उसे इस तरह की लापरवाही करनी चाहिए, जिससे किसी की जान खतरे में आ जाए। माया को कुछ हो गया तो? कितनी दुर्घटनाओं का बोझ वह अपने ऊपर लेगा? नेहा की मौत का, प्रिया के अवसाद का, और अब माया...।

''आपकी पार्टनर को मल्टीपल इन्जुरीज़ हैं; ब्रेन में ब्लड क्लॉट भी बन गया है; हम दवाइयाँ दे रहे हैं, मगर शायद ऑपरेशन करना पड़े।'' डॉक्टर नायक ने इमरजेंसी वार्ड के बेड पर लेटे कबीर को बताया।

''वो ठीक तो है न डॉक्टर? ज़्यादा सीरियस तो नहीं है?'' कबीर ने घबराते हुए पूछा।

''अभी कुछ कह नहीं सकते... कभी-कभी ब्रेन इंजुरी फेटल भी हो

जाती है; दूसरे इंटरनल ऑर्गंस में भी चोट आई है... ब्लड लॉस काफ़ी हुआ है।''

कबीर की घबराहट और बढ़ी। उसके पास माया के किसी रिश्तेदार का कोई कांटेक्ट नंबर भी नहीं था। ऐसे में उसे सिर्फ़ प्रिया की याद आई।

''डॉक्टर! एक फ़ोन कर सकता हूँ?'' कबीर ने पूछा।

''आप आराम करें; जिसे भी इन्फॉर्म करना है, बता दें, हम उन्हें फ़ोन कर देंगे।'' डॉक्टर नायक ने कहा।

कबीर ने अपने मोबाइल फ़ोन से प्रिया का नंबर निकालकर ड्यूटी नर्स को दिया। ड्यूटीनर्स, प्रिया को फ़ोन करने वार्ड से बाहर निकल गई।

''हे कबीर! क्या हुआ? कैसे हो?'' हॉस्पिटल पहुँचते ही प्रिया ने घबराई आवाज़ में पूछा।

''मैं ठीक हूँ प्रिया, मगर माया ठीक नहीं है।''

''क्या हुआ माया को? मैं मिल सकती हूँ उससे?'' प्रिया की घबराहट कुछ और बढ़ी।

''अभी नहीं प्रिया; अभी तो शायद वह होश में भी नहीं आई है; ब्रेन में ब्लड क्लॉट बन गया है, शायद ऑपरेशन भी करना पड़े।''

''ओह! यह सब कैसे हुआ?'' प्रिया की घबराहट चिंता में बदल गई।

''बताता हूँ प्रिया, मगर पहले ये बताओ, तुम्हारे पास माया के घर वालों का कांटेक्ट नंबर है? उन्हें इन्फॉर्म कर सकती हो?''

''कबीर, तुम्हें नहीं पता कि माया का कोई नहीं है?'' प्रिया ने आश्चर्य से पूछा।

'क्या!' कबीर चौंक उठा।

''हाँ कबीर; माया के पेरेंट्स की डेथ उसके बचपन में ही हो गई थी;

उसके दादा-दादी ने उसे पाल कर बड़ा किया... अब तो वे भी नहीं रहे।''

"ओह! माया ने कभी बताया ही नहीं।''

"तुमने कभी पूछा ही नहीं होगा; तुम हो ही ऐसे लापरवाह।''

कबीर को अब जाकर समझ आया, कि माया में सफलता और संपन्नता की इतनी ललक क्यों है... अनाथ थी... अभावों से गुज़री रही होगी।

२२

अगले दिन माया को होश आया। प्रिया, माया के लिए उसके पसंदीदा सफ़ेद फूलों का गुलदस्ता लेकर उससे मिलने गई।

"हाय माया! अब कैसी हो?" प्रिया ने उसे गुलदस्ता देते हुए पूछा।

'बेटर।' माया ने मुश्क़िल से कहा।

"तो ये सब कबीर की करतूत है; इसी ने तुम्हें रिक्शे से गिराया था।" प्रिया ने कबीर पर एक व्यंग्य भरी दृष्टि डाली, "कबीर, तुम कुछ सँभाल भी पाते हो? न प्रेम सँभलता है और न ही प्रेमिका।"

प्रिया की बात पर कबीर को काफ़ी झेंप महसूस हुई; उसने शरमाकर माया की ओर देखा। माया ने कुछ कहना चाहा, मगर उसके पहले ही प्रिया ने कहा, "माया, सुना है तुम अपनी फ़र्म में पार्टनर बन गई हो, कांग्रेट्स।"

"थैंक्स प्रिया।" माया को प्रिया का मिलनसार व्यवहार अच्छा लगा। उसे तो लगता था कि प्रिया कभी उसका चेहरा भी न देखना चाहेगी, मगर प्रिया तो ख़ुद एक नए रूप में उसके सामने थी। माया के लिए यह एक सुखद आश्चर्य था।

माया के ब्रेन का ऑपरेशन सफल रहा। उसकी दाईं टाँग में मल्टिपल फ्रैक्चर हुए थे। हिपबोन सरक गई थी; उसे भी ऑपरेट करके जाँघ के भीतर स्टील की प्लेटें डालकर सहारा दिया गया था। पूरी टाँग पर प्लास्टर चढ़ा था। बाकी की चोटों से हुए घाव भी भरने लगे थे। इस बीच प्रिया, माया से नियमित मिलती रही। वो माया के लिए उसके पसंदीदा फूल और खाना भी ले आती। माया को ये जानकर राहत और ख़ुशी मिली, कि प्रिया के मन में उसके लिए कोई दुर्भावना नहीं रह गई थी। कुछ दिनों में माया को बेड रेस्ट और अच्छी केयर की सलाह देकर उसे हॉस्पिटल से छुट्टी दे दी गई।

"माया, तुम मेरे घर चलो; वहाँ तुम्हारी अच्छी केयर हो जाएगी।" कबीर ने माया से कहा।

"नहीं कबीर, माया मेरे साथ मेरे अपार्टमेंट में रहेगी।" प्रिया ने कहा।

तुम अपना काम करोगी या माया की केयर करोगी?"

"और तुम अपनी जॉब करोगे या माया की केयर करोगे?"

"घर पर माँ हैं; वो केयर करेंगी माया की।"

"माँ को तकलीफ़ तब देना, जब माया उनकी बहू बन जाए; अभी माया को मेरे साथ ही रहने दो।" प्रिया ने माया की ओर एक मीठी मुस्कान बिखेरी।

प्रिया की बात से कबीर को थोड़ी से झेंप हुई। उसने झेंपते हुए, माया की ओर देखा। माया को प्रिया के शब्द छू गए। उसका यकीन मजबूत हो गया कि प्रिया ने उसे माफ़ कर दिया था।

"कोई मुझसे भी पूछेगा कि मैं कहाँ रहना चाहूँगी?" माया ने कहा।

"हाँ माया, तुम्हीं कहो प्रिया से, कि तुम मेरे घर पर आराम से रह सकोगी।" कबीर ने प्रिया की ओर देखते हुए माया से कहा।

"ह्म्म...मुझे लगता है कि मैं अपनी सहेली के घर ज़्यादा आराम से रहूँगी।" माया ने कुछ सोचने का अभिनय करते हुए मुस्कुराकर कहा।

"हूँ... नारी एकता... तुम लोगों को, मर्दों को झुकाकर ही मज़ा आता है।'' कबीर ने झुँझलाते हुए कहा।

माया ने शरारत से प्रिया को आँख मारी, और फिर दोनों खिलखिलाकर हँस पड़ीं।

प्रिया और कबीर, माया को प्रिया के अपार्टमेंट में ले आए। प्रिया ने माया के आराम के सारे बंदोबस्त कर रखे थे। लिविंग रूम की सजावट भी माया की पसंद के अनुसार ही कर रखी थी। ब्राइट शैम्पेन रंग के पर्दे, और फ्लावर पॉट्स में जास्मिन, डेज़ी और डहलिया के फूलों के गुलदस्ते। उस शाम, माया को ध्यान में रखते हुए प्रिया ने खाना भी हल्का, मगर पौष्टिक बनाया। रोस्टेड पम्पकिन और रेड पेपर का सूप, मैश्ड क्रीमी स्वीट पोटैटो, मिक्स्ड वेजिटेबल खिचड़ी, और खीरे का रायता। माया के बेड के पास ही टेबल लगाकर उसने खाना सर्व किया।

"वाह, कद्दू से भी इतना टेस्टी कुछ बन सकता है, यह पता नहीं था।'' कबीर ने सूप टेस्ट करते हुए कहा।

"रेसिपी ले लो, जब चाहो तब बना लेना इतना टेस्टी।'' प्रिया ने मुस्कुराकर 'इतना टेस्टी' पर ज़ोर देकर कहा।

कबीर को प्रिया से हुई पहली मुलाकात याद आ गई, जब उसने प्रिया के 'प्लीज़' कहने के अंदाज़ की नकल की थी।

"न बाबा, ये खाना बनाने का काम मुझसे नहीं होता।'' कबीर ने अपना ध्यान उस पहली मुलाकात से हटाते हुए कहा।

"बड़ी माँ की बिगड़ी औलाद।'' माया ने शरारत से कहा।

अब माया से हुई मुलाकात की याद। कबीर को लगा, जैसे कि वह प्रिया और माया के बीच टेनिस की बॉल की तरह उछल रहा है। कभी प्रिया उसे माया की ओर उछाल रही है, तो कभी माया उसे प्रिया की ओर। कभी प्रिया की वजह से माया उसकी ज़िंदगी में आई थी, और अब माया की वजह

से प्रिया लौट आई है। कबीर इस पिंग-पांग की हालत में थोड़ी बेचैनी महसूस कर रहा था। उसने झटपट खाना खत्म करते हुए प्रिया से कहा, ''अच्छा प्रिया, अब चलता हूँ; तुम माया का ख़याल रखना।''

''कबीर, आज रात यहीं रुक जाओ।'' माया ने अनुरोध किया।

फिर वही पुरानी याद। कभी यही अनुरोध माया की मौजूदगी में प्रिया ने किया था। कबीर ने बेचैनी से प्रिया की ओर देखा।

''मेरी ओर क्या देख रहे हो; माया कह रही है तो रुक जाओ।'' प्रिया ने कहा।

''तुम्हारा घर है तो तुमसे तो पूछना पड़ेगा न।'' कबीर ने अपनी बेचैनी छुपाने के लिए मज़ाक के अंदाज़ में कहा।

''कह तो ऐसे रहे हो, जैसे मुझसे पूछे बिना पहले कभी यहाँ नहीं रुके।''

प्रिया का इरादा न जाने क्या था, मगर उसकी ये बात कबीर और माया दोनों को ही चुभ गई। कबीर ने माया की ओर देखा। उसे समझ नहीं आया कि प्रिया को क्या जवाब दे, मगर माया की भावुकता बह उठी।

''प्रिया! कबीर और मुझे तुमसे माफ़ी माँगनी चाहिए; तुमने मेरे लिए कितना कुछ किया और हमने..'' कहते हुए माया की आँखें भर आईं।

''अरे माया, इमोशनल मत हो; अच्छा तुम लोग बैठो, मैं कॉफ़ी बनाकर लाती हूँ।'' कहते हुए प्रिया किचन की ओर भागी।

कबीर को प्रिया का व्यवहार समझ नहीं आ रहा था। आख़िर प्रिया इतनी उदार क्यों हो रही थी? क्यों वह फिर से माया पर अहसान कर रही थी? वह भी प्रिया के पीछे किचन में गया।

''प्रिया! यह क्यों कर रही हो?'' कबीर ने उत्तेजित स्वर में पूछा।

''क्या कर रही हूँ कबीर... कॉफ़ी ही तो बना रही हूँ।'' प्रिया ने कुछ इस अंदाज़ से कहा, जैसे कि उसने कबीर का आशय न समझा हो।

"बनो मत प्रिया; माया को अपने घर पर रखकर आख़िर क्या साबित करना चाहती हो तुम?'' कबीर के स्वर में वही उत्तेजना थी।

"मैं वही कर रही हूँ जो किसी दोस्त को करना चाहिए; माया को मेरी ज़रूरत है।''

"जिसने तुमसे तुम्हारा प्यार छीन लिया, उसी पर प्यार लुटा रही हो? सच-सच बताओ प्रिया, ये भगवान बनने का नाटक क्यों कर रही हो?'' कबीर झुँझला उठा।

"बहुत समझदार हो गए हो कबीर; बहुत जल्दी नाटक पहचान लेते हो।'' प्रिया ने कबीर पर एक व्यंग्य भरी दृष्टि डाली, "अच्छा अब चलो, कॉफ़ी तैयार हो गई है।''

उस पूरी रात कबीर बेचैन रहा। प्रिया, आख़िर वह सब क्यों कर रही थी? क्यों वह माया के बहाने उसे फिर से अपने करीब ले आई थी? माया बीमार थी, बिस्तर से बँधी थी; प्रिया आज़ाद थी, उपलब्ध थी... क्या इसी का फ़ायदा उठाकर वह उसे फिर से अपनी ओर आकर्षित करना चाहती थी? क्या माया को ये बात समझ नहीं आ रही थी; या माया का उस पर अटूट विश्वास बन गया था? क्या वह इतना कमज़ोर था, कि वह माया का विश्वास तोड़ देगा? कबीर को प्रिया के शब्द याद आ गए, 'माया को भी तुम्हें आज़मा लेने दो।' तो क्या यही है प्रिया का मकसद? उसे माया से वापस छीनना? कबीर ने निश्चय किया कि चाहे जो भी हो, वह प्रिया की चाल को कामयाब नहीं होने देगा।

२३

माया, प्रिया के घर पर खुश थी। प्रिया उसकी अच्छी देखभाल कर रही थी। प्रिया ने उसके लिए एक प्राइवेट नर्स भी रख दी थी। माया के शरीर के ज़ख्म धीरे-धीरे भर रहे थे, मगर मन का सारा बोझ उतर चुका था। कबीर नियमित रूप से मिलने आता। वह प्रिया से बचने की हर संभव कोशिश करता, मगर फिर भी उसका चंचल मन उसे प्रिया की ओर खींचता। इसी रस्साकशी में वह रूखा और चिड़चिड़ा सा होता जा रहा था।

''कबीर! आजकल तुम बहुत बोर होते जा रहे हो।'' माया ने शिकायत के लहज़े में कबीर से कहा।

''हाँ, माया ठीक ही कह रही है; आप तो ऐसे न थे मिस्टर कबीर।'' प्रिया ने कहा।

कबीर को समझ नहीं आया कि प्रिया मज़ाक कर रही थी या व्यंग्य।

''प्रिया, तुम्हें पता है कि कबीर गिटार बहुत अच्छी बजाता है?'' माया ने कहा।

''कबीर, तुमने मुझे कभी नहीं बताया; चुपके-चुपके माया को गिटार

बजाकर सुनाते रहे।" प्रिया ने शिकायत की।

"कभी मौका ही नहीं मिला।" कबीर ने सफाई दी।

"मौके निकालने पड़ते हैं।" प्रिया ने कहा।

"आज मौका है, आज सुना दो।" माया ने कबीर से अनुरोध किया।

"मगर अभी यहाँ गिटार कहाँ है?"

"तुम्हारी गिटार मेरे घर पर ही रखी थी कबीर; मैंने मँगा ली है। प्रिया! प्लीज़ कबीर को इसकी गिटार दो... अब कोई और बहाना नहीं चलेगा।" माया ने कहा।

प्रिया कबीर की गिटार ले आई। कबीर ने गिटार ट्यून करते हुए माया से पूछा, "कौन सा गाना सुनोगी?"

"मुझे तो तुम कई बार सुना चुके हो, आज प्रिया की पसंद का गाना बजाओ; बोलो प्रिया, कौन सा गाना सुनोगी?" माया ने कहा।

"हम्म..साँसों की ज़रूरत है जैसे..।" प्रिया ने कुछ सोचते हुए कहा।

कबीर ने थोड़ा चौंकते हुए प्रिया की ओर देखा।

"क्यों कबीर, ये गाना अच्छा नहीं लगता तुम्हें?" प्रिया ने कबीर की ओर एक तिलिस्मी मुस्कान बिखेरी।

कबीर ने कोई जवाब नहीं दिया। उसने गिटार के तार छेड़ते हुए गाना, बजाना शुरू किया।

"साँसों की ज़रूरत है जैसे, ज़िंदगी के लिए, बस इक सनम चाहिए आशिक़ी के लिए...।"

मगर, गिटार बजाते हुए कबीर के मन में ये सवाल कौंधता रहा कि प्रिया ने यही गीत क्यों चुना; क्या उसके, प्रिया को छोड़ने के बाद, प्रिया वाकई तड़प रही है? क्या प्रिया की तड़प ऐसी है जैसी कि साँसों के घुटने पर होती है?

कबीर के गाना खत्म करने के बाद प्रिया ने चहकते हुए ताली बजाकर कहा, ''वाओ कबीर! ये टैलेंट अब तक मुझसे क्यों छुपा रखा था? अच्छा एक बात बताओ; मुझे गिटार बजाना सिखाओगे?''

कबीर फिर मौन रहा। माया ने कहा, ''बोलो न कबीर, प्रिया को गिटार बजाना सिखाओगे?''

''अरे बाबा मुफ्त में नहीं सीखूँगी, अपनी फ़ीस ले लेना।'' प्रिया ने मज़ाक किया।

''न तो मुझे किसी को गिटार सिखाना है, और न ही आज से किसी के लिए गिटार बजाना है, अंडरस्टैंड।'' कबीर झुँझलाकर चीख उठा।

''चिल्ला क्यों रहे हो कबीर?'' माया ने कबीर को झिड़का।

''माया, तुम अंधी हो? तुम्हें दिखता नहीं कि प्रिया क्या कर रही है? समझ नहीं आता तुम्हें? बेवकूफ़ हो तुम?'' कबीर की झुँझलाहट गुस्से में बदल गई।

''क्या कर रही है प्रिया? एक तो वह हम पर अहसान कर रही है, और तुम उस पर चिल्ला रहे हो।'' माया ने फिर से कबीर को झिड़का।

''तुम दोनों फ्रेंड्स को जो ठीक लगता है वह करो, मगर मुझे बख्शो, मैं जा रहा हूँ।'' कहते हुए कबीर उठ खड़ा हुआ।

प्रिया की आँखों में आँसू भर आए। माया ने कबीर को रोकना चाहा, मगर प्रिया ने उसे इशारे से मना किया। कबीर, प्रिया के अपार्टमेंट से चला आया।

कबीर चला गया, मगर माया के कानों में उसके शब्द गूँजते रहे, 'माया तुम अंधी हो? तुम्हें दिखता नहीं कि प्रिया क्या कर रही है? समझ नहीं आता तुम्हें? बेवकूफ़ हो तुम?'

क्या प्रिया के मन में अब भी कबीर के लिए चाहत बाकी है? क्या वह वाकई कबीर को उससे वापस लेना चाहती है? क्या प्रिया उस पर सारे

अहसान इसलिए कर रही है, कि बदले में कबीर को उससे छीन सके? और कबीर? क्या अब भी उसके मन में प्रिया के लिए जगह है? यदि न होती तो कबीर इस तरह परेशान न होता... कुछ तो है।

कबीर घर लौटकर भी काफ़ी बेचैन रहा। साँसें कुछ ऐसे बेचैन रहीं, जैसे कि घुट रही हों। रह-रहकर प्रिया के ख़याल आते। उसने प्रिया के साथ न्याय नहीं किया। माया के पास तो फिर भी उसका करियर और उसकी एम्बिशन थे, मगर प्रिया ने तो प्रेम को ही सब कुछ समझा था। माया ने तो उसे कितना बदलना चाहा था; उसकी स्वच्छंदता, उसकी आवारगी पर लगाम कसी थी; उस पर हमेशा रोब और रुतबा जमाया था... मगर प्रिया की तो उससे कोई अपेक्षाएँ ही नहीं थीं। उसने तो उसे वैसा ही स्वीकार किया था, जैसा कि वह था।

कबीर ने अलमारी खोलकर उसके लॉकर से प्रिया की दी हुई घड़ी निकाली। डायमंड और रोज़ गोल्ड की खूबसूरत घड़ी, जिसके डायल पर लिखा था KK, यानी कबीर खान। कबीर ने घड़ी अपनी कलाई पर बाँधी, और उसे एकटक निहारने लगा। घड़ी की सुइयों की टिक-टिक उसकी यादों में बहते समय को खींचकर उसके बचपन में ले गई।

कबीर के जीवन की समस्त विचित्रताओं की तरह ही उसके जन्म की कहानी भी विचित्र ही थी।

कबीर के माँ और पापा की पहली मुलाक़ात, एक स्टूडेंट रैली में हुई थी। माँ उन दिनों स्टूडेंट लीडर, और अपने कॉलेज की स्टूडेंट यूनियन की प्रेसिडेंट थी, और पापा एक जूनियर पत्रकार। कबीर के होने वाले पापा, कबीर की होने वाली माँ को देखते ही उन पर फ़िदा हो गए; और फ़िदा भी ऐसे, कि उसके बाद चाहे कोई रैली हो, कोई हड़ताल हो कॉलेज या यूनिवर्सिटी का कोई फंक्शन; वे माँ से मिलने का कोई मौका हाथ से जाने न देते। मुलाक़ातें दोस्ती में बदलीं, दोस्ती प्यार में; और प्यार खींचकर ले गया शादी की दहलीज़ तक। मगर वहाँ एक मुश्किल थी। कबीर की माँ हिन्दू हैं

और पापा मुस्लिम। उनके घरवालों को उनका सम्बन्ध गवारा न था। कहते हैं कि लगभग साढ़े चार सौ साल पहले, मुग़ल बादशाह अकबर ने एक हिन्दू राजकुमारी से शादी कर, हिन्दू-मुस्लिम रिश्तों की साझी तहज़ीब की बुनियाद डाली थी; मगर शायद वो बुनियाद ही कुछ कच्ची थी, क्योंकि आज भी भारत में हिन्दू-मुस्लिम बड़ी आसानी से भाई-भाई तो कहला सकते हैं, मगर उसी आसानी से पति-पत्नी नहीं हो सकते। खैर, माँ ने तो किसी तरह अपने घर वालों को मना लिया, मगर पापा के घर वाले किसी भी कीमत पर राज़ी न हुए। फिर पापा ने की एक लव-जिहाद। अपने लव या प्यार को पाने के लिए, अपने परिवार और बिरादरी के खिलाफ़ जिहाद; और सबकी नाराज़गी मोल लेते हुए माँ से शादी की।

शादी के बाद पापा के सम्बन्ध अपने घर वालों से बिगड़े हुए ही रहे। कुछ औपचारिकताएँ हो जातीं; कुछ ख़ास मौकों पर मुलाकातें या बातचीत हो जाती, मगर इससे अधिक कुछ नहीं। फिर हुआ कबीर। कबीर का होना, उसके बाद यदि किसी और के लिए सबसे अधिक बदलाव लेकर आया तो वे उसके पापा के घर वाले ही थे। पूरा परिवार उसे देखने आया, मगर इस बार उनका आना महज़ एक औपचारिकता नहीं था; उसमें एक गर्मजोशी थी, एक उत्साह था। कबीर के प्रति उमड़ता उनका प्रेम, उसके पापा पर भी छलकने लगा था, जिसमें भीगकर पापा, अपने आपसी रिश्तों में आई सारी कड़वाहट धो डालना चाहते थे। मगर कुछ देर बाद पापा को समझ आया कि उस प्रेम के पीछे एक डर था; वैसा ही डर, जो प्रेम और घृणा को एक दूसरे का पूरक बनाए रखता है। कभी अपने बेटे के गैरमज़हबी लड़की से शादी कर, उसके दूर हो जाने के डर ने उनके मन में एक घृणा पैदा की थी, और उस दिन अपने पोते के गैरमज़हबी हो जाने का डर उन्हें कबीर की ओर खींच लाया था। उन्हें डर था, कि उनसे दूरी की वजह से कबीर, मुस्लिम संस्कारों से वंचित होकर हिन्दू न हो जाए। वे उसे हिन्दू बनने से रोकना चाहते थे। उनका मानना था कि हर बच्चा मुस्लिम ही पैदा होता है, मगर उसके पालक उसे हिन्दू, सिख या ईसाई बना देते हैं। वे एक और मुस्लिम को काफ़िर बनने से रोकना चाहते थे। उन्होंने तो कबीर के लिए नाम भी

सोच रखा था... 'ज़हीर।' मगर कबीर के पापा उसे ऐसा नाम देना चाहते थे, जो अरबी न लगकर हिन्दुस्तानी लगे; जो बादशाह अकबर द्वारा डाली गई कच्ची नींव को कुछ पुख़्ता कर सके; मगर साथ ही ये डर भी था, कि यदि नाम हिन्दू हुआ, तो परिवार के साथ मिटती दूरियाँ कहीं और न बढ़ जाएँ। कबीर का मज़हब तय करने से पहले ही उसके नाम का मज़हब तय किया जाने लगा था। पापा की इस कशमकश का हल निकाला माँ ने; और उन्होंने उसे नाम दिया, 'कबीर'; यानी महान, ग्रेट। अल्लाह के निन्यानबे नामों में एक... एक अरबी शब्द, जो संत कबीर से जुड़कर, न सिर्फ़ पूरी तरह हिन्दुस्तानी हो चुका है, बल्कि अपना मज़हबी कन्टेशन भी खो चुका है। कबीर को समझकर ही समझा जा सकता है कि शब्दों का कोई मज़हब नहीं होता, नामों का कोई मज़हब नहीं होता; मज़हब सिर्फ़ इंसान का होता है... भगवान का कोई मज़हब नहीं होता।

बचपन में ही, जैसे ही कबीर को उसके नाम के रखे जाने का किस्सा पता चला, उसे यकीन हो चला कि वह पूरी कहानी बेवजह नहीं थी, और उसके पीछे कोई पुख़्ता वजह ज़रूर थी। उसे यकीन हो चला था कि उसके नाम के अर्थ के मुताबिक ही उसका जन्म किसी महान मकसद के लिए हुआ था।

मगर आज कबीर कहाँ आ पहुँचा था? कहाँ रह गया था उसके महान बनने का मकसद? आज वह बस दो लड़कियों के बीच उलझा हुआ था। प्रिया, जो एक अरबपति पिता की बेटी थी; जिसके सामने उसका ख़ुद का कोई ख़ास वजूद नहीं था। दूसरी माया; जिसके अरबपति बनने के सपने थे; जिन सपनों के सामने वह ख़ुद को छोटा ही समझता था। क्या प्रेम में किसी लड़की को अपनी ओर आकर्षित कर लेना ही सब कुछ होता है? क्या उसे अपने प्रेमजाल में उलझाए रखना ही सब कुछ होता है? क्या उसके रूप और यौवन के प्रति समर्पित रहना ही सब कुछ होता है? आख़िर रूप और यौवन की उम्र ही कितनी होती है? उस उम्र के बाद प्रेम का उद्देश्य क्या होता है? क्या प्रेम का अपना भी कोई महान उद्देश्य होता है? बस यही सब सोचते हुए कबीर की आँख लग गई।

अगली सुबह कबीर की आँख काफ़ी देर से खुली। अलसाई आँखों को मलते हुए कबीर ने टीवी का रिमोट उठाया और बीबीसी 24 न्यूज़ चैनल लगाया। मुख्य खबर थी – इन द मिडिल ऑफ़ डीप फाइनेंशियल क्राइसिस एनअदर प्राइवेट इन्वेस्टमेंट फ़र्म फ्रॉम सिटी 'सिटी पार्टनर्स' कलैप्स्ड। द फ़र्म इज़ चार्ज्ड विद फ्रॉड्यूलन्ट एकाउंटिंग प्रैक्टिसेस एंड इट्स टॉप ऑफिशल्स आर अरेस्टेड, आल एम्प्लाइज़ ऑफ़ द फ़र्म फियर जॉब लॉसेस।

कबीर को धक्का सा लगा। सिटी पार्टनर्स ही वह फ़र्म थी, जिसमें माया और कबीर काम करते थे। फ़र्म के डूब जाने का मतलब था, माया और कबीर की नौकरी जाना, माया का फ़र्म में इन्वेस्ट किया सारा पैसा डूबना। एक तो माया की ख़ुद की सेहत खराब थी, उस पर देश की अर्थव्यवस्था की सेहत भी बुरी तरह बिगड़ी हुई थी। एक के बाद एक डूबते बैंक और प्रॉपर्टी मार्केट के टूटने से अर्थव्यवस्था चरमराई हुई थी। ऐसे में माया के लिए नई नौकरी ढूँढ़ पाना लगभग असंभव था; ऊपर से माया पर उसके अपार्टमेंट के कर्ज़ का बड़ा बोझ था। नौकरी न रहने का अर्थ था कर्ज़ चुकाने में दिक्कत; और कर्ज़ न चुका पाने का अर्थ था, अपार्टमेंट का हाथ से जाना। माया के तो जैसे सारे सपने ही बिखर जाएँगे। ऐसे में सिर्फ़ एक ही सहारा थी... प्रिया। प्रिया ही मदद कर सकती थी। कबीर ने तय किया कि वह प्रिया से मिलेगा; उसके हाथ जोड़ेगा, ख़ुद का सौदा करेगा; मगर माया के सपने बिखरने नहीं देगा। माया ने सफलता और सम्पन्नता के जो सपने देखे हैं, वे पूरे होने ही चाहिएँ। शायद इसी त्याग में उसके जीवन का उद्देश्य पूर्ण होगा; उसका नाम 'कबीर' सार्थक होगा।

कबीर ने प्रिया को फ़ोन किया, "प्रिया मैं तुमसे मिलना चाहता हूँ।"

"शाम को घर आ जाओ कबीर।" प्रिया ने कहा।

"नहीं, वहाँ माया होगी; मैं तुमसे अकेले में मिलना चाहता हूँ।"

"ऐसी क्या बात है कबीर, जो माया की मौजूदगी में नहीं हो सकती?"

"मिलने पर बताऊँगा प्रिया; ऐसा करो तुम लंच करके माया के अपार्टमेंट पर पहुँचो।"

प्रिया को थोड़ी बेचैनी हुई। पता नहीं कबीर क्या कहना चाहता था। कबीर के पिछली रात के मिज़ाज को देखते हुए प्रिया की बेचैनी स्वाभाविक थी। उसी बेचैन सी हालत में वह माया के अपार्टमेंट पहुँची। कबीर वहाँ पहले से ही मौजूद था।

"कहो कबीर।" प्रिया के दिल की धड़कनें बढ़ी हुई थीं।

"प्रिया, शायद तुम्हें पता न हो; मगर जिस फ़र्म में माया और मैं काम करते हैं वह डूब गई है।"

'क्या?' प्रिया ने चौंकते हुए कहा।

"हाँ प्रिया, हम दोनों की जॉब भी गई समझो। माया का फ़र्म में इन्वेस्ट किया पैसा भी डूब गया, और उस पर, माया पर इस अपार्टमेंट का छह लाख पौंड का कर्ज़ है।"

"क्या! छह लाख पौंड?" प्रिया एक बार फिर चौंकी।

"तुम्हें तो पता है, कि अभी इकॉनमी और प्रॉपर्टी मार्केट की क्या हालत है; माया की सारी कमाई इस अपार्टमेंट में लगी है; उसकी जॉब तो जाएगी ही, और उस पर अगर वह इस अपार्टमेंट को भी न बचा पाई, तो वह टूट जाएगी, बिखर जाएगी।"

"मैं समझती हूँ कबीर।" प्रिया के चेहरे पर चिंता की गहरी लकीरें खिंच आईं।

"प्रिया, इस वक्त सिर्फ़ तुम्हीं माया की मदद कर सकती हो। तुम मुझे माया से वापस लेना चाहती हो न? मैं तैयार हूँ प्रिया; मगर प्लीज़, माया के सपनों को बिखरने से बचा लो।" कबीर ने विनती की।

'कबीर।' प्रिया ने चौंकते हुए कहा।

"क्यों क्या हुआ प्रिया; तुम्हें सौदा पसंद नहीं?"

"कबीर प्लीज़ शटअप!" प्रिया चीख उठी, "तुम्हें क्या लगता है कि मैं माया की मदद तुम्हें पाने के लिए कर रही हूँ? तुमने प्रेम को सौदा समझ रखा है?"

"तो किसलिए कर रही हो माया की मदद? किसलिए बन रही हो मसीहा? मुझे नीचा दिखाने के लिए?"

"कबीर शटअप! जस्ट शटअप!" प्रिया फिर से चीख उठी, "जानना चाहते हो, मैं क्यों माया की मदद कर रही हूँ? क्यों उदार बन रही हूँ? तो सुनो कबीर... जब तुम मुझे छोड़कर माया के पास चले गए थे, तो मेरे सारे भरोसे, सारे विश्वास टूट गए थे। मुझे लोगों पर आसानी से भरोसा करने की आदत थी। मुझे लगता था कि जो लोग मुझे अच्छे लगते हैं, वे अच्छे ही होते हैं, उनकी नीयत साफ़ होती है, उन पर मैं भरोसा कर सकती हूँ; मगर मेरा वह यकीन टूट गया। अच्छाई पर भरोसे का जो मेरा जीवन का फ़लसफ़ा था, वह बिखर गया; और उस बिखराव ने मुझे भी वहीं पहुँचा दिया, जिसे तुमने कहा था, 'डार्क नाइट'। मैं डिप्रेशन में डूब गई। उस वक्त मुझे तुम्हारी बात याद आई। मैंने डिप्रेशन और डार्क नाइट पर सर्च किया, और मुझे तुम्हारे गुरु काम के बारे में पता चला।"

"इस तरह प्रिया से मेरी मुलाक़ात हुई।" मैंने, मुझे गौर से सुनती मीरा से कहा, "प्रिया जब मेरे पास आई, तो वह वैसे ही गहरे अवसाद में थी, जैसे कि कबीर था, जब वह मुझसे मिलने आया था।"

"कबीर पर मैंने भरोसा किया था; मगर कबीर से कहीं अधिक भरोसा मुझे माया पर था। कबीर से तो चार दिन की मुलाक़ात थी, मगर माया से तो बरसों की करीबी दोस्ती थी। कबीर से कहीं ज़्यादा मेरे भरोसे को माया ने तोड़ा है; कबीर से कहीं ज़्यादा गुस्सा और नफ़रत मेरे मन में माया के लिए है।" प्रिया ने अवसाद में डूबी आवाज़ में मुझसे कहा।

"माया से मैं मिल चुका हूँ, वह अच्छी लड़की है।" मैंने प्रिया से कहा।

"तो फिर उसने मेरे साथ ऐसा क्यों किया? मुझसे धोखा क्यों किया? मेरा भरोसा क्यों तोड़ा?" प्रिया बिफर उठी।

"इंसान अच्छा हो या बुरा, कमज़ोर ही होता है; कमज़ोरी में ही गलतियाँ भी होती हैं और अपराध भी।"

"मैंने कौन सा अपराध किया है, जिसकी सज़ा मुझे मिल रही है?"

"तुमने शायद कोई अपराध नहीं किया है, मगर अब अपने मन में क्रोध और घृणा पालकर तुम अपने प्रति अपराध कर रही हो।"

"आप कहना क्या चाहते हैं, कि मुझे बिना कोई अपराध किए ही सज़ा मिल रही है? और जिसने मेरे साथ अपराध किया है, उससे मैं घृणा भी न करूँ? उस पर गुस्सा भी न करूँ? ये कैसा न्याय है?"

"प्रिया! ईश्वर की प्रकृति में सज़ा या दंड जैसा कुछ भी नहीं होता। प्रकृति अवसर देती है, दंड नहीं। हम जिसे बुरा वक़्त कहते हैं, वह दरअसल अवसर होता है उन कमज़ोरियों, उन बुराइयों और उन सीमाओं से बाहर निकलने का, जो उस बुरे वक़्त को पैदा करती हैं। जीवन, विकास और विस्तार चाहता है, और डार्क नाइट अवसर देती है, अपनी सीमाओं को तोड़कर विस्तार करने का। जीवन के जो संकट डार्क नाइट पैदा करते हैं, उन संकटों के समाधान भी डार्क नाइट में ही छुपे होते हैं। कबीर की तड़प ये थी, कि वह लड़कियों का प्रेम पाने में असमर्थ था। डार्क नाइट से गुज़रकर उसके व्यक्तित्व को वह विकास मिला, जिसमें उसने लड़कियों को अपनी ओर आकर्षित करना और उनका प्रेम पाना सीखा; मगर तुम इस अवसर में अपनी चेतना के विस्तार को दिव्यता तक ले जा सकती हो। अपनी कमज़ोरियों और सीमाओं से मुक्ति ही असली मुक्ति है; स्वयं को घृणा और क्रोध की बुराइयों से मुक्त करो प्रिया। घृणा और क्रोध से तुम सिर्फ़ ख़ुद को ही दंड दोगी, माया को नहीं। अपने हृदय को विशाल बनाओ... तुम्हारे डिप्रेशन का इलाज़ भी उसी में है, और तुम्हारी डार्क नाइट का उद्देश्य भी वही है।"

२४

"कबीर, मैं तुम्हें ख़ुद से बाँधना नहीं चाहती; तुम्हारे गुरु से मैंने मुक्त होना सीखा है। मैं ख़ुद को अपनी घृणा, और माया को उसके अपराध बोध से मुक्त कर रही हूँ।'' प्रिया ने कबीर को, मुझसे हुई बाते बताते हुए कहा।

"आई एम सॉरी प्रिया, मैं तुम्हें समझ नहीं पाया।'' कबीर को ग्लानि महसूस हो रही थी।

"समझ तो तुम माया को भी नहीं पाए कबीर; औरत को सिर्फ़ अपनी ओर आकर्षित कर लेना ही बहुत नहीं होता; उस आकर्षण को बनाए रखना उससे भी बड़ी चुनौती होता है। औरत अपने प्रेमी को हमेशा अपने साथ खड़े देखना चाहती है; एक कवच बनकर, एक साया बनकर। उसके प्रेम की छाँव में वह कठिन से कठिन समय भी बिताने को तैयार रहती है। माया को कभी यह मत बताना कि उसकी भलाई के लिए तुम उसके प्रेम का सौदा करने चले थे; वह तुमसे नफ़रत करने लगेगी। कबीर, अच्छे और बुरे वक्त तो जीवन में आते रहते हैं, मगर औरत और आदमी के सम्बन्ध का असली अर्थ होता है कि वे इन अच्छे और बुरे वक्त में एक दूसरे का संबल और प्रेरणा बनें। मुझसे जितना हो सकेगा, मैं माया की मदद करूँगी; मगर उसे

असली ज़रूरत तुम्हारी है कबीर; जाओ और जाकर माया को सहारा दो।''

कबीर, बेसब्री से माया से मिलने के लिए दौड़ा। प्रिया की डार्क नाइट से उसने प्रेम का असली अर्थ सीखा था। उसने प्रेम में समर्पण का अर्थ, अपने प्रेमी की दासता करना समझा था, मगर प्रेम में समर्पण का अर्थ दासता नहीं होता... प्रेम में समर्पण का अर्थ, अपना सम्मान खोना नहीं, बल्कि अपने प्रेमी का संबल और सम्मान बनना होता है... प्रेम में समर्पण, बंधन नहीं, बल्कि मुक्ति होता है; मुक्ति, जो दिव्यता की ओर ले जाती है।

''कबीर, अच्छा हुआ तुम आ गए, मैं तुम्हें फ़ोन करने ही वाली थी।'' कबीर को देखते ही माया ने कहा। माया बेहद परेशान दिख रही थी।

''माया, घबराओ मत, सब ठीक हो जाएगा।'' कबीर ने माया के पास बैठते हुए उसके गले में हाथ डाला, और उसके बाएँ गाल को चूमा।

''कैसे ठीक हो जाएगा कबीर? सब कुछ तो डूब गया; और फिर मैं अपना लोन कैसे चुकाऊँगी?'' माया की आँखों से निकलकर आँसू, उसके गालों पर लुढ़कने लगे थे।

''माया, सब्र करो, हम कोई रास्ता निकाल लेंगे।'' कबीर ने एक बार फिर माया का हौसला सँभालना चाहा।

अचानक ही माया के मोबाइल फ़ोन पर एक टेक्स्ट आया। माया ने टेक्स्ट पढ़ते हुए चौंककर कहा, ''कबीर, मेरे बैंक से मैसेज आया है कि किसी ने मेरे अकाउंट में छह लाख पौंड ट्रान्सफर किए हैं; कौन हो सकता है?''

कबीर के होंठों पर मुस्कान बिखर गई। वह प्रिया ही होगी।

''और कौन, तुम्हारी सहेली प्रिया।'' कबीर ने मुस्कुराकर कहा।

''कबीर, तुमने कहा प्रिया से मुझे पैसे देने के लिए? मैं प्रिया से इतने पैसे कैसे ले सकती हूँ?'' माया के चेहरे पर हैरत, ख़ुशी और नाराज़गी के

मिले-जुले भाव थे।

"उधार समझकर ले लो माया, चुका देना।"

"कबीर, उधार तो चुकाया जा सकता है, मगर अहसान... प्रिया के इतने अहसान कैसे चुकाऊँगी?"

"इमोशनल मत हो माया; तुम्हें इस वक्त इन पैसों की ज़रूरत है।"

"प्रिया से मैंने क्या-क्या नहीं लिया कबीर; उसका प्रेम छीन लिया, उसका विश्वास छीन लिया; और कितना कुछ लूँगी।"

"तो फिर क्या करोगी माया?" कबीर बेचैन हो उठा।

कुछ देर माया चुपचाप सोचती रही, फिर उसने प्रिया को फ़ोन लगाया।

"प्रिया, कैन यू प्लीज़ कम हियर।"

"माया, मैं अभी बिज़ी हूँ, शाम को तो मिलेंगे न।" प्रिया ने कहा।

"नो प्रिया, आई वांट यू हियर राइट नाउ, प्लीज़ कम ओवर।"

प्रिया को पहुँचने में लगभग बीस मिनट लग गए। इस बीच माया चुपचाप उसका इंतज़ार करती रही। कबीर ने उससे बात करनी चाही, मगर माया खामोश रही।

"कहो माया?" प्रिया ने पहुँचते ही कहा।

"प्रिया, तुम्हें पता है कि कबीर अपनी ज़िन्दगी में क्या करना चाहता था?"

"माया तुमने इस वक्त मुझे यह पूछने के लिए बुलाया है?" प्रिया ने चौंकते हुए पूछा।

"हाँ प्रिया, मुझे लगा कि यही सही वक्त है इस बात को करने का।"

"हूँ... तो कहो क्या करना चाहता था कबीर?" प्रिया ने शरारत से मुस्कुराकर कबीर की ओर देखा।

"आसमान में उड़ना चाहता था।'' माया ने हँसते हुए कहा, "मुझे कबीर किसी बिगड़े हुए बच्चे सा लगता था, जिसे न तो अपनी राह ही मालूम थी और न ही मंज़िल। मुझे लगता था कि मैं कबीर को सही रास्ता दिखा सकती थी; मगर कबीर को मेरे बताए रास्ते पर चलकर मिला क्या? कबीर अपनी ज़िन्दगी में रोमांच चाहता था, मगर उसे मिली नौ से पाँच की नौकरी; कबीर खुले आसमान में उड़ना चाहता था, और वह बँध गया एक डेस्क और कम्प्यूटर से। कबीर किसी महान मकसद के लिए जीना चाहता था, और उसे मिला, माया का अपार्टमेंट सजाने के लिए। कबीर कोई खज़ाना खोज निकालना चाहता था, और उसे मिली बँधी-बँधाई सैलरी। कबीर की कल्पनाओं में थी, उसका हाथ थामकर उड़ने वाली एक परी, और उसे मिली उस पर लगाम कसने वाली माया। प्रिया, कबीर का भटकाव वह नहीं था, जो वह चाहता था... कबीर को तो मैं भटका रही थी... मैं ठगिनी माया, अपने साथ बाँधकर। कबीर की मंज़िल उसकी आवारगी में ही है, और इस आवारगी में उसकी हमसफ़र तुम्हीं बन सकती हो प्रिया, मैं नहीं।''

"माया, ये क्या कह रही हो?'' कबीर ने चौंकते हुए कहा।

"एंड यू कबीर; तुम नीचे अपने घुटनों पर बैठो।'' माया ने आँखें तरेरते हुए कबीर से कहा।

'माया?' कबीर कुछ और चौंका।

"कबीर आई सेड, गेट ऑन योर नीज़ नाउ।'' माया ने हुक्म किया।

कबीर घबराते हुए अपने घुटनों पर बैठ गया।

"गुड बॉय।'' माया ने मुस्कुराकर कहा, "अब प्रिया का हाथ अपने हाथों में लो, और उससे प्रॉमिस करो कि उसकी दहलीज़ के भीतर हो या बाहर; तुम्हारी आवारगी हमेशा उसके हाथों को थामे रहेगी।''

कबीर ने मुस्कुराकर माया की ओर देखा। मोहिनी माया को वह त्याग रहा था, माया के ही आदेश से। प्रिया ने हाथ बढ़ाकर कबीर को ख़ुद में

समेट लिया।

* * *

"तो ये थी कबीर की कहानी।'' मैंने कहानी खत्म करते हुए मीरा की आँखों में झाँककर देखा। उसकी आँखों में अब भी एक उलझन सी बाकी थी।

"हूँ... वेरी इंटरेस्टिंग एंड इंस्पाइरिंग स्टोरी; पूरी रात कैसे बीत गई पता ही नहीं चला।'' मीरा ने मुस्कुराकर कहा, ''मगर एक बात समझ नहीं आई।''

'क्या?' मैंने पूछा।

"यही, कि माया के बदन में जो आग और जलन सी उठी थी, वह क्या थी? ऐसा क्यों और कैसे हुआ था?''

"उसे समझने के लिए परेशान न हो मीरा; हर चीज़ किसी कारण से ही होती है... कहानी में उसकी भी ज़रूरत थी।'' मैंने समझाया।

"अच्छा अब चलती हूँ, मेरी फ्लाइट का समय भी हो रहा है; आपके साथ बहुत अच्छा समय बीता... मैंने आपका फ़ोन नंबर नोट कर लिया है, वी विल कीप इन टच।''

"श्योर मीरा; टेक केयर एंड हैव ए हैप्पी जर्नी।'' मैंने हैंडशेक के लिए अपना हाथ आगे बढ़ाया। मीरा ने मुझसे हाथ मिलाकर अपना हैंडबैग उठाया और वेटिंग लाउन्ज से बाहर निकल गयी।

थोड़ी ही देर में मेरा मोबाइल फ़ोन बजा। फ़ोन मीरा का था।

"काम! मेरे बदन में जलन हो रही है... बॉटम से आग सी उठ रही है, प्लीज़ हेल्प मी।'' मीरा फ़ोन पर चीखी।

मैंने फ़ोन को कान से हटाते हुए अपना हाथ झटका, ''उफ़, इन कमबख्त हाथों में वाकई कोई जादू है।'' कहते हुए मैं लाउन्ज के बाहर मीरा की ओर दौड़ा।

* समाप्त *